キトラ・ボックス

池澤夏樹

角川文庫
22029

目次

1

本当にそんなものがあるのか、為元《ためもと》は初めから半信半疑だった。秋になってからはろくな稼ぎをしていない。追いはぎ稼業といっても裏街道で網を張って掛かったのは貧民ばかり。襤褸《ぼろ》をはぎとったところで襤褸の値でしか売れない。わかりきった話だ。

官の蔵を襲うという大胆な計画は見事に失敗して、逃げ遅れた忠理《ただまさ》は捕まってさてどんな目にあったか。あの時はそもそも中にいる者が手引きすることになっていたのに、警護の兵たちはこちらが行くことを事前に知っていた風であった。荒磯田《ありそだ》は手引きを頼んだ相手は信用のおける者だと言っていたが、後になって考えてみるとそれがまず怪しい。

この男、頭領としてはたしてどれほどの器量か、二年も一緒にやってきながら今一つ信頼しきれない。いい時はいいが駄目となるととことん駄目なのだ。この男のもとで働くのもそろそろ仕舞いとしようかと為元は考えていた。

それでも則助《のりすけ》は変わらず忠義に励んでいる。もともとぼんやりとした男で、西を向いていろと言われれば三日でも五日でも西を向いたまま。誰か命令してくれる者がいなければ飯一膳《ぜん》も食えないような奴だ。動きはにぶいし頭はもっとにぶいが、力があるのが取り柄で、これは正に膂力《りょりょく》衆に秀でると言うことができる。官の蔵の時だって米俵に行き着くことさえできていたら、則助は両脇に一俵ずつ抱えて何度でも運び出したことだろうが、そうはことが運ばなかった。

荒磯田は苦しい。

ここでなんとかしなければ本当に食うものもなくなる。今や女を買いに行くなど夢のまた夢。都の大きな屋敷に忍び込むとか言うが、そんな度胸も実力もないのは手下の二人にもわかっている。かと言って、もっと大きな盗賊集団の配下になるのも剣呑《けんのん》なことで、そんなことをすれば危ない思いばかりのただ働きに終わると、この見通しだけはまっとうだと為元も得心したことだった。

その荒磯田が、追い詰められてか、いよいよあれをやろうと言い出した。心を決めたと言う。一世一代の大仕事、と本人は鼻を鳴らす。自分で自分を元気づけているみたいだが、さてこれを信じていいものか、と為元は眉《まゆ》に唾《つば》をつけて聞いていた。

そんな話は前にも何度かあって、いざ蓋《ふた》を開けてみたら龍頭蛇尾、頭は龍でも尻尾《しっぽ》は小蛇だったのだが、しかし今回は違うと頭領は顔を上げて昂然《こうぜん》と言う。

「儂《わし》はこればかりは手を付けまいと二十年待った。あそこのことを覚えている者が少なくなって、見張る目もよそを向いてからと、辛抱に辛抱を重ねて今まで待った。今ならばやれるぞ。里から離れているから検非違使《けびいし》の見回りなどもない。それでなくとも乱世だ。古い墓のことなど誰も覚えておらぬわ」

たしかに墓なれば警護の者がいることはないだろう。荒磯田は造営の時に土方として重い大きな石を運ぶ仕事に使われ、土を掘ったり埋めたりもやって、墓造りをしたと言う。

あれだけ大がかりな造作だから、納められたのはよほど高貴なお方に違いない。たくさんの宝物が一緒に埋められたのを儂は見た。その位置を儂はまちがいなく覚えている、といかにも自信ありげに嘯《うそぶ》く。

山で切り出した石はその場で石工がおおよその形にした。その石に儂らは縄をからげ、コロやら修羅やらであそこまで運ぶ。延々と遠いみちのりだ。時には牛に牽《ひ》かせることもあったがたいていは何十人もの男を使った力仕事だった。そうして石を運んでみればこの世の道は坂ばかり。登りはきついし下りは危ない。

その地に着いてみると、他の者どもが丘を切り開いて墓の地所を用意してあった。そこでまた石工の出番だ。大きな石の板を一枚ずつていねいに削って滑らかにして、隣り合う石との間をぴったりすべすべになるまでに仕上げる。それは見ているだけでほれぼれする仕事ぶりだった。

東から西に延びた丘の突端を大きく切って均《な》らしたところに石の板を組み合わせて小さな家のような墓を造る。床を突き固め、奥と左右の壁を組み立て、四枚に分けた天井板を土の斜面を使って引き上げて載せる。百人がかりの大仕事だ。

その上に土を盛って二段構えの丸い塚ができあがったが、前の側は開いたまま。そこを閉じる大きな厚い石の板材が二枚、脇に置いてあった。ここまでで一年がかりの大工事だ（と荒磯田は自分の手柄のように得意そうに言った）。

その後で入口を覆うように仮の小屋掛けを用意した。石の墓から張り出す形に木造の小屋を造る。

その後は儂ら土方は離れていろと言われた。いろいろな男が出入りして中で何かやっている風だったが何だかはわからない。みんないい服を着て偉そうだった。

十日くらいも儂らは待たされた。それだって食い物は出るし給金も出るのだからありがたい話だ。みんな宿舎で博打《ばくち》をして暇をつぶしていたが、儂は時おり現場に行って何をしているか見ようとした。近くには寄れず何もわからなかったがな。

十日目にあたりがやたらにぎやかになった。ものすごく立派な牛車《ぎっしゃ》が何台となくやってきて、従者の数も並ではない。見れば何人か女御《にょうご》の姿もある。遠くからちらりと顔を見ただけでむらむらと欲念が湧き立つ気がした。そこにいた男どもみなが同じ思いだったろう。

やがて小屋掛けの前に幔幕《まんまく》を張って祭式が行われた。一段と大きな牛車が着いて、そこに載せた箱のようなものを何人もの男が担いで墓の中に運び込んだ。あれが柩《ひつぎ》なのか。中にはどなた様がおられるのか。

儂らは死んでも骸《むくろ》は道端に捨てられる。これほどの大工事をして造った墓に納まるのはどのような方か。先ほどちらりと見たあのような女御を抱いてうまいものをたくさん食って綺麗《きれい》な衣装を暖かくたっぷり着て、さてもさても身分の違いは後生《ごしょう》にまで及ぶものか。

というのは後の日の愚痴で、あの時はただただことの進み具合を呆《あき》れて見ていただけだ。もっと近くに寄りたいと思ったがそれは許されなかった。はるか遠くの地面に這《は》いつくばったままだ。

そこで不思議なものを聴いたぞ。色も鮮やかな衣装をまとった男どもが楽音を奏でる。笛とか琴とか、そういう道具を使う。ものを知らぬ儂でもそれは知らぬものではなかった。幼い時に飛鳥《あすか》の大きな御寺《みてら》で聴いてなにとも知れぬ思いに心を揺さぶられたことがあった。音楽というものだ。

奏楽の後でいくつもの品が次から次へと墓の中に運び込まれた。さまざまな品を正装の男どもが目より高く捧《ささ》げ持って中に入ってゆく。中は狭いからすぐに出てくるのだが、またすぐに次の者が入る。そのたびに何か唱えごとがあって、みなが揃って低頭し跪拝《きはい》する。

それが終わると僧たちの誦経《ずきょう》があり、また音楽があり、そういうことが夕方まで続いた。

その翌日から儂らは墓の口を閉じる仕事に入った。大小二枚の石の板が用意されていたから、これで壁を築き墓を閉じる。中が見たかったが布が掛けてあって見えないようになっていた。見張りは厳しかったし、ちょっと覗《のぞ》くこともできない。

大きな方の石を立てたところでまた休みになった。専門の男どもが交替で中に入って何か最後の仕上げをしている風だった。同輩は何も思わずに小銭の博打と実のない猥談《わいだん》に精を出すばかりだったが、儂はあの中がどうなっているのか、何があるのか、あの男たちは何をやっているのか、気になってしかたがなかった。

二日の後、すべてが終わって、儂らはまた力仕事、最後の石をぴったりと嵌《は》め込んで墓を封じた。やはり中を見ることは一目たりとも叶《かな》わなかった。それから土を運び、丸い小さな丘の形に仕上げた。下の方に一段の出っ張りがある。

それから月が一度満ちてまた欠けるほどの日々を重ねて墓はできあがり、後片付けも終わり、人々は帰っていった。何の印も立てないままだから、草木が繁ればわからなくなるだろう。ただの丸い小山だ。

儂らは死ねばそれきりだ。骸は捨てられて腐って果てる。しばらくはひどい臭いを放つが、その先で骨でも残ればまだいい方だ。もしも犬に食われるなら犬を養って功徳になるのだからよいのか。僧どもはそれについて何か言っていないか。いないな。役に立たない奴どもだ。

それに比べて、あんな墓に納まる死者にはいったいどんな後生があるのかと、身のほど知らずにも考えたものよ。死ねば同じ、もう食うことも女を抱くこともできない。それとも、あの高貴な死者は来世でもうまいものを食っていい女を抱くのか。

(あんた、それ、さっきも言ったぜ。しかたないだろ、身分が違うんだから。身のほど知らずは身を滅ぼすぞ)


為元と則助は荒磯田に率いられてその場所に行った。都から南へひたひたと歩く。日が陰る頃そこに着いた。

東の方にちょっとした山があり、そこから延びた丘陵の先になるほど丸い小さな墳墓があった。もうすっかり木々で覆われていた。西の側に入口があると荒磯田は言う。土を掘る道具と麻の袋をいくつも用意してきた。

山に隠れて二日ばかり様子を見た。人里からは遠いし、人に見つかる心配はまずないと思ったが、荒磯田は慎重だった。一生に一度の大仕事という口調に嘘はない。二日の間、人影を見ることはなかった。

「陵戸《りょうこ》の見張りがあるかと思ったが誰もいないな」と荒磯田は言った。

三日目にこのあたりと見当をつけて土を掘り始めた。分厚い石の板で造った小さな家が丸い丘の中に埋まっていると思え。それを掘り出し、入口を探り当て、開いて中に入る。そういう段取りだ。

荒磯田は儀式を見ていた山の上の場所へ行って、同じ向きから見下ろして、墓の入口のありかを確かめた。大きな楢《なら》の木のあの枝の先と言って、繁る木の葉の向こうにその場所を探し当てた。

石の壁とそこに穿《うが》たれた入口、それを塞《ふさ》ぐ石の扉。それに至るまでにどれほどの土の厚みがあるのかわからない。

二日目、掘っていた穴の先に何か固いものがあった。石だった。掘り始めから奥行きにして一丈ほども行った先だ。少し横に掘り進めると子供の背丈ほどの四角い部分が見つかった。

これが入口だと荒磯田が言った。この石を外せ。幸いこれまで誰も手を付けていないぞ。

ぴったりと閉じられた石を動かすのは容易ではなかったが、荒磯田はこの時のためにどこで手に入れたのか刃金の鏨《たがね》を持っていた。これを玄能で石の隙間に叩《たた》き込み、少しずつこじって砕いて石を緩める。

翌日の朝になってようやく入口を閉じていた石が動き始めた。しばらくの後、則助と為元が両側から手を掛けて引いて、手前に倒す。ぽかっと暗い穴が開いた。

まず荒磯田が松明《たいまつ》を手に中に身をかがめて入った。そして十呼吸ほどの後にあわてて出てきた。

どうした？

恐ろしい！

何か居るのか？

ともかく恐ろしい。

どうしたんだ、宝はないのか？

ここは止めよう。

何を言っているんだ、これほど苦労したのに。

荒磯田は真っ青な顔でがたがた震えている。大の男がいったいどういうことだ。

えい、そこをどけ！

言って為元は荒磯田が手にした松明を奪い取り、分厚い石の中に頭を突っ込んで這うように中に入った。

中は狭かった。

真ん中に棺《ひつぎ》があって、その周囲の隙間は少ない。男一人が縮こまって入るのがやっとだった。

松明を高く掲げる。

暗い中で壁に絵が見えた。

何か動物、その下に人のようなものが数名ずつ、四方の壁すべてに描いてある。

それが見えた途端に為元は強い陰気に襲われた。そうとしか言いようがない。ともかくその場に居るさえ恐ろしく、何か強い力がひしひしと正面から迫ってくるようで、居ても立ってもいられなかった。

ひょいと目を上げると、天井にも何か描いてある。星のようだった。金色の星が何百も居並んで松明の焰《ほのお》にゆらゆらと瞬いていた。それもまた恐ろしかった。

どうしよう？

ここは恐ろしい。

追い立てられるように入口から外へ出た。

外の眩《まぶ》しい光に救われた気がした。ぼーっと立って、足元にはたりと松明を捨てる。

恐ろしいな、と荒磯田に言った。

則助、入るか？

問われた則助は身を竦《すく》めるようにして首を横に振った。

早く行こう。いや、その前に埋め戻そう。

そこで為元の素直でない心が出た。

ちょっと意地になって荒磯田に声を掛ける。

ちょっと待ってくれ。宝物が目当てで来たんだろう。手ぶらで帰るのかよ。

そう言いながらも為元は自分の声が震えているのを自分の耳で聞き取っていた。

埋めよう、と荒磯田がつぶやいた。もとの姿に戻そう。大きな声を出すことも憚《はばか》られるといわぬばかりのかすれた声だった。

何かが居《お》られる。何か強い力がこの中を護《まも》っている。人が入ることを拒んでいる。結界だ。則助、あの石をもとのように嵌め込め。

何も持ち出さんのか、と為元が聞いた。敢《あ》えて強情を張ってみる。自分はこれでも気丈な男だ、ここで手ぶらで帰ってたまるか。そういう思いがふつふつと湧いた。恐怖を抑えた。

ここまで来て、やっと掘り当てて、それで何も持ち出さんのか。

ああ、何も見なかったことにしよう。入らなかったことにしよう。そうすればこの身も助かるかもしれぬ。儂らは恐ろしいことをしてしまった。即刻この場を去った方がいい。それでもここの祟《たた》りはずっと追ってくるやもしれぬぞ。どこまで逃げればよいか儂にも解らぬが、早く遠くへ行こう。

則助が外してあった戸口の平たい石を引き立てようとした。

待ってくれ。俺は承知できない。あんたたちはとっとと逃げるがいい。俺は手ぶらでは帰らない。何か持ちだしてやる。

そんなことをするな。お前、身を滅ぼすことになるぞ、と荒磯田は言った。本気で怯《おび》えている顔だった。

俺にだって意地がある。化け物が出たってわけでもなし、大の男が墓の臭いを嗅《か》いだだけで退散してたまるか。しばらく待ってくれ。俺が中にいる間にそこを閉じるなよ。

そう言って、引き留める荒磯田の手を振り払って為元はまた中に入った。

恐かったがここは欲の方を敢えて主役に引き立てた。恐いのは今だけだ。逃げてから獲物を金に換えて楽しもう。

松明がないので中は暗い。戸口から漏れる明かりだけでものを探すのは難しかった。

恐くなかったわけではない。勢いであぁ言ってはみたものの、ともかく形ばかりでも何かを持って出られればそれでいいと思っていた。壁際に木の台のようなものがあり、その上に何か円いものと長いものがぼんやりと見えた。これでも持っていってやろう。

手に取るとどちらもずっしりと重かった。これなら高く売れるかもしれない。

その二つだけ引っ摑《つか》んで外へ出た。出る時に振り向くと、天井の星々が外からの光を反射してきらりと光るのが目に入った。どこまでも見通す光のようで身がぞくっとした。

何を持ってきた、と荒磯田が聞いた。

これとこれ。

見ると円いのは銅の鏡で、長いのは錦の袋に入った何かだった。袋は手の中で速やかに破れて散り、一振りの刃の幅の広い銅剣が現れた。

もとに戻してこい、と荒磯田は言った。持ち出してはならぬ。

そうはいくかよ。その麻の袋を取ってくれ。これは俺のものだ。持ってゆく。文句あるか。

お前の身を案じて言っているのだ。この場の力は強い。ここに来たのは儂の間違いだった。侵すべき場所ではなかった。身に危難の及ぶ前にここから去ろう。それも置いてゆけ。

嫌なこった。あんたたちは勝手にするがいいさ。俺はここまで来て力を尽くしてこれを手に入れた。本来ならば中のものを一切合切持ち出したいところだが、さすがにそれは止めておこう。だがこれは俺のものだ。ぜったいに返したりはしない。

荒磯田と為元は睨《にら》み合った。

どうしても言うことを聞かんのか。

ああ、まっぴらだ。

荒磯田は腰の小刀に手を伸ばした。

そうまでしても鏡と剣を元に戻させたいのか。墓の祟りがそこまで恐いか。だったらはじめから墓荒らしなど考えなければよかったのに。

為元は思わず手に握った剣を構えようとした。

いや、待て待て、ここで荒磯田を切る用意はない。そんなことをするつもりはない。小さな悪事を重ねて生きてはきたがまだ人を殺したことはない。

そこで為元は走った。走って逃げることにして、右手に剣を持ち、左手に鏡の入った麻袋を摑んで一散に逃げた。山へ山へと分け入り、木々の間を抜けて高くに登った。もしも荒磯田が追ってきたら蹴《け》り落としてやろうと時おり振り返ったが、追っては来なかった。

あいつら、本当に墓を埋め戻したのだろうか。則助がまた力仕事に精を出して墓の体裁をもとのようにしたのだろうか。石の扉を嵌め込み、掘った土でその外を埋め、木々や草をそれらしくあしらう。月の一巡りもすれば手を加えた跡がわからないように。

二人でそんなことをしただろうか。

三日の後、大峰《おおみね》の山の中で大きな楠《くす》の木の根元に坐《すわ》り込んで、為元は考えた。あそこをもとに戻した。だが、これはここにあるぞ、この剣とこの鏡は。これは俺のものだ。

それにしても、あの場所、なんであんなに恐かったのだろう。荒磯田と則助が恐がっただけではない。俺も心底恐かった。あの中には妖気《ようき》が充《み》ち満ちていた。あの絵、あの鳥や亀や龍の絵はこちらの心を締め付けるようだった。それを天井の星どもが見下ろしている。なんで土の下で星が見えるのだ？

荒磯田は墓ができた後で何人もの男どもが出入りしていたと言ったな。絵を描く画工の類《たぐい》だったのかもしれない。そんな連中まで用意してあの墓を造ったのか。あるいは渡来の絵師かも知れぬ。そういう話は聞いたことがある。

恐ろしい場所であった。

だが、これだけ離れれば大丈夫だろう。こんなに遠くまで来れば。

さて、これを金に換えるにはどうすればいいか？　都に行くのがいちばんだが、それは少し剣呑かもしれない。都の人士は疑り深いから俺のような者がこれほどの宝物を持っていると何を問われるかわからない。脅されて巻き上げられたり検非違使に通報されたり。

もう少し地味な土地で、しかし目利きのいるところに行かなければ。

東に山を越えて伊勢《いせ》に向かってはどうだろう？　あそこならば人も多いし宝物も集まる。いい値を付けてくれる者がいるかもしれない。

そう心を決めて立ち上がった時、ふっと生臭い風が吹いた。

藪《やぶ》の中からがさがさと音がする。

為元は思わず身構え、足元に置いた剣の方に手を伸ばした。

藪の中の音は次第に近づき、何か大きなものがゆっくりと姿を現した。

白い猪だった。

ものすごく大きい。

こんな大きさの猪がいるはずがないと思うと自分の命運の先が見えた気がした。その恐怖の思いを必死で振り捨てる。

猪は十間ほど先に出てきて、動きを止め、伸ばした前足でしっかりと地面を踏んで、正面から為元を上目遣いに睨んだ。

それから二度三度と土を掻《か》く。

足場を固めているかのようだ。

為元は剣を構えた。

切るのではなく刺す方がいい。

たかが猪、大きくとも畜生にすぎない。白いからと言って何ほどのことがあるか、と自分を鼓舞する。

そこでふと思った、これはあの墓の主が送って寄越《よこ》したものか？　俺を罰するために来たのか？

そう考えたとたんに力が抜け腕が萎《な》えた。

あの墓の主は神であったか。

それならば人である俺がかなう筈《はず》がない。

為元の手から剣が落ちて鏡の横に転がった。

猪が突進してきた。

恐ろしく速かったし、為元の方にはもう逃げる意思も残っていなかった。

猪は為元に正面からぶつかり、彼を突き殺し、その身体を楠に磔《はりつけ》にした。血が飛び散り肉がつぶされ骨が砕けた。

赤く染まった猪はどこかへ消えた。

山は静かになった。

数か月後、この山中を一人の修験者が通りかかった。

楠の根元に骸骨《がいこつ》を見つけ、こんなところで何故と思ってつぶさに検分した。この男、横死したのは間違いないが、しかし刀や槍《やり》の傷ではない。肋骨《ろっこつ》の籠《かご》がばらばらに砕けている。大きなものがぶつかったようだ。

すぐ横に半ば土に埋まって何かがあった。鏡と剣。どちらもちゃんと形を留《とど》めている。そして泥をぬぐうと剣の刀身にはなにか金色の印のようなものが見えた。

これは尋常のことではないと修験者は思った。こんな死者をこのまま置き去りにするわけにはいかない。いや、死んだ奴はどうせ小悪党だからどうでもいいとして、この鏡と剣は間違いなく由緒あるものだろう。それが男一人の命と引き替えにここに置かれていた。

こういうものは正しく祀《まつ》られなければならない。

修験者はその二つを持って里に降り、天川《てんかわ》の有力者の家を訪ねた。

私は大峰山の山中でこういうものを見つけた。どなたかはわからぬが立派な方の御遺物であるのは間違いない。このまま放置しては山の穢《けが》れであり凶兆だが、私ならばこれを瑞祥《ずいしょう》に変えることもできる。これが見つかった場所に祠《ほこら》を造り、ご神体として祀るならば、ここ天川一帯まで含め、神の大いなる力に与《あずか》って人みなみな息災に日を送ることができる。役行者《えんのぎょうじゃ》のお力をますます広めることができる。

有力者は納得してなにがしかの費《つい》えを差し出した。

かくしてそこに小さな祠が造られ、鏡と剣はひっそりと祀られた。小悪党の骸はさっさと谷に蹴り落とされた。

歳月の後、そこが日月《じつげつ》神社という名になったのは鏡を太陽に、剣は直刀ながら細い月になぞらえたものだろうか。地元の人々はよくこの小さな社の世話を怠らず千三百年に亘《わた》って信仰を保った。

＊

讃岐《さぬき》大学文理学部の藤波三次郎《ふじなみさんじろう》准教授は院生を相手の「考古学演習 II」の授業を終えて自分の研究室に向かった。

テーマは二年前に瀬戸内海《せとないかい》のいくつかの島で行った高地性集落の発掘調査で出た遺物の分析と同定だった。もう何度も繰り返しているし学生の方もずいぶんわかってきたから話の運びは早かった。

瀬戸内から畿内《きない》にかけて、定住には適さない標高二百メートル前後の高地に弥生《やよい》時代中期の居住の跡が見つかっている。軍事的な目的と言われるがそのわりには長期の滞在が可能なように設備が調っている。時には槍が刺さったままの兵士の死体などという生々しいものが出てくる。

しかし藤波准教授が学生と分類しているのは兵庫県家島《いえしま》諸島男鹿島《たんがじま》の遺蹟の出土品で、もっぱら土器の破片という平和的な性格のものだった。残念ながら大発見の見込みは薄い。

自分の部屋へ戻る途中、藤波准教授はエレベーター・ホールで社会学の宮本美汐《みやもとみしお》にばったり出会った。研究室は同じ建物の三階と四階だからすれ違うのは珍しいことではない。

「三ちゃん、元気？」と美汐は気安く声を掛けた。

「ちょっと、それは軽すぎないかい、宮本先生」

「そうか。たしかに学内で三ちゃんはまずいか。では、その後いかがお過ごしですか、藤波先生？」

「それもわざとらしい」

この二人、しばらく前には恋仲だった。男の方が他に気を移して仲は壊れ、しかも彼は新しい相手にさっさと捨てられたのだが、だからと言って美汐との仲を回復させてもらえる筈がない。顔を合わせるたびにからかわれるのが関の山。それでも三次郎は美汐に会うたびに嬉《うれ》しそうな顔をする。

「最近なんかおもしろい話あった？」と美汐は気さくに聞いた。

美汐がおもしろいことと言うのは学内のゴシップでも三次郎の私生活でもなく、彼の研究にまつわる話。なにしろ美汐は好奇心が強くてどんな話題にでも首を突っ込んでくる。専門は社会学で最近は「人間の安全保障」という分野に力を注いでいるらしいが、それが社会学とどう繋《つな》がっているのか三次郎には皆目わからない。いずれにしても美汐の社会学はずいぶん広い範囲の好奇心に駆動されるもののようだ。

「男鹿島の遺蹟から……」

「その話はこのまえ聞いたよ。その後ですごい展開があった？」

「いや、そういうわけでもないが」

正直に言うと三次郎は美汐が苦手だ。元気がありすぎて、気が強くて、相手をしていても追いたてられるような気がする。

その一方でなんとか元の恋仲に戻りたいという欲望も残っている。男の心は矛盾から成っていると言いたいが、それでは女とは何なのか。

「ええとねえ、奈良県の山奥の神社からご神体を調べてほしいという話が来ているね。八世紀初頭らしい」

「ああ、それおもしろそう。聞かせて」

「ここで立ち話もなんだから部屋に来る？　コーヒーいれるよ」

ということで十分後、二人は三次郎の研究室でそれぞれダブルのエスプレッソを前に親密に話していた。美汐の方も今日の講義は終わっている。

「場所はね、天川村なんだ」

「どこ？」

「奈良県の中心からちょっと南。ちなみに奈良市は県のいちばん北にある」

「そしてあそこは海がない」

「わかっているじゃないか。日本には珍しい内陸県だ。ちなみに京都は？」

「それくらい私だって知っている。京都には日本海がある。埼玉・群馬・栃木・山梨・長野・岐阜・滋賀には海がない。全周が海なのは北海道と沖縄県」

「御名答。で、その奈良県の真ん中のちょっと南に天川村があって、そこの文化財保護委員会から調査の依頼があった。日月神社の補修工事をすることになったので、この機会にご神体の考古学的調査をして頂きたい」

「ご神体って何？」

「仏と違って神には像がないからモノに託《たく》すんだな。そもそも天皇家の三種の神器が正にそれだろ。鏡と剣と勾玉《まがたま》。『古事記』にはモノのやりとりが多いよ。人が作った道具に神霊が宿る。だからモノを中心に据えて神社を造る。大神《おおみわ》神社みたいに三輪山《みわやま》がご神体という例もあるけどね」

「モノ相手ってまさに考古学でしょう」

「そうだね。で、天川村に母公堂《ははこどう》というお宮があって、これは有名なんだ。役行者が大峰山で修行をしている時、母親が心配して訪ねていった。後鬼《ごき》も一緒。この後鬼というのは夫婦で役行者に仕えていた者たちの妻の方。前鬼《ぜんき》と後鬼なんだ。で、二人が行くと大蛇が現れて道を塞いだ。山に登れない。困っていると阿弥陀如来《あみだにょらい》が登場、母に向かって息子はちゃんと修行をしているから心配するなと告げる。大蛇は八大龍王の化身とわかる。二人はそこに庵《いおり》を作って息子の無事と修行の成就を祈った」

「今もあるの？」

「あるよ。しばらく前まで女人結界のリミットだった。女はこの先へ行ってはいけない。今はもう少し先まで行けるようになったけどね」

「そこに行くの？」

「いや、その上に日月神社というのがあって、ぼくの調査はそこのご神体なんだ。法力《ほうりき》峠といういかにも修験道めいた峠への途中」

「おもしろそうね」と美汐はさほどの熱も込めずに言った。

「一緒に来るかい？」

「いや、やめておく。後で教えて」

三次郎はがっかりの表情になった。

2

エレベーターを待っている時に後ろから声を掛けられた――

「カトンさん」

男性の高めの声。

振り返って見ると桜井《さくらい》先生だった。とても偉い人だ。緊張して思わず姿勢が改まる。教授で長老だから偉い人と教えられた。

しかし実際には歳よりずっと若くて、ぎんぎんして見える。フィールドをずっと走り続けてきて、定年は近いのにまだ勢いが止まらないという感じが全身から伝わってくる。みんなの評判はいいし、恐いと思う必要はないけれど、あまり口を利いたこともないからやっぱり緊張する。

正確を期すれば可敦はカトンではなくカトゥンなのだが、いちいち訂正しないとずっと前に決めた。標準的な日本語に「トゥ」の音はないということは二年前にこの国に来て早々に知った。

日本に来た以上、日本語の発音に沿った方がいいだろう。自分の日本語だって下手で間違いが多くて、発音も歪《ひず》んでいるはずだから、お互い様と考えよう。

書類に書く時は漢字で可敦、研究セクションの同僚との会話ではたいていカトン、たまにちゃんとカトゥンと呼んでくれる人もいる。カツンさんと尻《しり》上がりのアクセントで呼ばれて、一拍遅れてはっと自分のことだと気付くこともあった。

職場の外で、いちいち説明するのが面倒な時は加藤《かとう》という日本名を使う。

この名を選んでくれたのは民博こと国立民族学博物館に赴任して来て最初に仲よくなった年上の同僚だった。彼女自身は長宗我部《ちょうそかべ》という珍しい長い姓で、「これがめんどうでしゃあないんやわ」と嘆いていた。

「外国人というといろいろややこしいこともあるから通名を用意しといたほうがええよ」

「通名？」

「そ、通り名や。これはあっさり簡単がええ。そうやね、カトゥンなんやからカトウにしなさい」

「カトウ?」

「字いで書いたらこう……」

と言って准教授の長宗我部百合香《ゆりか》は手近な紙に——

加藤

と書いて見せた。

「加賀《かが》の藤原《ふじわら》。この国はずっと藤原で保《も》ってきたんや。遠藤《えんどう》とか近藤《こんどう》とか武藤《むとう》とか斎藤《さいとう》とか佐藤《さとう》とか、みーんな藤原の流れ。加賀は日本海側やさかいあんたの国に近いしな。名前も付けたる。和子《かずこ》がええわ。平々凡々。でもな、『カ』のアリタレーションで歯切れがよくて響きもなかなかやろ」

ということで可敦は職場の外では加藤和子になった。「アリタレーション(頭韻)」という英語だけいやに発音がいい。百合香の中でこの英語と大阪弁とはどういう位置関係にあるのか。

職場代表として居酒屋の席を電話で予約する時などは加藤和子を使う。職場でも事情を知らぬ者に加藤さんと呼ばれることがある。

「加藤和子はええよ、漢字で四文字、ひらがなで六字。あたしなんか漢字でさえ七字で、振り仮名は九文字もある。氏名の欄にたいてい書ききれんのよ」

来日して最初の三か月ほどの間、百合香はずいぶん助けてくれた。あんたみたいのを西も東もわからん、と言うのんよと教えられて、この言い回しに感心した。中国語ならなんと言うか。ウイグル語では？　はたまたチベット語では？

二年を経てこの国の事情はだいぶわかってきたけれど、諸事万端まだなかなかおぼつかない。その時々、自分の置かれた状況に立ちすくむことが多い。

もともと気が弱いことは自分でもわかっている。よくもこれで日本に行こうと決められたと振り返って思う。一世一代の、清水《きよみず》の舞台から跳び下りるような決断だった。

この言い回しも長宗我部先輩に京都に連れていってもらった時にその場で教えられた。

「ここから跳ぶんや」

「恐いです。とてもできません」

「もうそれは済んだんやろ、日本におるんやから」

そう言えばそうだった。

民博の研究員になって二年、それなりに業績もあげたし、日々びくびくして暮らさなくてもいいはずなのに。

《研究するだけの私だったら、そんなにびくびくはしない。

もう一つの責務があるから。

今はまだ休眠状態だけど、いつそれが始まるかわからない。

忘れられればどんなにいいだろう。》

エレベーターの前で桜井先生にあわてて頭を下げ、それから背筋を伸ばした。

「そんなに硬くならなくてもいいよ。きみはウイグル自治区から来たんだったね」

「はい。和田《ホータン》からです」

「きみに手を貸してほしいと思っていたのだが、まずは明後日《あさって》の会議に出てくれないか？」

「ひょっとして、ワールド織物ワールドの準備会ですか？」

「そう。もちろんウイグルのアトラスのことだが、準備会のスタッフになってもらうかもしれない」

承知の旨を伝える間もなくエレベーターが来た。

「じゃあ明後日ね、よろしく」

上に行く者と下に行く者はここで別れた。

桜井雄一《ゆういち》は織物の専門家で、それも世界的な権威だと聞いている。世界中のありとあらゆる織物を熟知していて、経糸《たていと》と緯糸《よこいと》の関係をすべて解析して理論を作った。その一方で織機の実物を見て回った。入手した厖大《ぼうだい》な資料は民博のコレクションに入った。フィールド・ワークの達人が多いこの民博でも、この人ばかりは人間離れした行動力と言われている。世界各国で首都から離れた辺鄙《へんぴ》な村まで行って織物のサンプルと、場合によっては織機まで手に入れて持ち帰る。空路だけでも地球を何十回巡ったことか、とちょっとしたレジェンドの域に達した教授なのだ。

「ワールド織物ワールド」はその桜井教授が企画して一年後に開かれるはずの大がかりな特別展で、民博ぜんたいからスタッフが募られつつある。世界中から織物と織機を集めることで展開される織物の世界。

《艾特莱斯《アトラス》のことならば何か手伝いができるかもしれない。会議は苦手だけれど、ここで気後れしてはいけないのだ。こういう日本語の言い回しもずいぶん覚えた。》

部屋に戻ってPCに向かう。

日本語と中国語とウイグル語のメールが二十通ほど入っていたが、大半はジャンク、残りもだいたい事務的な内容ばかり。この日はチベット語の便りはなかった。それにしても、人はなんでこんなに意味のないメッセージを大量にやりとりしているのだろう。そう思ったら、少し本気で読まなければならないものが一通あった。

差出人は藤波三次郎という名。讃岐大学准教授で考古学専攻とあるが、知らない人だ。メールの文章をちゃんと読む前に添付された画像の方を見た。こちらは努力して読まないでも見られるし、まずそちらに興味が行くのは性格かもしれない。

画像は銅鏡だった。よく知っている、懐かしい鏡によく似ているように思われて、しばらく陶然と見つめた。目を奪われる。目が離せない。これってあれじゃないかしら？

しばらくの後、正気に戻ってメールの文章を読んだ。要約すれば書いてあるのはこういうことだった――

奈良県のある神社で銅鏡が見つかったのだが、その形状があなたがかつて論文で発表していたトルファン出土の「禽獣葡萄鏡《きんじゅうぶどうきょう》」によく似ている。時代が唐《とう》代というところも共通しているように思える。私が見つけた鏡とあなたの論文にある鏡の関係を明らかにしたい。なぜ八世紀初頭の日本とウイグルによく似た鏡があるのか。同じ鋳型の可能性もあると自分は思っている。ついてはその鏡を預けてある橿原《かしはら》考古学研究所まで来て実物を見てはいただけないだろうか。

これは行くしかないだろう、と彼女は考え、期日を合わせて伺うと返事を書いた。たぶん片道二時間まではかからない。日帰りで充分なはず。

あの論文の骨子はまだホータンにいた院生の時にメモしておいたもので、日本に来てからこちらの銅鏡を何点か見た上で比較研究の形で発表した。まだ日本語が拙《つたな》くて、長宗我部先輩こと百合香さんがげらげら笑いながら添削してくれた。そんなに笑わなくてもいいのにと思ったけれど、でも直してから百合香さんは、「あんたは偉いよ。ウイグル語・中文・チベット語・英語・日本語、と語学が五つだものね。あたしなどほとんど日本語だけ。英語だっておぼつかない。きっとあんた、二年もしたら完璧《かんぺき》な日本語を話しているよ。あたしの方が言葉遣いを直されたりして」と言ったのだ。

また鏡に目が行った。

本当に同じ鋳型から作られた兄弟関係の鏡だとしたら、これはおもしろいことになる。この藤波さんって、知らない人だ。知らない人に会うのは気が重いことだけれど、でも人には会わなければいけない。古物学・古蹟《こせき》学・考古学ならばモノだけを相手にしていればいいと思って専攻したが、あるレベルまで行くとそういうわがままは言っていられない。ちゃんと人にアピールしなければ業績も認められない。努力しなくては。こういう時は「勇を鼓す」というのだった。

桜井先生を囲む会議で与えられた役割は、エレベーターの前で聞いたとおり艾特莱斯のことだった。

「カトンさん、きみから説明してくれるか？」と桜井先生が言う。

たくさんの人の前に立つと、気後れで膝《ひざ》に力が入らない。机に手をついて背筋を伸ばす。これも勇を鼓す、だ。大きな声ではっきり話さなくては。

「アトラスはウイグルに古くから伝わる絹の織物です。ホータンはシルクロードの中継地で、そこで生糸から織物へという産業が興りました。始まりは紀元前三世紀から二世紀。ずっと途絶えることなく続いて、今でも生産されています。織物としては、幅は四十センチまで。絣《かすり》に似た括《くく》り染めで、染料は植物系。機《はた》は経糸の張力を重りで調整する、いわゆる錘機《おもりばた》です」

「今も生産されているというが、昔と同じ製法かな？」

「いえ、ほとんどは安直な量産品で、柄だけ似せたプリントのものまでアトラスだということにして売っています」

「しかし伝統的なものもある？」

「あります。とてもとても高い」

「機は昔のもの？」

「ホンモノとして高い値で売っているものは昔のままのを使っています。日用品でもお土産でもなく、もう美術品です」

「まずスタッフとしてこのプロジェクトに入ってほしい。ぼくは調査と採取のために現地に行くかもしれないが、その時は手を貸してもらえるかい？」

「はい。できるかぎり」

そこで勇気を出した。

「あの、実は母がアトラスの織り子でした。その仕事で私を育てて大学まで行かせてくれました。今はもう織っていませんが、織り子の仲間はまだたくさんいます。古い機のコレクションにも伝手《つて》があります」

桜井先生は嬉しそうな顔をした。

十日ほど後、彼女は千里中央《せんりちゆうおう》から橿原に向かった。

奈良県立橿原考古学研究所で藤波さんという人に会って鏡を見る。相手は四国の高松《たかまつ》から来るらしい。事前にネットで見たところではまずまず中堅の考古学者で専門は日本の縄文から弥生、その後の古代史までとずいぶん広いことはわかったが、人柄などは知りようがない。

畝傍御陵前《うねびごりようまえ》の駅まで迎えに来てくれるという。

改札口を出ると、がらんとした広場を背にひょろりと背の高い男が所在なげに立っている。他に人待ち顔の人はいないし、思い切ってこちらから声を掛けた。

「ふじなみ先生ですか？」

「ああ、あなたがカトゥンさん？」

ちゃんと発音してくれた。どうして知っているんだろう？

「はい、わたしです」

「よく来て下さいました。ともかく何よりもまず鏡を見ましょう。ほんとにすぐそこですから」

実際、研究所までは五分もかからなかった。

その間、歩きながらほとんど言葉を交わさなかったのは相手も人見知りする性分だからだろうか。親しくなるのに手間のかかる人かもしれないと思うとまた気が重くなった。

研究所に着いて、訪問者のパスを貰《もら》って中に入り、二階の小さな部屋に案内された。

「今、持ってきます。これを……」と言って白手袋を手渡される。

藤波三次郎さんはすぐにプラスティックのケースを持って戻った。

黙って開けて、机の上に置く。

白い薄い蒲団《ふとん》の上に鏡が載っていた。

似ている。

サイズは同じに見えるし、鈕《ちゅう》を中心に展開される文様の一つ一つを指で示すように見ていっても、やはりそっくりに思える。数値化・記号化されたデータではなく自分の目で見た印象が大事、ということはウルムチの大学でしっかり教えられた。五感を活用するのだ。そして、見ることならば自信がある。

「同じですね」と顔を上げて言う。「同じものがウルムチ近郊の王墓から出土しています。私が研究して発表したものとこれは同じです。この傷があちらにもありました（と言って一か所を指で示す）。同じ時代に同じ工房で同じ鋳型から作られたものだと思います」

「うーん、すごいことになったな」と相手はうなった。「工房はたぶん江蘇省《こうそ》あたりにあったのでしょう。青銅の素材分析をすれば特定できる。そこから西と東へはるばる運ばれた。やはり和鏡ではなかったし仿製《ぼうせい》鏡でもなかった。東西両方向への伝播《でんぱ》。そういうことだったのか」

それからしばらくは専門用語が飛び交う会話になった。文様の一つ一つを言葉にして、それをメモして、中から外へ鏡の全面を解析してゆく。

それが一段落したところで初めて相手の顔を正面から見た。

その年齢と地位に合った顔とふるまいで、顔はまあまあいい男の部類に入るが、真面目に話していてもどこかでふざけているような印象が発散されている。その分だけ相手をするのが気楽でいい。ぼくの前では緊張しなくてもいいのですよ、と顔の造作そのものがメッセージを発している。ああ、少し垂れ目なんだ。たぶんそのせいでこちらは緩むことができる。

「もう一つ見てもらいたいものがあるんです」

そう言って藤波さんはまた隣の部屋に行って別のケースを運んできた。今度のは細長い。

黙って開けて、中身をそっと取り出し、白い布を丁寧に開く。八十センチくらいの棒状のもの。

剣だった。銅の直刀で、ざっとクリーニングがしてあった。刀身は幅が広く、柄も太い。実戦用ではなく祭具ではないか。

「字が刻んであったりはしませんね？」

「残念ながら。しかし何か象嵌《ぞうがん》があるのですよ、ほら、ここのところ」

言われてみると、たぶん柄のすぐ上、刀身のいちばん下のところに円い印がいくつか並んでいる。

「あっ、北斗」

「そう。北斗と、これは輔星でしょう。中国の星座ではいつも七星とセットになっている」

「象嵌の素材は？」

「金だと言われました。純度や成分まではまだわからないけれど」

「稲荷山《いなりやま》古墳の剣みたいですね。ウイグルでは見たことがありません」

「これが文字でないのが残念で」

「どこから出たのですか？　神社と仰《おっしゃ》っていらしたけれど」

(敬語をたぶんちゃんと使えたと思ってちょっと得意になった。)

「それなんですが、よろしかったらこのままぼくの車で現地に行きませんか？　ここから南へ三十キロほどのところです。一時間とかからない距離だし、道々これの発見の事情をお話しできると思います」

《どうしよう？
初めて会う人と車でずっと一緒というのはちょっときつい。
でもこの鏡と剣のことはとても気になる。
ひょっとしたらこの人と共同研究で何か成果が挙げられるかもしれない。》

「行きます」と言い切った。

藤波さんの車はいかにもフィールド仕様の大きな四駆で、とても汚れていて、後部には箱やらケースやらスコップやらいろいろなものがたくさん積んであった。

車が大きくてギアレバーなどの並んだセンターコンソールの幅が広いから、運転する藤波さんとの間はだいぶ離れている。軽四輪に隣乗するような圧迫感がないのがありがたい。

「今から目指すのは、ここから南へ三十キロほどのてんかわ村です。天の川と書く。その山の中にじつげつ神社というのがあって、あの二つはそこのご神体でした。じつげつは日と月」

ご神体は知っている言葉だ。神社とかで神様の霊が宿るとされる具体物。日本の天皇家の神器はたしか鏡と剣と勾玉だった。あっ、こっちもそれが二つまで揃っている！

「半年ほど前に村から依頼がありましてね」と藤波さんは正面を見たまま話し始めた。ちゃんと前を見て運転する人らしい。日本人はだいたいそうだけれど。

「建物を改築するのを機にご神体はじめすべての器物を調査したいというんです。それであれがぼくのところに回ってきた」

「古いんですか？」

「日月神社というのは、言い伝えによれば神亀《じんき》四年にできている。西暦で七二七年です」

「開元《かいげん》の治。盛唐《せいとう》の絶頂期ですね。玄宗《げんそう》皇帝が即位して十六年目、楊貴妃《ようきひ》が登場するのはその十三年後です」

「なるほど。そう聞くとリアリティーが増すな。ともかく、その頃、さる修験者が山の中で宝物を見つけた。私《わたくし》するのを控え、勧進して基金を募り、これをご神体とする神社を造った。以来千三百年近く、神社は地元の人々によってひっそりとしかし途絶えることなく維持されてきた」

「日本も古い国ですね」

「ええ、まあ。大陸の歴史でいえば後漢の頃にはいちおう国の体制が整っていたわけだから」

ウイグルもチベットも韓半島も似たようなものだ。中国という大きな星を巡る衛星たち。

「日月神社という名の由来がわからなかったのだけれど、ぼくはこの鏡と剣を日と月に見立てたのではないかと思っています」

「あっ、なるほど」

「この神社は伊勢とか出雲《いずも》とか住吉《すみよし》とか、そういう系統が不明なんですよ。祀られる神様はスサノヲということになっているけれど、だからと言って祇園《ぎおん》神社や八坂《やさか》神社と縁があるわけでもない」

「剣はスサノヲと繋がりますね、ほら、あの……」

「草薙《くさなぎ》の剣？」

「そう。鏡はスサノヲのお姉さんに繋がっているし」

「アマテラスか。ぜんたいとして天皇一統の伝承を小さく真似ているとか」

「それにしても、その二つの宝物、どこから来たんですか？　なぜ山の中にあったんですか？」

「ご神体を開いて見たのは近代では今回が初めてですが、神社に伝わる古文書の方は前から知られていた。江戸時代の複写だけれど内容は信用できるとされている。神亀四年というのもそこに書いてあった。それによれば二点の宝物が修験者によって発見された時、近くには骸骨が一体あったそうで、たった一人ということは泥棒の可能性が高い。つまりそいつが盗んできて、そこで不遇の死を遂げた。そういう筋書きは書ける」

「私が論文に書いたトルファン出土の禽獣葡萄鏡も製作は八世紀初頭とされています。ほぼ同じ時期ですね」

車はそれまでよりぐんと狭い山道に入った。昼なのに暗い杉の林の間を縫うように走って、やがて小さな神社の前を過ぎ、その横の小さな駐車場に入った。

「いや、ここは母公堂《ははこどう》で、日月神社はここから歩いて登ります。大丈夫ですね、山道は?」

「ここですか?」

「ええ。足は強い方です」

「この母公堂は役行者という名高い修験者にゆかりのところでしてね」

「その修験道というのが私にはよくわからなくて」

「日本化された道教ですね。もっぱら山の中で修行する」

「タオ?」

「まあ一種の。行者を目指すのであって仙人にはならない」

そう言っているうちに山道が険しくなって会話どころではなくなった。

標高差にして二百メートルほど登ったところに小さな社があった。

「これが日月神社です」と藤波さんは息を切らしながら言った。

「この道は?」

「登りつめると法力峠《ほうりきとうげ》。いかにも修験道らしい地名ですね。この近くには行者還《ぎょうじゃがえり》岳という山もある」

神社は小さくて、古びて、杉の林の中でくすんで見えた。時間がたてばどんな建物もまわりの風景に融《と》け込むだろう。

「何度か建て替えられていて、この社殿は江戸期のものらしい。今回は建て替えではなく改修で済ませるんですが。ご神体はたぶん天川村の資料館に収められるでしょう。古くて貴重だから」

ここにあの鏡と剣があったのだ。千三百年前のことだ。

で、鏡と剣はどこから来たの？

それは解くことのできる謎？

なぜウイグルとここに？

唐から日本へは誰が運んできたのだろう？

唐からウイグルに運んだのは誰だろう？

彼女は深くゆっくり息をした。杉の香りが体内に充満した。呼吸法は道教の修行の基礎だ。頭蓋骨《ずがいこつ》の中が空っぽになって、その天蓋の中にこの地の気が満ちる。

そこで一つの光景がふっと見えた。山の急斜面に一人の男が死んで転がっている。すぐ横に鏡と剣が落ちている。歳月の隔たりは無いも同然。一瞬だけだがはっきり見えた。

「わざわざ行くほどのこともなかったですか？」

帰路の車の中で藤波さんがちょっと遠慮がちに聞いた。自分がいよいよ無口になったから気を遣っているのだ。

「いえ。そんなことはありません」と強く言う。「あそこは強い土地です」

「強いって、何が？」

「こういう言いかたは科学的ではないかもしれませんが、でも古代の人が尊崇の場と決めたところはどこでも何かの強い力の場です」

「ぼくはまったく霊感などないけれど、それを感じられる人がいることは否定しない。むしろ尊敬しますね」

「私もそんなに感じる方ではないし、まして研究に使えるものではありません。でも、あそこはすごく強い」

その後は二人ともずっと黙ったままだった。藤波さんは狭苦しく曲がりくねった道をフロントガラス越しに見て黙々と車を走らせた。神社の雰囲気がまだ車の中にたゆたっている。森厳というかおごそかというか。

この道筋、たぶん古代から変わっていない。条里制の時代にできたのではないか。日本には馬車はなかったし牛車もほとんど普及しなかった。だから道は細くまがりくねっていてもよかったのだ。それは民博の誰かの論文で読んだこと。いや、あれは民博ではなく歴博の方だったか。

何かが気になっている。

橿原の研究所であの二点の遺物を見てからずっと何かが気になっている。その見えない何かの実在感が日月神社でいよいよ強くなった。引きつけられている。

来た時に降りた畝傍御陵前の駅まで送ってもらって、そそくさと形ばかりの別れの挨《あい》拶《さつ》をして、また電車で千里中央に帰った。

何か気になる感じはずっと持続していた。少しいらいらするほど。

電車の中でもずっとそれを探っていた。手がかりがあれば一気に解けるはずの謎。小学校の同級生の顔は浮かんでも名前が出てこないような、そんな焦燥感だった。

それから三日ほどは日々の忙しさの中で普通に過ごした。研究室と展示室と会議、資料庫、一日が終わればすぐ近くの宿舎に帰って、簡単なものを作って一人で食べて、夜中まで勉強して、寝る。休日は散歩と近所の買い物くらいで、賑《にぎ》やかなところに行くことはないし友人と遊ぶこともない。

四日目の日曜日、休んでいる時にまずイメージが帰ってきた。あの剣の金の○がいくつか並んだ象嵌の文様。北斗だ。それに輔星。

配列が北斗七星だったから、○であって☆でなくともすぐに星を表すとわかった。

同じものを他で見たことがある。

それがどこだったか、ずっと心の中でひっかかっていたのはそのことだった。意識のずっと深い層で知識が連結されようとしている。

あれ！　あれじゃない？

すぐに確かめたいと思った。手元にはない。この部屋には生活の最小限のものしか置いてない。

館の図書室、資料室。あそこなら何でもわかるはず。

すぐに着替えて、途中でばったり同僚に会ってもいい恰好《かっこう》になって、そそくさと部屋を出て職場に向かった。

がらんとした図書室に行って棚を探す。

見つけて、デスクの上に運んでページを繰る。

あった！

間違いない。あの刀身はこれと同じ意匠だ。この図の北斗と輔星の部分だけが刀身に転記されている。しかも金の象嵌。同じ技法。縁がないとは思えない。

日本に来るための審査の時、研究者としての自分の能力を自分で査定するという設問があって、論理的分析力などは十人並みだが画像には強いと書いた。かけ離れたイメージの類似性を認知するのには長《た》けている。

これもその一例かもしれない。

研究室のPCからさっそくメールを送った。

返事が来たのは翌日の夕方だった――

非常に興味深いご指摘をありがとうございました。

たしかに剣の星とキトラ古墳の天文図はよく似ています。ぼくも見知っていたのになぜか気がつかなかった。盗掘というのもよい視点です。どこの国でも古い墓はたいてい荒らされている。ツタンカーメンのような例はめったにない。

(あの古代エジプトの王の名を中国語では图坦卡蒙と書くのですね。台湾《たいわん》では圖坦卡門ですか。)

これでもし日月神社の剣と鏡がキトラから出たものだということになると、これはキトラ古墳の被葬者が誰であるかという古代史の大問題解決の糸口になるかもしれない。つまり剣が日月神社とキトラ古墳を繋ぎ、それとセットの鏡がその人物と唐を繋ぐ。

キトラ古墳の墓主人の候補として有力視されているのは、

高市皇子《たけちのみこ》　六五四―六九六
忍壁皇子《おさかべのみこ》　？―七〇五
阿倍御主人《あべのみうし》　六三五―七〇五

この三名です。皇族が二人と貴族が一人。

日月神社の設立が本当に神亀四年だとすると、この三人が亡くなってから二十年ないし三十年ほど過ぎた頃になりますね。盗掘にはいい時期かもしれない。

しかしここに大きな問題が立ちはだかるのです。今の学説ではキトラ古墳の盗掘は平安末期のこととされている。そうなると日月神社の記録と合わなくなる。この矛盾をどう解決するか、キトラ仮説が魅力的なだけに悩みも深い。

もう少し考えてみます。

PS　この件に関するフォルダーに「キトラ・ボックス」という名を付けました。
「ボックス」があると話が大きくなりそうな気がする。

話は大きくはならない。ここで行き止まり。

年代が合わないというのは歴史学ではどうにもしようがないことだ。

もうキトラ仮説は忘れることにして、鏡のことだけを考えよう。

そう決めて目先の仕事を続け、その一方でアトラスを織る昔ながらの機についての問い合わせをしたりしていた。

しかし、どうしても気になる。

夜中にはっと目が覚めてそのことをまた考える。

なぜ鏡と剣と一人の男の死体が天川村の山の中にあったのだろう?

盗掘は大規模な作業。少なくとも数名の専門知識のある者を含む大集団の仕事。

盗品はまとめて故買屋に売却され、売り上げが配分される。

始末のむずかしい盗品そのものを山分けにするとは考えられない。

死んだ男は二点だけ横取りして逃げたのだろうか？

それはいつのことだった？

神社の由来は後になって捏造《ねつぞう》することもできる。箔《はく》を付けるために実際よりずっと古いことにすることもある。

しかし平安末期と奈良時代初期では時代が違いすぎる。

あの神社は本当に八世紀前半にできたのだろうか。ご神体だけ後から来た？　それは考えられない。

では盗掘が二度あったというのは？

墓ができてから二十年ほどの時に小心者の小悪党が少しだけ盗み、それから五百年ほど後に本格的な盗掘が行われてすべてが奪われた。

少し無理のある仮説だけれど、今の段階で捨てる必要はない。


そこに藤波さんからまたメールが入った――

とんでもない見落としをしておりました。あの鏡、瀬戸内海の大三島《おおみしま》にある大山祇《おおやまづみ》神社の禽獣葡萄鏡とも同じです！　いや、少なくとも相当に似ていると言えましょう。国宝なんだから写真など何度も見ていたはずなのに気付かなかった。ぼくには画像的なひらめきが足りない。古物学者失格ですね。

あそこの社殿が完成したのは七一六年、これまた八世紀の初頭です。年代がずっと繋がっている。あれは何かと武張った神社でぼくは好きではないけれど、しかしこの鏡も見ないわけにはいかない。ご一緒しませんか？

あるいはキトラの矛盾の解決の途が見つかるかもしれない。


《行く？

もう一つの責務の方はいよいよ実行と言ってきている。

やらないという選択肢はない。

これを機会にする？》

3

藤波三次郎は可敦《カトウン》を大山祇神社に誘ったが、返事はなかなか来なかった。

三次郎はまずは大山祇神社の鏡を見る算段をした。彼女が来なければ一人で行ってもいい。讃岐大学准教授藤波三次郎と国立民族学博物館主任研究員可敦の連名で御社の所蔵になる国宝禽獣葡萄鏡を見る許可を申請する（御社というと相手が株式会社みたいだが、この場合は神社だ）。自分の研究歴を添付し、可敦については民博のサイトから勝手に引用した。恩師である斯界《しかい》の権威、京都大学名誉教授の大司幸秀《おおつかさゆきひで》先生の名もさりげなく書いておく。神社が照会してもいいように先生に簡単に事情を説明するメールを出しておいた。要は自分たちは怪しいものではない、国宝を盗むつもりも毀損《きそん》するつもりもないと伝わればいいのだ。その場に神社の担当者が立ち会うのは間違いないし。

三次郎が感心したことに大山祇神社は即座に許可の文書を速達で送ってよこし、それが着いた頃に日時を決めるための相談のメールも到来した。担当は稗田《ひえだ》正美《まさみ》という人で、今回の研究テーマについて詳しいことは書かなかったのに、メールでずいぶん熱心に応答してきた。神職にありながら考古学ファンなのかもしれない。あるいは国宝などの管理のために雇われた専門家で、自分でも研究をしているのか。

そのメールと前後して可敦から大三島に同行するという連絡が入った。

彼女は会って喋《しゃべ》る時よりメールの方が言葉数が多かった——

もともと自分は引っ込み思案で、民博から外になかなか出られないのだが、それではいけないという思いもあって、今回は瀬戸内海まで行くことに決めた、とある。よろしくお願いします。

日時が決まって、次は旅程を作らなければならない。新しい研究テーマとして大学に登録し、そこから費用を出してもらう。自分の車で行くからガソリン代と高速道路代。日帰りだからそれだけ。可敦は高松まで来る旅費を工面すればそれで済むはずだ。いや、大阪からでは高松で一泊ということになるか。その場合、宿はどうする？　留学の身でホテル代の余裕はないかもしれない。

三次郎はエレベーターで一階下に降りて、宮本美汐の研究室を訪ねた。

「あら、三ちゃん、どうしたの?」と美汐がドアを開けて明るく応対した。

「いつか話した天川村の神社の話、あれがなかなかおもしろい展開になってね」と言って、その後のなりゆきをざっと話す。

相手はふんふんと言って聞いている。どれくらい関心があるのかわからない。この人は古代ではなく現代の世界に関わる社会学者だから。

「それで一晩だけ宿を貸してくれないか?」

「三ちゃんに?」

「まさか。その鏡と同じものがトルファンから出て、それに詳しいウイグル人の研究者と一緒にやることになった。可敦という女性」

「あら、楽しそうね」

「そういうことではないのですよ。真面目な研究。で、その後で大三島の大山祇神社にも似た鏡があることが判明。これを見に行くのだが、彼女は千里の民博から来るからどうしても高松で一泊になる。それを頼んでいるんだ。悪い子じゃない」

「わかった。いいよ。うちに泊めてあげる」

これで宿は確保。

次は足だ。

向こうは不案内だろうからといくつかの案を出したところ、乗換がいちばん少ない高速バスがいいと言う。そこで、十三時四十分に大阪駅の高速バスターミナルを出る便だと十七時十八分に高松に着く、と伝えた。乗換が面倒かもしれないから、少し早く千里中央を出た方がいい。切符代は片道四千三百六十円（彼女はこれを研究費として民博に請求できるのだろうか？　自分が一筆書いて話が通るのなら労を執るにやぶさかではない……この表現を使うたびに三次郎は藪でもなければ坂でもない、という洒落《しゃれ》を一瞬想起してすぐ消去する）。

高松ターミナルに迎えに行くし、その晩は懇意な女性の研究者（専攻は社会学）のところに泊まれるように手配した。気の置けない人だから心配しなくていい。

というわけで、当日の十七時十八分に可敦は無事に高松に到着し、出迎えた三次郎並びに初対面の宮本美汐と夕食を囲むことになった。

「はじめまして」と気弱そうに言う可敦に向かって美汐はにっと笑った。

「そういうことはいいから、何食べる？」

「何でも」と消え入るような声。

「どうしよう？」と三次郎に向かって問う。もうこの場を仕切っている。心強いことだ。

「この場合、あれではないかしら？　おやどり・ひなどり」

「一鶴《いっかく》？　いいね。瓦町《かわらまち》だね」

その先は何も説明しないでさっさと店に連れてゆく。

席に着いて、「ビール飲むね」と聞くというよりは通告ないし命令して、生ビール三つととりハムやしょうゆ豆をとりあえず注文し、それから説明に入る。

「この店は骨付きの鶏の腿《もも》を焼いたのだけ。それが二種類あって、雛《ひな》と親。雛は柔らかく、親は味が濃い。どちらもおいしい」

こんな風にたたみかけるように言うのが美汐の気遣いなのだと三次郎にはわかっている。気まずい初対面の時間をさっさと通過してしまおうという気配りなのだ。

かくて宴《うたげ》は始まり、ビールと料理で可敦は少し口を開くようになった。

それでも美汐は生まれとか育ちとか出身地とか、そういうことは聞かない。今の毎日の仕事を聞く。同じようにして自分の仕事も話す。似た年頃の、大学の研究者（民博は組織としては学生なき大学である）、そこからほぐした方が相手は楽だろうと見抜いている。

「民博にウイグル関係の収蔵品が相当あって、未整理のものも多いんです。それがもっぱらの仕事です。大学では敦煌《とんこう》文献を専攻しましたが、あれは肝心のモノは地元にないわけだから」

「そうね。みんな莫高窟《ばっこうくつ》から持ち出されて国外に行ってしまったのね。オーレル・スタインだっけ？」

「ええ。北京に行ったのもありましたしね。大谷《おおたに》探検隊の手で日本にも渡っています。

収奪の歴史を辿《たど》るみたいでおもしろくない。だから対象を具体物に変えて……」

「だから銅鏡にも詳しいんだ」と三次郎が言った。

女二人は連れだってタクシーで帰り、三次郎はそれを見送った。


翌朝の九時半に美汐が可敦を連れて大学に出勤してきた。駐車場で会って、可敦を三次郎の汚い大きな四駆の高い助手席に乗せた。

「成果を祈るわよ」と言って美汐は送り出してくれた。

「瀬戸大橋で本州に渡って山陽道《さんようどう》から行く方が少し近いんだけど、せっかくここは四国だから四国道で行きましょう」

高松中央から高速に乗る。

前の晩には三人で楽しく喋ったのに、今日の可敦は口数が少なかった。三次郎が一方的に話し続ける。

景色のことなど話しているうちにあまりに反応がないので話題が尽きてしまった。会話というのはキャッチボールでなくてはならない。これではまるで無人の荒野に向けてピッチングの練習をしているみたいだ。

この人は男性恐怖症なのかもしれない。

しかたがないからとっておきの話をした。

「これはもう日本中のみんなが知っていることだから話してもいいと思うんですが、あの美汐さんという人はしばらく前、日本の権力者と闘った英雄なんですよ」

今度は反応があった。

「そうなんですか？　何をなさったんです？」

「戦後日本に秘密の核兵器開発計画があったことを暴いた。ずっと昔の話でひた隠しにされていたのを白日の下に引き出した」

前を見て運転していても可敦が興味津々という顔でこちらを見ているのがわかった。

三次郎は美汐の父の死に始まって、延々たる逃亡劇、そして大々的な記者会見に終わった美汐の冒険を詳しく話した。自分が果たした役割のことも少し大袈裟《おおげさ》にして添えた。

聞き終わって可敦は大きくため息をついた。

「勇敢な方ですね」と尊敬の念を込めて言う。

「まったくね」

「権力者に逆らうなんて」

あっ、そこのところで感心しているんだ。

大三島には二時間半の後に到着し、そのまま大山祇神社に向かった。

まっすぐ宝物殿に来てくれと予め《あらかじ》稗田さんから指示があったので、三次郎は指定された職員用の駐車場に車を入れ、二人で裏の通用口に行って守衛に来意を告げた。

三分ほどで稗田正美さんが現れた。名前からは男女の区別がつけられなかったのだが、大柄で開けっぴろげな中年の女性だった。

「ようこそ、お待ちしておりました」と言って、奥の部屋へ案内してくれる。

白い布が敷かれた大きな机があり、その上に更に四角い台があって、国宝・禽獣葡萄鏡はそこに小さな紫の座布団に載せて安置してあった。

横に守衛が立っている。なにしろ国宝だから一時《いっとき》たりとも目を離さないのだろう。

「普段は陳列ケースでガラス越しなのですが、研究者の方には直《じか》にお見せすることにしております」と稗田さんは言った。「あちらには今は複製が置いてありますが、みなさんわからないから」と言ってまた笑った。

「ありがとうございます」と三次郎が言う間もなく可敦は鏡に見入っていた。机に両手をついて、顔を近づけて、右から左からためつすがめつ見る。特に気になるポイントはぎりぎりまで近づく。

「たぶん同じですね、日月とも、もう一つの方とも」と小声で言った。

三次郎は細部ではなく全体の印象を感覚的に捉《とら》える姿勢で見た。たしかに似ている。

「写真はよろしいですか？」

「どうぞ。公式の写真はございますが、研究用ならばそれぞれテーマがありますでしょうから。ただ、カメラを鏡の上に落としたりなさらぬよう」

三次郎は持参のカメラの吊《つ》り紐《ひも》を頭が通るぎりぎりまで短くして首に懸けた。可敦と相談しながら全体や要所要所を何枚か接写で撮る。スレイブに設定した補助ストロボを可敦に手渡して横の方から光を当てる。こうすると凹凸がわかるように撮れる。ポイントは鋳型の傷だ。これが同じならば同じ時期に同じ工房で作られたと証明できる。

撮影が終わってまたしばらく二人で鏡を見ていた。どこで作られて、どういう径路を辿ってここへ来たのか？　兄弟たちとはどこで別れたのか？

《これは、描こう。》

所持していた小さめのディパックから筆箱とスケッチブックを出して、鉛筆で鏡ぜんたいの図と何か所かの細部を描き始める。

その伎倆《ぎりょう》に三次郎は驚嘆した。素早い手の動きなのに鏡の細部がきちんと再現され、特徴がわずかばかり強調され、おそらくは写真よりもずっと正確で説得力のある図ができてゆく。他ならぬこの鏡と他の鏡の違いがはっきりわかる。

十五分ほどで数枚のスケッチが終わった。

「うまいわねえ」と横から遠慮がちに覗《のぞ》いていた稗田さんが感に堪えて言った。「あなたは珍しいお名前だけど、どちらからいらしたの？」

「中国です」と蚊の鳴くような声で答える。

「日本まで来てお勉強してほんとにお偉い」

可敦はもう身の置き所がないという風に下を向いてしまった。

「さて、ありがとうございました。論文ができたらご協力を明記して、もちろん稗田さんにもお送りします」

「はいはい。お待ちしておりますよ。研究の役に立たないとそれこそ宝の持ち腐れですからね」

外に出て駐車場に向かって歩く間も二人は興奮していた。

「三つも揃いました!」と可敦が珍しく大きな声で言う。

「千三百年前に何が起こったのか、誰が関わったのか、わかるかもしれない」

せっかくだから宝物殿に展示された物も見て行こうかと裏から表へ回ろうとした時、前から男が歩いて来た。

白いシャツに黒いズボン。柄が大きい。三次郎はほとんど見もせずにやり過ごそうとした。可敦はひるんだようにちょっと歩みを遅くした。

その時、背後から駆け寄る足音がして、振り向く間もなく三次郎は右の耳の横に強い衝撃を受けて昏倒《こんとう》した。

意識が遠くなりかけるのをなんとか堪《こら》える。自分が地面に横になっていることがわかった。手をついて膝をついて、ともかく視野が縦になるようにする。

頭の右がずきんずきんと痛い。おそろしく痛い。そこで大きな焚《た》き火が燃えているようだ。

何かで殴られたらしいと気づいた。

はっとして前の方を見た。自分のことより心配すべきことがある。

先の方に二人の男に両腕を掴まれて引きずられてゆく彼女の姿があった。

誘拐？

自分は殴られた。彼女は連れ去られようとしている。

なんとかしなければ。

たまたま地面についた手に何か丸いものが触れた。丸い硬い冷たいもの。

玉砂利。

何も考えずにそれを掴んで立ち上がった。身体が覚えている動きだった。

相手との距離はまさに十八メートル四十四センチかと思われた。

これなら勝てる。討ち取れる。

しかし、頭に当てたのでは相手は死ぬかもしれない。本当の死球。

脊椎《せきつい》を砕けば半身不随になる。

肩胛骨《けんこうこつ》くらいにしてやろう。

それだけ考える余裕がこちらにはあった。

振りかぶって、一球目。

玉砂利だから公式ボールよりだいぶ小さいし真の球形でもないが、この場合は打者はいない。カーブもナックルボールも消える魔球も必要ない。ただの直球でいいのだ。

だから球は、玉砂利はまっすぐ飛んで左にいた男の左の肩胛骨に命中した。季節がら薄着だからクッションがない。

相手はつんのめるように倒れ、可敦を摑んでいた手を放し、そのままうずくまった。激痛だろう、かわいそうに。

もう一人の男は何が起こったかわからず、やはり可敦を摑んでいた手を放して、同僚のところに駆け寄った。

可敦は立ちすくんでいる。呆然《ぼうぜん》としている。

三次郎はもう二つ石を拾って両手に持ち、ゆっくり相手に近づいた。可敦がはっとしてこちらへ走ってきた。

男たちは立ちつくしていた。たぶん自分たちの使命の失敗はわかっただろう。

十メートルの距離で三次郎は腕を上げて石を投げる真似をした。ここは彼らを追い払いたい。捕らえることは考えていなかった。ここに警察を呼んだら自分も傷害罪になりはしないかという思いが一瞬よぎった。自分の場合、素人が当てずっぽうに石を投げるのとは違うのだ。

一方が他方を担ぐようにして二人は逃げた。

先の方に黒い車が駐めてあった。

怪我をした方が先に乗り込み、もう一人が運転席のドアを開けて、こちらに向かって何か叫んだ。罵倒《ばとう》の言葉には違いないが日本語ではないように聞こえた。

石をもう一つ、今度は車にぶつけた。

車は急発進してすぐに消えた。ナンバープレートの24－17の字が読み取れたから、三次郎はすぐにメモした。

「大丈夫ですか？」と言うしかないし、それに少し高揚感が伴ったのも自然なことだろう。

彼女は玉砂利の先にあった木に寄りかかっていた。

「すぐ警察に電話します」と言って三次郎は携帯を取り出そうとした。

可敦が手で制する。

ん？

「電話、しないで、下さい」とかすれた声で言った。「警察を呼ばないで」

「でも……」

「お願いです」

「では、稗田さんのところに戻って休みますか？」

「いえ、ここを、早く、離れましょう」

そう言われて三次郎は、ショックで足取りのおぼつかない可敦を連れて裏の駐車場に向かった。

途中で可敦が何か拾ったのが目の隅に映った。

車を出す。

この場を離れる。狭い島の中をうろうろしてもしかたがないので、ともかく高速に乗ることにした。彼の頭には同じ道を高松に戻ることしかなかった。その他に興奮と謎とわずかな不安。

しばらく走ったところで可敦が口を開いた。

「どこかで停めて下さい」

落ち着いた声だった。

次は来島《くるしま》海峡サービスエリア。

その広い駐車場に入って、物産の店やレストランやトイレのあるあたりに車を停めた。周囲にたくさんの車と人。心強い。

そのまま車の中で話す。

「尾行されていないかな？」

「あの場はあの二人だけでしょう」と可敦は静かなしかし張りのある声で言った。気の弱い印象はもうなかった。

「さっきは何が起こったの？　いきなり一人が悲鳴をあげて地面に転がったけれど」

「石をぶつけた。たぶん肩の骨が砕けた」

「あんなに遠くから？」

「ぼくは高校の時は野球のピッチャーでした。プロ野球から声は掛からなかったが、甲《こう》子園《しえん》の直前まで行った。今でも月に一回くらいは大学野球部の練習に顔を出して学生たちに混じって走ったり投げたりしています。あの距離で狙ったところに当てるのはそうむずかしくない。ぜったいにあなたに当てない自信はあったし」

「助かりました。ありがとうございました」

「たまたま石が手近にあってよかった。あれ以外にぼくには戦う手段がないから」

「ちょっと電話をしてきます」と可敦が言った。

「携帯は？」

「公衆電話の方が安全です」

物産店に向かって歩き出す可敦を追って三次郎も車を離れた。人が多いから危険は少ないが、それでも一人にはできない。

携帯が安全でないという話、どこかで聞いた。携帯は位置がわかるという。しかし、待てよ、そんなことができるのは警察だけだろう。思い出した。携帯を使えないと言ったのは美汐だ。盗聴も恐いし逃亡中は一切使わなかったと言っていた。ということはこのウイグル女性を誘拐しようとしたのは警察？　そんなはずはない。それなら逮捕すればよかった。しかし、彼女は警察には連絡するなと言った。

可敦の電話は短かった。

「私は困ったことになりました。それで、お願いがあります」と言う。「これから三日ほど隠れていられる場所を教えて下さい。事情をお話しすることはできないのですが、ともかく今は民博には戻れません」

「考えてみますが、その前に一つ確認したいことがある。あなたを追っているのは警察ですか？　それならばぼくは協力できない」

「私を追っているのは日本の警察ではありません」

「わかった。次の問題。たった今はぼくたちの所在は敵には知られていない（何だかわからないが敵と呼ぼう、と三次郎は考えた）。しかし今日あそこにあなたがいることを敵は知っていた。待ち伏せしていた。次に隠れる場所が伝わってしまう可能性はないかな？」

「今日あそこにいたことはたぶん藤波先生とのメールのハッキングで知ったのだと思います。民博にも一日休むとしか言ってないし」

「ハッキングなんて、そんなことができる相手なのですね」

「そうです、たぶん」

「こういう場合、相談する相手は一人しかいないな。宮本先生に電話しましょう」

二人でまた公衆電話のところに行って、そこから美汐に電話をした。幸い美汐はすぐ電話に出た。三次郎はこれまでに起こったこととこれからなすべきことを時間をかけて話した。

「だいたいわかった」と長い話の後で美汐は言った。「で、きみは彼女の味方になるつもりなのね？」

「理由が何であれ誘拐という暴力は見過ごせない。ぼくの目前で起こったんだ。どこかで手を引くことになるとしても今はこの人を保護してやりたい」

「じゃ私も少し手を貸そうか。相当な力を持った組織らしいけれど警察ほどではないのね」


日本の警察から逃げ回って目的を達した美汐が言うと実感があった。

「三ちゃんのことは敵にばれてるわけだけど、私はどうかしら？」

「大丈夫だと思う」

「唯一の可能性はゆうべ、一鶴からの帰りに尾行されたかもしれないこと。私の家がわかれば私がだれかもわかる。でもその可能性は低いね。帰りには二人で流しのタクシーを使ったし、その後ですぐ空車が来て尾行者が乗れることはめったにないから」

「彼らは今日、あの神社で実行と決めていたんだろ。高松には行っていないと思う」

「それでも高松に戻るのは危ないね。ではこうしましょ。そこから凪島《なぎしま》に行って母のところに可敦さんを匿《かくま》ってあげて。電話しておくから」

「それはありがたい」

「今すぐ出て私も行く。そこで相談しましょ。三日で済むかどうかもわからないし」

「心強いことだ」

「あの人とはけっこう気が合ったのよ、ゆうべ一晩のお喋りで」

長い電話を終えた後、三次郎は少し離れたところで待っていた可敦を呼んだ。そしてこれから凪島に行くと告げ、そこは瀬戸内海の小さな島で、橋はないから三原《みはら》からのフェリーで行き来する。美汐の郷里であり、今も母親が一人で暮らしている、と説明した。すぐに美汐もやってくると付け加える。

「それは私が犯罪に関わっていないと認めて下さったということですか？」と可敦は尋ねた。

「ぼくも宮本先生も今はそう仮定してあなたを助けます。いずれ詳しい事情を話してくれる時にまた判断します。今は言えないというのはそれはそれでしかたがない。少なくともあの二人の男が悪党であることは間違いないわけだし。ぼくも殴られた」

「ごめんなさい、気がつかなくて。痛くないですか？」

「痛いですよ。しかし一瞬の脳震盪《のうしんとう》くらいでそれ以上のダメージではない。こぶになってますがね」

「薬とかは？」

「いや、出血もしていないし、放っておけばひっこみます。じゃ、行きますよ」

来島海峡サービスエリアを出て、今治《いまばり》北インターチェンジからまたしまなみ海道に入る。

大島《おお》、伯方《はかた》島、大三島、生口《いくち》島、因島《いんの》、向島《むかい》、と島づたいに北上して尾道《おのみち》大橋で本土に渡った。島と島の間の橋はとても高く（そうでないと下を大きな船がくぐれない）、島を通る時もそのまま高架になっているので、島一つ一つの実感はまるでない。

それでも橋から見える海に可敦は見ほれているようで、ずっと左を向いてハンガーロープ越しに見える景色を眺めていた。大三島まではさっきも走ったのだが、あの時はまだ禽獣葡萄鏡で頭がいっぱいだったのだろう。今は事件の恐怖からも少し解放され、緊張も緩み、先の見通しが立って、安心して景色に目を奪われるに任せておける。

「海って、知らないんです」

「それはそうでしょう。そちらはゴビ沙漠とかタクラマカン沙漠なんだから」

四十分ほどで渡り終わって、西瀬戸尾道《にしせとおのみち》で一般道に降り、しばらく西に行くとすぐに三原だった。

フェリー乗り場に行き、車を置いて近くのラーメン屋で遅い昼食を摂《と》った。それまでは空腹も忘れていたのに。

港でしばらく待って十五時二十五分の便に乗ると、二十五分で凪島の鷺《さぎ》港に着いた。

「このまま宮本先生の家に行ってもいいけれど、二時間ほど待つと美汐さんが次のフェリーで到着するから、それまで海岸を散歩しませんか？　実はぼくも宮本先生のお母様には会ったことがないもので」

「ああ、私、海が見たい。水に触ってみたい」

「ここまで来ればもう悪い奴はいないだろうし、いざとなればこれもあるから」と言って三次郎はポケットから玉砂利を二つ取り出して見せた。

というわけで二人は凪島を一周する道路を少し走って適当なところに車を駐め、砂浜に出た。

可敦は車を降りると歓声を上げて砂の上を走り、波打ち際から数メートルのところに立って海を見た。

「ほんと、初めてなんです。民博の近くに海はないから」

「観光旅行とか海水浴とかは？」

「そんなのぜんぜん。ずっと仕事していました」

「靴を脱いで水に入るといいですよ」

そういうことができるとまるで気づいていなかったらしい。すぐにスニーカーの紐をていねいに解《ほど》いて、ソックスをどこか恥ずかしげに脱いでスニーカーの中に入れ、それらをきちんと砂の上に行儀よく置いて、パンツの裾《すそ》をまくり上げて、それから砂の上を歩きだした。

渚《なぎさ》と言っても波はほとんどない。さざ波が寄せてまた返すばかり。その浅い水の中に可敦はおそるおそる入っていって、振り返って、「水が気持ちいいです」と言った。

「舐《な》めてみるといい」

しゃがんで指先を水に浸《つ》けて舐めて「ほんと！　塩の味！」と言う。大陸では食用の塩はみんな岩塩なのだ。

なんという一日になったのだろう、と三次郎は思った。あの大きな神社で国宝の銅鏡を見るだけでも興奮の大仕事だったのに、その先のこのとんでもない展開は何だ？

やがて日が傾き、西に向かった海はきらきらと朱色に輝き始めた。

「そろそろ宮本先生が着きますよ」

美汐は十七時四十分のフェリーでやってきた。

港の横に車を並べて、夕日を浴びながら三人で話した。

「まだきみの実家には行っていないんだ」

「ああ、それはいいわよ。母は楽しみにしてたから今ごろはやきもきしているだろうけど、私はこの便と言っておいたから」

そう言ってから美汐は可敦の顔を正面から見た。

「大変だったわね。今は大丈夫？」

「はい、藤波先生に助けられました」

「三ちゃんも役に立つ」と美汐は小さな声で言った。

「そうだよ」

「可敦さん、ここで一つだけ聞いておきたいことがあります。そこがはっきりしないと私たちは安心してあなたの支援ができないの。あなたは誘拐されかけたのよ。殺されるとか、身代金とか、拷問されるとか、恐ろしいことになるところだった。それなのになぜあなたはその場に警察を呼ばないでほしいと言ったの？　あなたが警察を避ける理由を私は知りたい」

可敦はしばらく考えていた。

「私は外国人です」とまず言う。「国籍は中国です。日本政府が発行したヴィザのおかげで研究者として民博で働いています。あそこで警察を呼んで、この件が新聞に載ったり、また警察が民博に行って事情を聞いたりしたら、私が何かの犯罪に関わっているかもしれないという疑いが生じて、私のヴィザは取り消されて中国に送還されるかもしれない。それは恐ろしいことです」

「それをあなたは望んでいないのね？」

「ええ、帰りたくありません、ぜったいに」

「だいたいわかった」と美汐は言った。

「もう一つあります。あの二人は初めて見る顔でした。逃げる時に『ちくしょー、覚えてろよ！』と悪態をついて行きました。中国語でした。あれはチンピラ、雇われたごろつき、下っ端のヤクザ。その後ろにはたぶんヤクザの大物がいます。そしてその後ろにはもっと大きな怪物がいる。あの二人を捕まえても無意味です。大物を捕まえてもたぶん無意味です。そういうことがわかっていたから、警察は呼ばないでと言ったのです」

「つまりあなたはとても大きな敵に狙われているわけで、自分でもそれをよく承知しているのね？　それも中国系の？　マフィアとか？」

「はい。いずれはお話しします。それから、これ、あの誘拐の時にあそこで拾ったものです」と言って、ポケットから白い紙を出した。
メモらしい――

大三岛
大山祇神社
职员驻车场

などの文字があるが、これは簡体字だ。今の中国の文字。

美汐の母の洋子《ようこ》は娘を含む三人の客を迎えて嬉《うれ》しそうだった。いきなりのことなのに伝手を辿って漁師から魚を調達し、畑をやっている知人からは野菜を調達し、久しぶりに賑《にぎ》やかな宴を楽しんだ。

それが終わった頃、三次郎は美汐が母親にこう問うのを漏れ聞いた――

「行田《ぎょうだ》さん、元気?」

「元気だよ。毎日、郵便を配達してくれてるよ。どうしてだい?」

「ちょっと用事ができたから」

4

このところしばらく、行田安治《やすはる》は退屈を感じていた。

凪島という瀬戸内海の離島でまじめに郵便を配達し、その他いろいろ郵便局の業務を遂行する。人口七百人ほどの島にある小さな局だから、しかも島民の四分の三が老人だから、日々は平穏無事に過ぎてゆく。郵便物は来るものも出されるものも少なく、来るものの大半は広告宣伝の類《たぐい》だった。そこに私信が少しばかり。出す方は拙いながらも丁寧な字で書いた葉書や封書が目立つ。そして島外の親類縁者に送られるチルド便の鯛《たい》や島特産のメロンや柑橘《かんきつ》類のゆうパック。

のどかな時間が単調に過ぎる。

自分で選んだ道なのだからとやかく言えることではない。それに、島の人たちに再び受け入れてもらえただけでもありがたい、という事情が行田にはある。

しばらく前、この島に報道関係者が殺到したことがあった。この島で生まれ育った宮本美汐という女性が入院中の父の死を早めた容疑で指名手配されたのだ。高松の大学で社会学の専任講師をしていた美汐は捜査網をかいくぐってこの島から東京まで逃げ延び、父の死に関する自分の冤罪《えんざい》を晴らすと同時に、戦後日本が密《ひそ》かに核兵器の開発をしていたというとんでもない事実を公表し、いわば時の人になった。

この一件に行田はずいぶんねじれた形で深く関わっていた。その当時も彼は郵便局員だったが、その一方で秘密の任務を持っていた。東京の警視庁公安部の捜査官という身分を隠してある人物を見張っていたのだ。

それが美汐の父の宮本耕三《こうぞう》。若い時に核物理学の専門家として国産核兵器の開発に関わり、このプロジェクトが破綻《はたん》してからは一転、郷里である凪島に戻って漁師になった。妻を迎えて娘を育てた。それが美汐。

耕三は核兵器に関する機密文書を手元に置いて、それを我が身の安全保障の道具にして、いわば国家を脅迫していた。文書の漏洩《ろうえい》・流出などがないよう見張るのが郵便局員に化けた行田の任務だった。

しかし宮本美汐は父の死を機にその文書を持って巧みに島を抜け出し、東京まで行って、大々的な記者会見でこれを公表してしまった。追う側だった行田と警視庁の上司たち、協力を依頼されて無駄に走り回った広島県警はじめ各地の警察官みんなが、日本の警察組織そのものが、一介の民間人である美汐に完敗という結果になった。

そこで行田は辞職を申し出た。

責任ということならば、指名手配中の美汐を数十メートルの距離で見つけたのに、走って追いかけたのに、捕らえられなかった。美汐もその父も顔見知りの仲だったのに性格を読み違えた。はじめから捜査が後手に回って最終的に逃してしまった。その責任の一部は行田にもあると言える。しかし、無能な上司のもとで組織の一員として動いていたのだから、捜査活動の中枢部にいたとはいえ、彼が一人で責任を取る必要はなかった。譴責《けんせき》されたわけではなく、普通ならばひっそりと警視庁に戻って目立たない職務に就いたことだろう。

しかし偽装だったはずの郵便局員という職が自分の性格に合っているということに、彼はことが終わってから気付いた。それには自分でもちょっと驚いたし、ためらう気持ちがないではなかったけれど、しかし復職はずいぶん魅力的な選択肢に思えた。公安の日常は基本的には偽装活動であり、そのストレスに耐えるのは容易でない。のんびりした島でたった一人の対象を見張るだけでも楽ではなかった。都会に戻って極右や極左や外国の情報組織を相手に捜査を展開するとなると日々の苦労は数倍になる。その分野で一線に立って活躍する能力は自分にはない。俺は弱虫だし、と自嘲《じちょう》してみたらずいぶん気が楽になった。

しばらく迷った後で心を決め、上司に言って警視庁を依願退職、日本郵便に口を利いてもらって、かつて偽装だった職に正式に復帰した。郵便局員として優秀だったのが幸いした。要するに島の老人たちに評判がよかったのである。

彼が島に戻った理由はもう一つあった。

いい仲の相手がいたのだ。

島では児玉《こだま》の後家さんと呼ばれていた児玉祥子《よしこ》。数年前に漁師であった夫を亡くして独り身になった。その時にごく慎《つつ》ましい金額の貯金の相続のことで相談を受けてアドバイスしたのは郵便局員の職務だったが、半年一年と過ぎても何かと祥子が相談ごとを持ちかけたのには含意があったかもしれない。島で独身の公務員というのはなかなかのステータスであるわけだし。主観的にはまだ若いとも言える祥子の容色を見て動いたのは心か食指か。

たまたま休日にフェリーで本土に渡って三原の量販店で買い物をしている時にばったり出会った。どうせ島に帰るのだからと誘って車に乗せ、ちょっとドライブと言って尾道の方へ走る途中、シフトレバーに乗せた手を横にずらして祥子の手を握った。相手は驚くでもなく握りかえしてきた。脈があると思ったのでそのまま車をラブホテルに向けた。「こんなところ、私、初めてよ」、「俺だって初めてだ」と言い交わすような、不器用な中年同士の恋だった。

宮本耕三を見張る秘密の任務の傍らで祥子との仲も続いた。この小さな島で男女が人目に付かないように会うのは容易でない。二人の家の間は数百メートルだが夜中になって人通りが絶えてからでないと通えないし、漁師たちは朝が早い。うっかり寝坊をすると帰れなくなる。祥子はもうこそこそしないで籍を入れてほしいと言ったけれど、秘密の任務を持っている身でこの島にそこまで深入りするわけにはいかない。そう思う一方で二人の仲が噂になっている気配もある。

はぐらかしているうちに宮本美汐の事件が起こった。結果、郵便局員行田安治という人格は消滅した。屈辱の敗退の後、それでも自分は島に戻りたいと行田は思った。郵便局に戻り、祥子のもとに戻りたい。きちんと籍を入れて以後は安楽に暮らそう。

島の人々は欺瞞《ぎまん》と騒動の果てに戻ってきた行田を受け入れてくれた。

二人は島のみなにからかわれながら小さな祝宴をあげ、一緒に暮らすことになった。美汐の捜査でいちばん敵対した葛井喬《くずいたかし》という漁師もにやにや笑いながら背中をどんと叩《たた》いてくれた。

そうして得た安定の日々だったし文句を言う理由は何一つなかった。自分には平凡な人生が合っていると思って、祥子と慈しみ合って生きてゆくのだと信じて、それでいいはずだったのに、退屈している自分に気付く。欲を言えばきりがないもので、何か変わったことはないものかとあくびまじりに思う。釣りを始めてみたがこれはまったく適性がないらしく退屈が高じるばかりだった。

夫婦二人で夕食を終えてぼんやりテレビを見ている時、電話が鳴った。

これだけでも珍しいことだと思っていると、応対に出た祥子が「はあ？　美汐さん？」と大きな声を上げた。

「はいはい、居ますよ、もちろん。ええ、ええ、ちょっと待って下さいね」

受話器を置いて真顔でこちらを向いた。

「宮本さん、美汐さん」と小さな声で言う。

最後に会ったのは東京都渋谷《しぶや》区松濤《しょうとう》、彼女を逮捕できると押し掛けたお屋敷町の一角だった。追い詰めたと思ったのにするりと逃げられた。その後で自分たち全員にとって屈辱の記者会見を彼女は開いた。

それでも島に戻ることを最初に認めて許してくれたのは彼女の母である宮本洋子さんだった。後になって考えれば強引な家宅捜索などずいぶんひどいことをしたのだから恨まれて当然だろうに、明るい顔で迎え入れてくれた。

それはありがたかったが、それにしても今になって美汐が自分に何の用事だろう?

「行田さん? こんな時間にごめんなさい、宮本美汐です」

「はい」と言ってその先が続かない。愛想のいい言葉が出てこない。

「折り入ってご相談したいことがあるの」

「私にですか?」

「そう。島民仲間ではなく、郵便屋さんとしてでもなく、昔の行田さんに」

それはつまり警視庁公安部の職員としての自分、ということだ。そう理解して、血がざわざわ騒ぐような気がした。

「こんな時間ですけれど、家に来て頂けませんか?」

「行きましょう」と思わず返事をした。

不審そうな顔をしている祥子に「ちょっと行ってくる」とだけ言って玄関に出た。

「何なの?」と聞かれても「わからん」としか言えない。「何か相談ごとらしい」

秘密の任務かもしれないと思って軽四輪ではなく自転車で出ながら、思い過ごしと自分でも笑う。どうせ誰にも会わないだろうが、この方が目立たない。かつて密かに祥子の家に深夜通うのに使った自転車だ。

宮本家のドアをそっとノックした（家宅捜索ならばがんがん叩くところだ）。

美汐が顔を出した。

「いらっしゃい。入って」

入ると居間に三人の男女がいた。

一人は美汐の母の洋子さん。

男は、藤波三次郎だった。美汐捜索の時に手がかりとなる彼女のハードディスクを海に捨てた男。高松で一度会っている。ほとんど犯人蔵匿の容疑者だったが、今になってそんなことを言ってもしかたがない。顔を見て、認知したというしるしに会釈をする。

そしてもう一人、初めて見る若い女性がいる。日本人ではないのかと思える顔つき。

「可敦《カトウン》さん」と美汐はその女性に話しかけた、「こちらの方は行田安治さん。今はこの島で郵便局の仕事をしていらっしゃるけれど、少し前までは公安の警察官でした。つまり国家警察」

相手の顔がひきつった。

「日本国の警察よ」と美汐は言い直す。

何の話なのだ？

「行田さん、この人はウイグルから来た考古学の研究者の可敦さん。大阪の国立民族学博物館に籍があります」

ウイグルってどこだったか？

「ウイグルは中国の西の方」と疑問を見透かしたように美汐が言った。「民族が違うけれど中国の一部」

その女性は下を向いたままだ。

「この人は今日、大三島で拉致《らち》されかけました」

事件だ！　と行田の中に眠っていた警察官が目覚めて告げた。

「相手は怪しい男が二人。三次郎さんが一緒だったので拉致は阻止できた」

この男、そんな暴力沙汰《ざた》に対抗する力があるのか？

「ぼくは高校野球のピッチャーだったってあの時も言ったでしょ」と相手が説明する。

「今日は手近なところに玉砂利があったから」

投石か。いや、正確には石つぶて。

強肩でハードディスクを沖合まで投げたと言っていたのを思い出した。

「武勇伝はどうでもいいの」と美汐が冷たく言う。「目的は身代金ではない。色恋も関係ない。研究成果を奪うというのも考えられない。遺伝子工学ならばともかく、専門は考古学ですからね」

「社会の先端からはほど遠い分野だ」と三次郎が言う。

「だから誘拐でなく拉致だと思うの。可敦さんは犯人が誰か、誰の指図で動いているか、見当が付いているらしい。それで三日だけどこか安全なところに隠れていたいと三次郎さんに頼んだ。三次郎さんは私に電話をしてきた、念のため公衆電話から」

そうだった。あの逃亡の途中、美汐は携帯電話を一切使わなかった。電源をオンにするだけで所在が知れると認識していた。逆にそれを使って捜査を攪乱《かくらん》し、熊本の警察に無駄足を踏ませた。

「私と可敦さんと三次郎さんは昨夜、高松で一緒にご飯を食べました。この人に会ったのは私はそれが最初、三次郎さんは奈良でなんだかを見に行ったことがあって昨夜が二度目」

その女性はまだ下を向いたままだ。

「可敦さんは拉致未遂の直後、警察には知らせないでほしいと三次郎さんに言って、三次郎さんと私はとりあえず可敦さんを保護しようと決めました。しかし全面的な支援というわけではないの」

「その拉致未遂というのは、具体的には？」

「ぼくが話そう」と三次郎が言って、その日の午後の大山祇神社での事件の詳細を説明した。相手が中国人二人というのが鍵《かぎ》になるか、と聞きながら思った。

ひとしきり話した後で三次郎は、「まあそういうわけであいつの肩胛骨はたぶん砕けたわけだけれど、これは傷害罪にはなりませんよね？」と行田に聞いた。

「充分に正当防衛の範囲内ですよ」と答えた。刑法三十六条一項。

「かわいそうに、恐かったでしょうねえ」と洋子さんが可敦に言った。初めて聞いたらしい。

「それでね」と美汐が言う、「私と三次郎さんは三日と限ってこの人を保護してあげると決めた。相手方には知られていないと思われるこの家に匿うことにした。でもその先は何も決めてない。方針を定めるために、この国の法律に詳しくてしかも国際的な視点も持っている元公安警察官の行田さんに来てもらおうと思ったわけ」

おだてられているのか、買いかぶられているのか。下っ端の自分に国際的な視点などあるはずがない。そう思いながらも勇む気持ちは抑えきれなかった。これはたしかに自分の出番だ。

「そこでね、可敦さん、私たちはあなたの話を聞かなければならないの。これから三日はこの家にいてもいい。でもその先、あなたはどうするの？　もう拉致の企てがないと言えるのはいつなの？　どうなったらもう安心なの？　そして、相手は誰なの？　支援のためには私たち、そういうことを知らなければならない」

可敦と呼ばれた女性はふっと顔を上げた。しかしそのまま三分くらい黙ったまま宙を見て何か考えていた。

まわりもしんと黙って待つ。

「お話しします」と彼女は言った。「私は藤波先生が知っているとおりの考古学の研究者です。そんなに大きな成果を挙げたわけではありません。また家がお金持ちで身代金が取れるわけでもない。今日の二人は見たこともない人たちです。ふるまいから言って中国人の本当のごろつき。暴力団の下っ端です」

三次郎がうなずいた。そんなのなら少々怪我をさせてもよかったのだと思ったのか。

「でもあの二人の後ろには日本のどこかにある何か中国系の組織があります。公館かもしれないし会社を装っているかもしれません。暴力団かも。そしてそこに指示を出しているのは北京です。中南海《ちゅうなんかい》つまり中国政府です」

今日、大三島に行く途中で、美汐がかつて日本政府と戦ったことがあると言った時に可敦が興味を示したことを三次郎は思い出した。

「では敵というのはマフィアの類ではなく、中国政府なの？」と美汐が言った。

可敦はうなずく。

「それは容易ならぬことね」と美汐が言った。「ここは日本だけれど、それでも中国はとても大きな影響力を持っている。あなたが何か犯罪の容疑で追われているのなら、犯罪人引渡し条約で日本の警察にも追われることにならない？」

「いや、日本が犯罪人引渡し条約を結んでいるのはアメリカ合衆国と韓国だけです」と行田が言った。「日本の警察は動かない。むしろ拉致とか誘拐という犯罪を企てた方を捕まえたがる。外交官ではないだろうし、向こうの政府は動けないでしょう」

「でも可敦さんは警察を呼ばないでと言ったのよ。犯罪に関わったということで日本政府がヴィザを取り消すと困るから」

「外国人であるというのはとってもデリケートな立場です。観光客ならばお金を使ってすぐに帰ってくれるから問題ない。しかしそうでない長期の場合はいつ退去を命じられるかと怯《おび》えていなければならない。相手国の厚意にすがる身なんです。民博はよくしてくれますし先生たちも親切ですが、それでも今日あの場に警察が来て、私の職場にいろいろ聞きに行って、この事件が新聞に載ったりするのは困ると思ったのです、たとえ被害者としてでも。私の素性について改めて審査が行われることになったりしたら」

「それはわかるけど……」

「大事なことをお話しします。私は国籍は中国ですが、民族としては半分がウイグル人で半分はチベット人です。両方の血を引いています」

それが？

「私は政治活動には何の関心もありません。でも、私には兄が一人います。新疆《しんきょう》ウイグル自治区の民族運動の指導者で、そちらではよく知られた名です」

「つまり活動家ね」

「兄もまたウイグルとチベットの混血で、それによってチベットの民族運動と連携することを企画している。近々、トルファンとラサの両方で大きな同時デモをする計画を立てているらしいんです。それを察知した中国政府は私を誘拐して兄に圧力をかけようとした。妹の身がかわいかったらデモを中止しろと言おうとした。今日の事件はそういうことだったと私は考えました。だって他に理由がないんですから」

みんなが溜《た》め息をついた。

「今日の悪い奴が逃げる時に、チクショーと言って、それからこの裏切り女と言いました。兄と一緒になって北京に逆らっているという意味だと思いました。兄は兄、私は私です。私はただ静かに古いものの研究がしたいだけ。それでも私が捕まって殺すと脅されたら兄はやはり怯《ひる》むと思います。そういう迷惑は掛けたくない。二人だけの兄妹《きょうだい》ですから」

またしばらくの沈黙。

「相手は専門の工作員ではないですね」と行田が言った。「ぜんたいに手際が悪すぎる。藤波先生の一投があって助かったということもあるけれど、プロの手口とは思えません。そもそもなぜ大三島だったんですか？　大阪の職場の近くならばもっと時間を掛けて一人になる隙を狙うことができたでしょうに」

「民博からアパートまでは歩いて十五分。深夜に帰ることもあります。その時ならば簡単に捕まったでしょう」と可敦が言った。「たぶん彼らは急いだのでしょう。兄の方のプランの実行がすぐ先に迫っている。民博の近隣も見張っていたのでしょうが、私が動いたので焦った。行く先がわかったからそちらに急行した」

「なぜ行く先がわかったの？」

「メールのハッキングだと思います。そんなに難しいことではないと兄に聞きました。

暗号化はできるけれど、それでも兄との連絡にメールは使っていません。藤波先生とは普通のメールでしたから」

「あなたは三日だけ隠れていたいと言ったわね？　その三日という数字に根拠はあるの？　トルファンとラサの同時デモがその間に終わるとか？」

美汐の言うことを聞いていて行田は、やはりこの人は頭がいいと思った。とても自分などの太刀打ちできる相手ではなかった。そう考えるとなぜか気分がよかった。

「いえ、ありません。ともかくどこか安全なところに行きたいと思ったのです。先のことはそれから考えようと」

「とりあえず敵の目が届かないところね」

「でもあなたは民博に戻ってこれからもずっと研究を続けたい」と三次郎が言った。

「そうですね？」

「ええ、もちろんです」

「銅鏡のこともあるし」と三次郎が言う。

「あれはとても気になります。何か大きな歴史につながっている気がします」

「ウイグルの人たちと北京の関係というのはどういうものなのですか？」と行田がおずおずと聞いた。「新聞で読んだ覚えはあるのですが」

「中国はもっぱら漢族の国で、そこにたくさんの少数民族がいます。五十五と言われています。それぞれの地域は一応は自治区ということになってますが、実際には漢族の支配力が強いです。ウイグル族は人数が多いし資源もあるので北京と衝突することが多かった。そこで中国政府は漢族をどんどん移住させて人口で圧倒する政策に出ました」

「なにしろ人はたくさんいる国だからな」と三次郎が言った。

「もともと新疆ウイグル自治区は回教徒が多くて、隣の西トルキスタンの方と縁が深かったのです。それもあって分離独立を求める声が高いのです」

「お兄さんはそういう運動の指導者なのね？」

「はい。チベットも独立運動が盛んです。あそこは独立国だったのに侵略で属国にされたところですから。ダライ・ラマが亡命した時のこと」

「たしかにその二つが繋《つな》がるというのは北京にとっては脅威だなあ」

みなはしばらく黙り込んだ。

「たった今、目前の問題は、まず私たちがこの可敦さんを助けるかどうかということ」と美汐が思い切ったように言った。「不人情なようだけれど、ここでただ同情から手を貸すことに決めていいかどうか、一度きちんと考えて」

またみな黙った。

「まず、日本の法には触れない？」と美汐が行田に聞いた。

「それはないでしょう。昨日の藤波先生の石つぶては正当防衛の範囲内でした。これは民間人同士の、それも日本国籍を持たない人たちの間の争いです。向こうの暴力は日本の警察力で取り締まれる」

「では、中国政府とウイグルならびにチベットの人たちの争いに私たちが関わる資格はある？」

沈黙。

「資格ではなくて意志の問題だと思う」としばらくして三次郎が言った。「それは一個人としての行動の自由に関わることで、つまり勝手に応援するだけのことだ。それから、ぼくにすればキトラ古墳の天文と日月神社の剣の関連という謎はとても大きなテーマだ。三枚の銅鏡も関わっている。今この人を誘拐されては困る。それが本音」

「わかった。で、残る私たちはどうする？　一人一人が決めて下さい。私たちという言葉で束ねるつもりはないから」

そう言って美汐はその場の人々の顔を見た。

「行田さん、あなたは？　昨日の誘拐未遂は一種の国際犯罪だと思ったからあなたに来てもらったんだけど」

行田安治はずいぶん長く考えていた。

そして、「やりますよ」と言った。「もう警察官ではないし非力な身ですが、昔の同僚の手を借りるくらいはできます。どうも郵便配達だけでは退屈でしてね」

「で、きみは？」と三次郎が尋ねる。

「おそるおそる、用心深く、少しだけ。場合によっては手を引く。さっさと逃げる」と美汐は言った。

可敦がふっと安堵《あんど》の顔になった。ともかく今この家から放り出されることはないと思ったのか。

「ではそういうことで次だが」と三次郎が言った、「次は何をする？　可敦さんはずっとここに隠れていて、それでいいのか？」

「メールのハッキングもできる相手でしょ、敵は。昨日の晩に高松で食事を一緒にした私が誰かがわかってしまえばこの家も探り出せる。逆に何か反撃の手立てはないかしら？」

聞いていて、こういう性格の人なんだと行田は思った。自分はこれに翻弄《ほんろう》されて、この島から東京まで引っ張り回されて、最終的には敗北した。

「警察官として言えば、まずは相手の素性を突き止めることです。今のところ接点は今日の事件しかない。二人の男の人相、言葉、ふるまい。何か手がかりはないですか？」

「一瞬のことだったから」と可敦は言った。「最後の悪態は中国語。それと職員駐車場というあの簡体字のメモ。日本語ができるかどうかはわかりません」

「他には？」と行田が聞く。

「ああ、車のナンバーがある」と三次郎は言ってメモを見た。「２４‐１７。地名がひらがなだった」

「ひらがなの地域名は『いわき』と『とちぎ』、『つくば』と『なにわ』しかありません」と行田がすぐに言ったのにはみんな感心した。「まあ盗難車でしょうがね」

そうかもしれない。

「盗難車でも探る価値はある。どこで盗まれたかがわかるだけでも」と行田が言った。

「取りあえずの手がかり。やってみますよ」

「えっ？」と全員が彼の顔を見た。

「明日、東京に行きます」

捜査官の顔になっていた。

翌日、行田安治は早い便で広島空港から羽田《はねだ》に飛んだ。

それに先だって前夜、可敦さん救済基金が作られた。実際にその場に現金を揃えたわけではないが、三次郎と美汐、それに行田の三人がそれぞれ三万円ずつを供出することが決められた。その後で「わたしも」と言ったのは美汐の母の洋子さんだった。この資金がまず行田の上京費用になった。前日に三次郎が支払ったしまなみ海道の高速代もここから充当される。

前夜、みなと別れて家に帰ろうと立つ前、行田は小さな声で可敦に聞いた——

「お名前、むずかしい字だけれど、何か意味があるのですか？」

その場のみんなが聴き耳を立てた。

「一種のあだ名です。もとはウイグル族のお姫さまの名前」と恥ずかしそうに言う。

「楊貴妃はみなさん知っていますね。玄宗皇帝が楊貴妃にうつつをぬかしたのに対して反乱を起こしたのが安禄山《あんろくざん》。唐の軍勢はなんとか彼を倒したけれど、後に史朝義《しちょうぎ》という残党が残った。ここでウイグルのブグ・カガンという武将が唐につくか反乱軍につくか、迷いました。その時にブグの妻の父である僕固懐恩《ぼくこかいおん》が説得して唐の側につかせたので、唐とウイグルの連合軍は勝利を収めることができました。そのブグ・カガンの妻の名が可敦です。だからほんとならば私は漢族とウイグル族の融和を図る役割なのに、今の中南海を相手にそれはできません」

長い歴史なんだ。

「もう一つ」と可敦が言った、「私、あの男の顔を描いておきます。前から来た方だけですけど、だいたい覚えているから。似顔絵を作ります」

「この人、絵の才能がすごいんだ」と三次郎が言った。

行田は羽田に着くとまっすぐ警視庁を目指した。

心境は複雑だった。

いろいろあって、不運もあったけれど敗北して身を引いた職場なのだ。もう二度と足を踏み入れることはないと思っていたのにまた来ることになった。

美汐に呼び出されたのはいわばコンサルタントとしてだった。それになぜ深く関わることになったのか。異国で勉強していて騒動に巻き込まれた可敦という女性の学者に同情したのかもしれない。行田の目には彼女はけなげな人と映った。誰かの役に立つのは気持ちがいいものだ。

それ以上に、自分はともかく何かしたかったのだと思う。郵便局員という身分の奥にしまっておいた公安警察官の感覚がふっと戻ってきた。局には身近な親戚《しんせき》が事故にあってとありきたりの言い訳をして休暇を取ってきた。三人の職場で一人欠けるのだから迷惑だろうがしかたがない。

受付で前の上司である山形祐市《やまがたゆういち》警視正に会いたいと伝えた。

「なんだ、おまえ、郵便せっせと配ってるんじゃないのか？」

山形は見るからに不機嫌だった。行田の顔を見て失敗の腹立たしい記憶がよみがえったのだろう。

「今さら復職なんて言うなよ。おまえの席などないからな」

「いえ、ちょっとご相談がありまして」

「なんだ？」

「知り合いの者が拉致されかけましてね」

「されたのか？」

「いえ、あやうく難を逃れて」

「北朝鮮《きたちょうせん》かな。県警には言ったか？」

「いや、それがマル暴がらみの案件らしくて、すぐに一一〇番というわけにはいかなかったんですよ」

「おまえがそこの舎弟とか？」

「まさか。私は堅気です。相手が使った車のナンバーがわかってるんですが、その照会をお願いできませんか？」

「北朝鮮じゃないのか」と山形は不満げだった。「広島県警になんとかって生意気な奴がいただろ。あいつに聞け」

「ですから広島はまずいんで。お願いします。鯛とか島の産物お送りしますから」

「その申し出だけで供応だぞ」

「すみません」

しかし喋っているうちに山形の態度が軟化してきた。失敗に終わったがあれはスリリングな大作戦だった。最後には追い詰めて逮捕というところまで行ったのに、そこで圧倒的に強い相手に横から獲物をさらわれたのだ。そこまでは自分たちはよくやったのだ。

「じゃあ、見てやる。その番号は？」

「２４‐１７。白ナンバーの普通乗用車で、地名がひらがな。その後の番号と仮名は不明です」

「待ってろ」

山形警視正は部下を呼び寄せてメモを渡し、照会を命じた。

「で、どうなんだ、田舎は？」

「私、結婚しました」

「そりゃあいい。地元の美人か？」

「まさか。後家さんでした」

「後家さんだって美人はいるさ。それならマル暴がらみでおまえが転落したのではないようだな。賭博《とばく》の借金があって、なんてこともないな」

山形はいいように行田をからかった。愉快そうなので却《かえ》って助かる。

十分後に部下がプリントアウトを持って戻ってきた。

そこにはざっと七、八十の番号と登録者の住所氏名があった。

「ひらがな地名は日本に四つ、仮名はさからろまで二十九種類。つまり百十六台の候補があるが、欠番もあるから、まあこんなものだろう。悪用するなよ」

「ありがとうございました」

「鯛、待ってるぞ」

行田は事件の詳細を山形に言わなかった。可敦の名など出したらすぐに民博とかいう勤め先に調査が入る。彼女が恐れるヴィザ問題に発展するかもしれない。

だからひたすら卑屈に出て話をぼかした。

このリストがあれば事件に使われた車を特定するのはそう難しいことではない。まあ盗難車だろうが、どこで盗まれたかは手がかりになる。

待てよ。俺は本当に「捜査」をするつもりなのか？　警察権のない俺が走り回って、聞き込みとかして、一人でやるのか？　見つかったらどうする？　逮捕はできない。その時点で警察に任せるか？　いや、相手は中国政府の手先だという話だ。やっぱり公安？　改めて山形に頼んで後は任せるか。問題はどこまで行けば解決かわからないことだとみんなが言っていた。あの人はずっと怯え続けることになるのか。

ナンバープレートの調査までは行きがかりでやってもいい。調べて盗難車とわかったら、これ以上は無理とみんなに言うことにしよう。俺はもう民間人なんだから。

しかし、待てよ、可敦は本当に自分が言っているとおりの人間だろうか？　藤波はともかく宮本美汐の方は百パーセント信じてはいない風で、むしろそれを相手に伝えようとしていた。それも頭に置いておいた方がいいいな。

5

謝兆光《しゃちょうこう》は憂鬱《ゆううつ》だった。

まず商談がうまく進んでいない。

次に妻の機嫌が悪い。

そして、部下ということになっている呂俊傑《ろしゅんけつ》のふるまいが怪しい。

商談の方はしばらく様子を見るしかあるまい。十勝《とかち》産の長芋を香港《ホンコン》や上海《シャンハイ》の高級料理店向けに輸出しようというのだが、この食材には以前から台湾《たいわん》の薬膳《やくぜん》料理業界という顧客がついていて、大半はそちらに流れる。それを少しでも大陸向けに売りたいと思っても、今年は作柄が今一つとかで望む量が確保できない。十勝の長芋は品質がよく形も大きくて台湾では人気がある。そこに割り込むのは容易ではない。

妻の不機嫌はたぶん素蛾《トーガ》が理由だ。あのベトナム娘のことを妻は察知して、夫との仲が一時のものでないと見抜いて、それで圧力を掛けてくる。不機嫌がどこまで計算尽《ず》くの芝居なのか、どれほど本気の怒りなのか、顔を見ていてもよくわからない。二十年連れ添ってもまだ本心を摑《つか》みがたい女だ。

いちばん深刻なのは呂俊傑の一件かもしれない。社員であるようなないような男。いわば食客。社内で董事《とうじ》(取締役)ということになっているのは形ばかりのことで、実際には会社とは無関係に独りで動いている。給料ならびに活動費は北京の某社から輸出の決済金の形で来るから負担ではないが、その代わり何をしているのかもわからない。この会社の名刺を隠れ蓑《みの》にして何か政治的な活動をしているらしい。北京の公安あたりの手先なのかもしれない。

呂は日本語があまり上手でないし日本事情にも暗いから、時おり社長である謝のところに助けを求めてきた。そういう時に彼の活動の内容が少しだけわかる。大使館や領事館ではできない小さな、表立ってやれない工作の類。大阪の中国系の黒社会にもつながりがあるようなことを言っている。

その呂が先日、車を貸せと言ってきた。

「自分のを使いなさい」

「それが無理なんだ。ちょうど車検でね」

「レンタカーは？」

「証拠が残る」

公明正大なことに使うのではないのか。

「盗めばいい」と言ってみる。

「俺もそう思ったが、日本の車は盗むのが難しいんです。中国の田舎ならその辺に転がっている古い車をイグニッション直結で盗めるが、日本の車は錠が複雑だし、アラームが鳴ったりするから」

しかたがないので社のいちばん古いのを貸した。

それが帰ってこない。

呼び出して聞いた。

「ちょっと事故って、修理に出してある」

「この近所か？」

「いや、広島県」

「そんなところで何をしていた？」

返事なし。

「きみが運転していたのか？」

「いや、俺は行ってない。人にやらせたら、任務に失敗して、怪我して、おまけに帰る途中で電柱にぶつけた」

「ぶつけて怪我したのか？」

「怪我が先。ぶつけて怪我はしなかったし、人を轢《ひ》きもしなかった。なんとか走れたから修理工場に入れたと言っていた」

「警察は？」

「呼ばなかった」

「保険がおりないじゃないか、事故証明書がなければ」

「しかたない」

「誰なんだ、行ったのは？」

「社長の知らないチンピラ二人。金で雇った。バカな奴と知っていたが、思ったよりもっとバカだった」

「修理が終わったら？」

「俺が行って取ってきます。費用もこっちで払う」

「任務って何なんだ？」

「それは言えない」

商談の相手が来た。

長芋をもっと買いたいのに品薄だと言う。

「なんとかなりませんか？　今が正に商機なんだから。市場拡大は間違いないんですよ。薬膳の効果のことは香港や上海にも伝わっている。いずれは北京も視野に入ってくる」

「それはわかっていますが、こちらは後発ですからね。どうしても台湾には負けますね」

「どこか、独占契約で畑を確保して、毎年そこの分はぜんぶ買うとかできませんか？」

「いや。長芋は一つの畑で連作はできないんです。普通は小麦、長芋、豆類か牛蒡《ごぼう》、それから蔬菜《そさい》を経てまた小麦。甜菜《てんさい》が入ることもある。馬鈴薯《ばれいしょ》もある。つまりせいぜい五年に一度が長芋なんです。それも市場の推移を見て翌年も収益が高そうなら長芋を植え付ける。そんなわけでこの先もしばらくは売り手市場ですね。ＧＦさんだけに大量にというわけにはいかない」

利益が目の前に見えているのに手が届かない。

妻の不満はどうするか？

今夜は素蛾のところに行くのはやめたほうがよさそうだ。

呂俊傑を預かっているのは祖国に対して恩を売ることだから、それなりに利がないとは言えない。何か厄介なことがあった時に中南海が手を貸してくれるということもあるかもしれない。少なくとも呂を送り込んだ相手はそう言っていた。

自分は親の代に日本に来て、国籍もこの国になっている。与謝野《よさの》光治《こうじ》という日本名もある。親は中華料理店をやっていたが自分にはそっちの才能はないと見極めて、店は弟に譲り、こちらは食材の輸出入をする会社を興した。まずまずうまく行っている。しかし……。

GFことグローバル・フレンドシップ商会、あるいは中国名で環球友愛公司《かんきゅうゆうあいコンス》を経営する謝兆光は深く溜め息をついた。

まったく腹が立つ、と呂俊傑は溜め息をついた。

女一人さらうくらいのことがなぜできないんだ？

あの大狗《たいく》（おおいぬ）と小猪《しょうちょ》（こぶた）という二人組、何の役にも立たないバカだった。車で行って車を壊して電車で戻り、おまけに大狗はけっこうな怪我までしてきた。真っ青な顔で痛い痛いと言うので、闇の医者のところに送り込んだ。車の修理、引き取りに行く手間、医者への支払い……局に書類をたくさん書かなければならない。

何よりも任務遂行ができていないのがまずい。一緒に行ければよかったのだが他に外せない用事があった。場所を指定し、時間を指定し、相手の顔写真を持たせて送り出した。相手はこちらが予想した場所に現れた。あとは車に引きずり込んで走り出せば済んだはず。梱包《こんぽう》用のバインダー紐で手を縛って後部座席に転がしておく。こちらに着いたら用意の部屋に押し込んで、その日の新聞を持たせて写真を撮る。我々の手の中にあることを示して対象を脅す。日が変わるごとに指を一本ずつ切り落とすとでも言ってやれば対象は怯む（実際にそんなことをする度胸はないけれど）。結果が出たら解放してやる。監禁しておくのも手間がかかるし、この先は何の役にも立たない。そういう話だった。

簡単なことがどこでどう間違ったのか？　一緒にいた藤波とかいう男を見くびっていた。こちらは子供の頃からヤクザ稼業をしてきた男が二人、腕力・暴力には自信があるというか、それ以外に何の取り柄もない連中だ。教師とかいう軟弱者をぶん殴って女をさらう。簡単なことだ。

藤波の経歴を見落としたのが失敗の理由だったか。たしかに「高校野球のエースとして活躍」と書いてあった。しかし、だからと言って、石を投げて人の肩の骨を砕くなんてことするか？　そんなことを予想して気を付けろと言えたか？　バットを持たせて打ち返せと言うか？

大狗と小猪はその時に何が起こったかわからなかったと言っていた。女の腕を両側から摑んで引きずって車に急いでいる時に、大狗がいきなり後ろから突き飛ばされるように倒れた、と小猪は言う。よろよろと起きたが、大の男が涙を流している。歩くのもむずかしそう。とんでもない痛さが左の背中で破裂したらしく、ショックと貧血で茫然《ぼうぜん》としている。もう女どころではない。小猪が肩を貸して車まで運び、ともかく走り出した。そのバックミラーに大きく振りかぶって何かを投げる藤波の姿が映った。同時に車の後部でガンッというすごい音がした。石だ。大狗の怪我もこれだったのだ。

小猪はもう大阪に帰ることしか頭になくてひたすら車を走らせ、大狗はずっと痛みを堪えてうなっていた。

しまなみ海道で広島県に入り、そのまま山陽道を走るつもりだったが、大狗があまり痛がるので考え直した。病院に連れていってやりたいが、状況を考えるとそれは危ない。大阪に戻ってコネのある裏社会の医者のところに行くしかない。しかし傷の痛みはそうとう辛《つら》そうで、車の穏やかな加速や減速でもうめく。たぶん骨折しているのだろう。

しかたがないので福山《ふくやま》で下の道に出て薬局を探した。鎮痛剤を買って大量に飲ませたら、大狗は眠ってしまった。それで安心して高速道路に戻ろうとする途中で車をぶつけた。床に落ちたコーヒー缶を取ろうと身をかがめた時に車が左に寄った。そんなこと後にすればいいのに、なぜか気付いたら左手を伸ばしており、次の瞬間には電柱にぶつかっていた。エアバッグが開き、大狗が目を覚ましてうめいた。バックさせて降りて見ると、左前のフェンダーが曲がってタイヤに食い込んでいる。手で引っ張ったがぜんぜん改善されない。左に曲がろうとするとタイヤに当たる。直進と右折だけでは大阪に帰れない。

少し行ったところに折よく修理工場があった。板金と塗装で時間がかかるというので車を預けて、タクシーを呼んでもらって、二人で新幹線で大阪に戻った。日本語はなまっているし、怪我はしているし、ずいぶん怪しい二人組だと思われただろう。

小猪は自分で回収に行くと言っているが、ここは自分が行った方がいいと呂俊傑は思った。またドジを踏まれては困る。

それにしても可敦《カトウン》という女はどこに行ったのだ？　中国総領事館を名乗って民博に電話してみたが、出勤していないようだった。大三島の後でそのいまいましい男と一緒にどこかへ消えた。

まだ失地回復の見込みはある。

今度はあんな二人に任せずに自分が動けばなんとかなる。まずは車を回収して、それから大三島経由で高松に行ってみるか。その前に情報収集。

小猪を同行させるか。


「行田さん、うまくやってるかな」と三次郎がぽつんと言う。

金曜日の午前中、家にいても所在ないので三人で散歩に出た。

人に会うと美汐はにこやかに挨拶《あいさつ》する。相手はみな老人だが、美汐はなかなか人気者らしく誰もが嬉しそうに応対してくれる。

「昔の仲間なんだから少しは協力してくれるでしょう」

「あの方、本当に公安の警察官だったのですか？」と可敦が尋ねた。

「優秀ではなかったとしても熱心ではあったわね」と美汐。「それより、職場に連絡しなくていいの？」

可敦ははっとした。

「大三島の調査が長引いていると電話したら？　明日から週末だから休みでしょう？」

「そうだ。どうしましょう」

「そうします。それから、兄にも連絡をとらなくては」

「それはいつもはどうやっているの？　メール？」

「いえ、メールは暗号化しても盗まれるから使いません」

「中国のサイバー戦力はすごいらしいからね」

「ええ。実は原始的な方法で、ファックスなんです」

「なるほど」

「どこかにファックスはありませんか？」

「コンビニね。この島にはないから三原か因島まで行かなくては」

「みんなで行こうよ、暇なんだし」と三次郎が言う。「フェリーだよね」

「じゃ、因島に行きましょう」

　ということで三人はいったん家に戻り、可敦が原稿を用意した。

　白い紙に彼女は不思議な文字を書き始めた。

　肩越しに覗いた三次郎が感嘆する。

「そういう字なんですか？」

「ウイグル文字です」

「右から左に書くんだ」

しばらくして手紙を書き上げた可敦はそれを横に置いてまた白い紙を取り、もとの手紙を読みながら何か書きだした。

何かまた違う、しかし同じように複雑で一種美しい文字だった。

「それは？」

「これはチベット文字です。ウイグル語の文章をチベットの文字で書く。漢字と違って表音文字だから発音をなぞって書ける」

「でもなんでそんなことを？」

「こうするとウイグル語とチベット語の両方ができる人にしか読めません。そんな人はめったにいない。秘密が保持できる」

「なるほど」と三次郎は膝《ひざ》を打った。


《責務、本当に嫌だ。

逃げたい！》

凪島から因島の重井《しげい》という港へフェリーで渡る。

「あいかわらず汚い車ね」と美汐が言った。

「土掘り屋の現場仕様だからね」と三次郎は返す。「スコップや長靴、移植ゴテにごついプラケースが標準装備」

自分の車にすればよかったというようなことを美汐は呟《つぶや》いた。大きい方と思ったらこれだから。

コンビニはすぐに見つかり、可敦は長いファックス番号を入力して原稿を送り込んだ。番号はそらで覚えているらしい。

「いつもコンビニを使ってます」

「電話局に通信記録は残るよね」と美汐が言う。

「残ります。でも、電話局に侵入するのはハッキングとしても相当に高度な技術で、北京が本気にならないとできないと兄は言います。まだそこまではしていないはず。それに電話局に送った内容は残りません。事前に兄の側で待ち構えていて盗聴しないと読めないはずです。兄は用心深い人ですし」

用事を終えて暇になった三人は少し遊ぶことにした。日本に来てからこんな時間を持ったことがない可敦は本当に嬉しそうだった。

水軍城の上から景色を見る。

「でも海がきれいですね」と可敦は遠くを見て言った。

確かに海は美しいし、風は気持ちよい。

「竹西《たけにし》さん、呼ぼうか」と唐突に美汐が言った。

一瞬、三次郎は美汐の顔を見て、しばらく考えてから口を開いた。

「この一件に混ぜる？」

「そう、あの人も混ぜる」

なんか子供の遊びみたいな言いかただ。

「記事にはできないよ」

「最後にはできるかもしれない。あの時みたいに」

可敦が不審な顔で見ている。

「竹西オサムさん。広島の新聞社の人」

可敦の顔がこわばった。

「新聞に書くというのではないの。信頼できるし調査能力もあるから仲間になってもらおうかと思って」

そこで美汐は、自分が日本の核兵器開発計画の公表を巡って有力政治家や公安警察と対決した時に竹西が手を貸してくれた経緯を可敦に話した。

「美汐さんがそう言われるのなら」

「あの人、口は堅いからとりあえず話しましょう。彼が興味がなければそれまで」

ということで美汐がその場で電話する。詳しいことは何も言わず、ちょっとおもしろい話があるから凪島に遊びに来ないかと誘う。ミチルさん、アキちゃん、ビンゴくんも一緒に、海水浴のつもりで。

その晩、成果を持って戻ったという報告が行田からあったが、会って話すのは翌日にしようと美汐は言った。

その翌日、九時三原発のフェリーで竹西一家がやってきた。美汐と母の洋子は久しぶり、三次郎は噂では知っているが会うのは初めて、可敦はもちろん初めて。

宮本家の場所を竹西はよく知っている。かつては美汐の父に会いにしばしば来ていた。ややあやあと挨拶が済んで、しばらくはお喋《しゃべ》りタイム。

「安芸《あき》ちゃんは今は?」

「中一です」

「備後《びんご》くんは?」

「小五だよ」

「どんどん大きくなるねえ」と美汐は嬉しそうに言った。「紹介するね、こちらは可敦さん。中国のずっと西の方の沙漠の国から来たの。可敦さん、こちらは竹西オサムさん、大和《やまと》タイムス広島支社の記者、そして彼の暴走を抑える係が奥さんのミチルさん、ならびに安芸ちゃんと備後くん。この二人の名は親たちの出身地の旧国名なの」

可敦は恥ずかしそうに頭を下げてよろしくと言った。

「ほんとに沙漠なんですか?」と安芸が聞く。

「ラクダいる?」と備後。

「タクラマカン沙漠があります。というか、ウイグルはだいたいが沙漠の中にある国。

中国の一部だけれど、でもウイグル人の国。あなたの問いだけれど（と言って備後の方を見て）、フタコブラクダがいます。数が少なくなって中国国家一級重点保護野生動物になっているけれど、まだ少しはいるわ」

この子たちは好奇心が強い。質問責めにするところを美汐が救い出した。

「ごめん、二人とも、午後たくさん話す時間があるから、今はちょっと大人たちだけにして」

「わかった」と備後はしぶしぶ言い、安芸もうなずいた。

「いいことがある。きみたちで島を一周していらっしゃい。いや、一周は無理ね。この道をどんどん行くと、山と山の間を抜けたあたりで右側に砂浜が見えてくる。そこで待っていて。後で追いつくから」

「昼食にバーベキュー一式を用意してきたの」とミチルさんが言った。「砂浜でできるし、日陰を作るタープもあるから。午後はそこで過ごしましょう」

「すばらしい。きみたちはケータイは持ってる？」

「安芸が持ってる。ぼくはまだ」と備後が不満げに言う。

「じゃ、それで連絡を取り合って、後で集合。二人だけで水に入っちゃだめよ、いいね？」

二人は帽子をかぶり飲み物を持って出発した。

そこへちょうど行田がやってきた。これも竹西とは旧知の仲というか、かつては犬猿の仲だったというか。少しぎこちなく挨拶を交わす。

「事情を説明しましょう」と美汐が竹西夫妻に言う。「全部を見通せる立場にいるのは三次郎さんだから、あなたからね」

藤波三次郎はことの次第を簡潔に上手にまとめて話した。天川の日月神社の銅鏡と剣のこと、その調査のこと、同じ鏡が大三島の大山祇神社にあるとわかって二人で調査に行ったこと、その前の晩は高松で美汐と三人で食事をした、大三島での拉致騒ぎ、可敦が保護を求めたので美汐に相談して凪島に連れてきたこと、可敦から事情を聞いて行田を仲間に加えることにしたこと、そして行田の東京行き。その報告はまだ聞いていない。

「車はそうとう絞り込めた」と行田は勢い込んで言った。「対象は全国で八十台ほど」

「わかったわ、行田さん、ごくろうさま」と美汐が言った。「でも踏み込んだ話は夜にしましょう。ざっと事情を竹西さんに話したところで、午後は遊ぶことにしない？　この先どうするか、それぞれに考えて、それでまた議論」

美汐には何か考えがあるらしい。

「行田さん、祥子さんもバーベキューに呼ばない？」

というわけでその午後は行田夫人も加わって賑やかなビーチ・パーティーになった。

夕方、一行は宮本家に引き上げた。祥子さんは自分の家に戻り、子供たちはおやつを食べて遅い昼寝、それを見届けて今日の会議に入る。

「三次郎さん、進行係をやって」と美汐が言った。

「了解。今朝の話で竹西さんたちもだいたいの事情はわかったと思います。ぼくたちは、つまりぼくと行田さん、それに美汐さんは可敦さんを支援しようと一昨日《おととい》の晩に決めた。あまり根拠はない。ただの判官贔屓《ほうがんびいき》かもしれないが、ぼくにすれば拉致という暴力だけで許し難いものがあった。イデオロギーでウイグルやチベットの独立運動に手を貸すほど事情を知っているわけではない。北京のやりかたを新聞で読んでなんとなく嫌だなと思うくらい。民族自決はやはり守るべき基準だと思うけれど、でも、やはり遠いところの話だ。ただ、今のぼくにとって可敦さんは大事な仕事仲間だ。日月神社の謎が明らかになるまでは一緒に研究を進めたい。ひょっとしてキトラ古墳の謎にも迫れるかも。そのためには拉致されては困る。今のところはそれが充分な理由になると思っている。行田さんは退屈しているから参加したらしい。昔の仕事の興奮が少しでも味わえるのならできるところまでやってみようと思っている。違いますか？」

「まあそんなところです」と行田が言う。

「美汐さんは最も曖昧。研究分野は違うし何の利もないわけだから」

「ただの好奇心ということにしておいて。そのうちに社会学の研究テーマとして少数民族の独立運動というのを取り上げるかもしれないからその準備とでも」

そう言って竹西の方を見る。

「ぼくも入れて下さい」と竹西が言った。「宮本先生が時間をくれたおかげで、午後一杯ずっと考えてきました」と言ってちょっと息を吐く。

「可敦さんが新聞を警戒する理由がよくわかりました。留学生なのに変に目立つのは困るというの、わかります。そういう懸念が払拭《ふっしょく》されるまで記事にはしません。報道人としてのぼくの倫理観については宮本先生に聞いて下さい。それでも、この事件の背景がどういうことになっているのか、それは知りたい。あの時ほどではなくても何か大きなものが隠れているのかもしれない。取材力を使って協力した上で、記事のことはみなさんの、なかんずく可敦さんの判断を尊重します。ただし、可敦さんもぼくの取材対象になる」

「わかりました。それならば竹西さんにも基金へ三万円の寄付をお願いしましょう。ということで一歩先へ進むことにして、行田さん、出張の報告をお願いします」

言いたくてしかたがなかったことをこれまで封じられていた行田は一気に喋った。

「あの番号に当てはまる車は八十台くらいでした。これがそのリスト」

行田が出したプリントアウトにはナンバープレートの四桁《けた》の数字24-17と地域、番号と平仮名がずらりと並んでいた。地名は漢字でなかったということで「いわき」、「とちぎ」、「つくば」、それに「なにわ」の四地域のみ。その後には車検証にある所有者の名と登録の住所、車種、その他。

「今、思い出したんですけど」と可敦が言った、「その地域のところ、なんとなく『なにわ』だったような気がします。文字として読み取ったのではなくて、画像としてそんな形だったような」

「この人は画像に強いから」と三次郎が言った。

「たしかにね、他の三つはここからずいぶん遠い」と行田が言った。「盗難車だとしてもそんなに遠くから来るのは不自然ですね。途中には、ほら、Nシステムもあるわけだし」

かつて宮本美汐と竹西夫妻が回避のためにさんざ苦労した幹線道路の探知システム。その存在がここでは車の範囲を絞るのに役に立つ。盗難車ですぐに届けが出ていれば途中で必ず捕まっているはずだ。

「じゃあ、該当するのはこの三台だけじゃないですか」と竹西が言った。

個人が二台、法人が一台。

「これなんか怪しいな、ほら、この法人、環球友愛公司というやつ。あきらかに中国系ですよ」と行田が言った。

「その先はどう絞る？」とそれを無視して三次郎は聞いた。

「まずは盗難の有無を電話で聞きます」と行田が言う。「警察を装って電話してもいいと思いますよ、この場合。それでわからなければ行ってみる。車の色と形はだいたいわかるでしょ。シャッターの降りた車庫の奥にでもないかぎり特定できますよ」

彼はすっかり活動的になっていた。

「拉致を仕掛けた相手の身元がこちらにわかっているとなると、逆に圧力を掛けることもできる。向こうはこれ以上迂闊《うかつ》なことができなくなる。攻撃的な防御《ぼうぎょ》です」

「行田さん、大阪に行く気？」と美汐が聞いた。

「行きますよ」とすっかり乗り気だ。

「可敦さん、お兄さんにはファックスは届いたかしら？」と美汐が尋ねた。

「通信ＯＫという紙が出てきて、それを持ってレジで電話代を払いました。まず大丈夫だと思います」

「起こったことを伝えたの？」

「ええ。誘拐されかけたけれど友人たちに助けられて今は安全なところにいると書きました。ただ、民博に戻らないと向こうからのファックスは受け取れないわけで」

「じゃ、ウルムチとラサの大規模同時デモがいつ実行されるか、あなたがいつになったら安全になるか、それもわからないわけ？」

「そうですね」

「今日が土曜日。明後日《あさって》出勤していなければ民博の人たちも心配するでしょう？」

「こちらの仕事が長引いていると電話を入れます。藤波先生の名は出張届けに書きました。トルファンとホータンの資料整理は一人でやっている仕事ですから、休んでも他の人に迷惑はかかりません」

「職場に敵のスパイはいない？」

「さあ、そこまではできないでしょう。みんな立派な経歴のある研究者です」

「一応は信じましょう。でもずっとここにいるわけにはいかないわよね。次のことも考えなくては」

「環球友愛公司は中国相手の貿易会社ですね」とタブレットをいじっていたミチルさんが言った。「ホームページがありました。創業二十年。扱うのはもっぱら食材で、ちゃんとしたところみたい。社長さんは謝兆光という人。英語社名がグローバル・フレンドシップ」

敵の正体が見えた気がした。

呂俊傑は修理の終わった車を取りに行く前にもう一度だけ可敦の行方を捜した。あの時に可敦と一緒にいたのは讃岐大学の藤波三次郎という男だし、大狗に大怪我を負わせて拉致を失敗させたのもこの男だ。

ということはあの後も二人が行動を共にしている可能性は高い。すぐに大学に電話して彼がいるかどうか確かめたかったが、うっかり一日を無駄にして、その翌日はもう週末で交換台は誰も出なかった。

ではインターネットだ。

藤波三次郎の名で広く検索を掛けるとおもしろいことがわかった。彼は二年ほど前の大きな事件をきっかけにちょっとした有名人になっている。

その事件というのは、宮本美汐という女が父から預かった秘密の文書を持って瀬戸内海から東京まで警察の警戒網をかいくぐって移動し、日本政治の中枢部が秘密にしていた核兵器開発計画の存在を暴露したという一件で、藤波は彼女に手を貸していたらしい。

この件で宮本はいちやくヒロインになり、ついでに藤波も男として名を上げたという事情がわかってきた。

この二人は仲がいいのだ。

可敦はどこまで藤波に話しただろう？　拉致されかけて必死で逃げる時に、藤波は誰を頼ったか？　どうやら警察には届けなかったらしい。となると、宮本が関わるという線は考えられないか？　前は藤波が助けた。今度は宮本の番とか。

そこで宮本美汐を検索してみる。

事件関係はたくさん情報があるし、文字を拾うだけでいろいろわかった。ブログには彼女を賛美する声がたくさん残っていた。反権力の女傑、反核平和の女神、そんなアホらしい言葉が渦を巻いている。これじゃ本人もやりきれないだろうと妙な同情をするほど。

その中に、宮本の出身地が広島県の凪島という小さな島であるという情報があった。

これは何か？

そもそも核兵器開発発覚の出発点はその島だったらしい。彼女の父がその計画に関わっていて、秘密をずっと握っていたという。それを持って彼女は島から逃げた。実家はまだ島にあって母親がいるという。

この線を追ってみてもいいのではないか。今度は本当に可敦を捕まえられるかもしれない。

小猪を連れて行こう。

6

私の上、数尺のところに星が輝く。

私は石の棺《ひつぎ》の中に仰向《あおむ》けに横たわり、顔のすぐ上には重い石の蓋《ふた》があるが、そんなものは無いも同然、透かして天井に描かれた天文図が見える。懐かしい星の図よ。

更に先まで視線を伸ばせば、分厚い土の層を経て大気に至り、遥《はる》か上には雲がかかり、そのまた彼方、延々と目の力を届かせるならばそこには夜空のほんものの星々がある。

いや、今が昼だとすれば星は見えないか。昼であるか夜であるか、それは棺の中の私にはわからない。しかし、この墓所の天井に描かれた星はいつでも見える。

何がそれを見ているのだろう？　私にはもう眼はない。そこは空っぽの眼窩《がんか》だけで、肉なるものは何十年も前に枯れて消えた。腐って水のように流れ、悪臭を放ち、それもやがて乾いて干からびて、すっかりなくなってしまった。身につけた衣類や装身具はまだ形を留《とど》めているだろうか。

それでも私は星を見ている。

私を守るものとして友が最期に遺《のこ》してくれた図を私は残る生涯ずっと手元に置いて頼

りとし、死して後はこれをもって墓を飾れと命じた。

いったい私は何を考え何を思っているのだろう？　もうどれほどの間こうやって生涯を振り返って同じ思いを巡らせているのだろう。堂々巡りであったとしてもその循環の輪から出るすべはないし、私にはそんなつもりもない。ものを考えものを思う力がこの骨の中にあるかぎり、私は生きて世にあった日々のことを何度となく思い返す。それが幸福に死んだ者に許された喜びであり、残された唯一の営みであるから。やがて思いは少しずつ薄れ、曖昧《あいまい》になり、他の者の思いが混じり、たなびく煙が失《う》せるように消えてゆくのだろう。それはそれでかまわない。その先でまた違う生が始まるのかもしれないし、それを担うのはもう私とは言えない私かもしれない。しかしまだしばらくの間、私はここにあってこうして思い続けるだろう。

私は不信心者で仏にすがる気にはなれなかったわけで、そのために死して何十年もたった今も冷たい石の棺の中に仰臥《ぎょうが》して捨て置かれたままなのだが、私はそれを厭《いと》いはしない。星々が見えているかぎり。薬羅葛《ヤクラカル》の最期の言葉をもはや耳朶《じだ》なき我が耳が聞いて覚えているかぎり。嗚呼《ああ》、我が友よ。

よい家に生まれることは前世の定めなのか？

私にはただの運不運としか思えない。悪しき家に生まれついた者は前世を持ち出して、あるいは祖先の悪行を恨んで、おのれを慰めるがいい。私はただよき家に生まれた。賽《さい》の目がそう出たとしか思わない。

父は阿倍内麻呂《あべのうちまろ》。やはり阿倍の一統というよき家柄に生まれ、晩年には左大臣まで務めた。しかし、この二つの間には大きな違いがある。生まれは運だが、その先は本人のその時々の判断と才覚、力と働きである。運だけで左大臣にはなれない。さらにまた運と不運が絡みつく。運がよいと見えた者が一瞬にして暗転、三日後にはもういないこともある。病《やまい》はいつも隙をうかがっているし、栄華の者を誣告《ぶこく》や讒謗《ざんぼう》が襲うことも少なくない。

阿倍は古い家柄であり、常に帝《みかど》の近くに身を置いていた。しかしそれは巧みにふるまって身を処した結果であり、その上にまた運のよさに手伝われてのことであった。帝とて安泰ではなく、とりわけ先帝がかむあがりなされて次代が決まるまでの間にはいくつもの賽が振られ、思惑を含んだ悪しき言葉が行き来し、時にはいく振りもの刃《やいば》がひらめくものだ。人心は烏合《うごう》と離散を繰り返し、陰謀と野望と攻防の果てにふと気づくと次の帝が決まっているという風であった。己《おの》が身が安泰か否か、しばらくは知れない。

そういう中で父の内麻呂から、私すなわち阿倍御主人《みうし》、そして息子の広庭《ひろにわ》までほぼ栄《えい》耀《よう》の地位に居られたについてはずいぶんな量の幸運とずいぶんな量の知恵が要ったと私は思う。

ここにこうして死者として横になったまま、私は広庭はじめ一族の行状をすべて見ている。広庭はもう大丈夫であろう。私と違って歌なども器用に詠むし、処世出来《しゅったい》にもそつがない。何よりも今は世が安らかであって、父から私の頃のような大きな争乱がない。それもすべて私らが収めて、世を平らかにし、国の形を整え、田地を開いて穀物を豊かにし、寺を増やして人心を鎮めた結果である。令《りょう》を定めるにあたっては私の功績は少なくなかったことは自慢してもよかろう。

私はよき家に生まれた。五歳で深曾木《ふかそぎ》の儀を行って母の家から父の家に移った。まわりにはいつも女たちがいて世話をしてくれたし、選ばれた友が遊び相手になってくれた。屋敷は広く、その外に賤民《せんみん》がいることに気づかないまま長じた。馬で走る野山は広く、時には長途を駆って狩りに勤《いそ》しんだ。十五歳で袴着《はかまぎ》の儀を執り行い、その夜には母の縁につながる女が来て、男女のことを教えてくれた。それ以降は独りで寝る夜の方が少なかったのではないか。屋敷を離れて遠出をすれば、行った先の宿では夜中にその家の娘が忍んできて、胤《たね》を賜りたいと言って伽《とぎ》をした。よき家に生まれつくとはそういうことだとわかった。私は値ある者だ。

私はよく学んだ。

生まれた身分にふさわしい事柄を次から次へと身につけた。宮中での作法と儀式の心得、煩瑣《はんさ》な行事のさまざま、文章博士《もんじょうはかせ》による漢文の読解や作文、訳語から教えられる唐の言葉、武芸や乗馬、我が一族の来歴や故事、更には世の仕組み、大唐《だいとう》や新羅《しらぎ》や百済《くだら》との物産のやりとり・人の行き来のこと、地理と船の往来。船については我が阿倍一統は瀬戸内の水軍と縁が深いからと理由を告げられた。

その間にも世の中は変わっていった。私が五歳の時に異母姉の小足媛《おたらしひめ》が帝の子を産んだ。後に有間皇子《ありまのみこ》と呼ばれる男子であり、最期は哀れなことになった者だ。十歳の時には乙巳《いっし》の変が起こり、権勢を誇った蘇我入鹿《そがのいるか》が殺された。その後で父が左大臣に昇進したのだから、それ以前から父は中大兄皇子《なかのおおえのおうじ》さまや中臣鎌足《なかとみのかまたり》さまの側に身を置いていたということだろう。やがて達成された大化の改新の功労者というわけだ（言うまでもなく、こういうことを私はずっと後になってから知った）。

私が生まれる前には父は入鹿の祖父の蘇我馬子《うまこ》の使い走りをしていたし、その後は入鹿の父である蝦夷《えみし》と共同で次代の帝を田村皇子《たむらのみこ》とするよう奏上している。つまりどこかの時点で父は蘇我氏と縁を切ることを決めたのであり、この判断が父のその後、私の人生、広庭はじめ子孫たちの繁栄の礎となったことになる。

帝には力がある。その周囲にある豪族たちにも力がある。それらいくつもの力の関係を巧みに読み、働きかけ、諸勢力の間を渡ることで一族は地位を保つし栄えもする。そのための力を普段から養う。人脈と財力、叡智《えいち》と殖産。そういうことを父はそれとなく私に教えた。男はしかるべき役に就いて力を発揮し、女はしかるべき相手との間に子を生《な》し、夫を通じ子供を通じて力を振るう。

富は繁栄をもたらす。帝の名のもとに多くの富が国家にもたらされるが、それを管理運営するのは大蔵省など百官の役務であり、私《わたくし》のもとに集まる富を用いて一族の繁栄をたしかなものにするのはそれぞれの采配《さいはい》である。たとえば阿倍一統は半島との私貿易によってずいぶんな富を得ていた。後には鉄を作ることで栄華をいよいよ大きなものにした。

その一方で、世の中ぜんたいを富ましめることも世の動きを司《つかさど》る高貴なる家の義務であると言える。私が生まれてから亡くなるまでの七十年近い歳月の間にいくつもの政変があり、国の内外で戦争もあったが、しかしぜんたいとして国の形が整い、帝を中心にして豪族たちが力を合わせてことを進める傾向が強まったのは誰も否定のしようがない。世は明らかによくなったのだ。

かつての物部《もののべ》や蘇我のように公然と帝を凌《しの》ごうとする勢力は今はいないし、帝その人が弑《しい》されるような凶事は、私が生まれる何十年か前にはあったと聞いているが、私の時代には絶えてなかった。国は整えられた。それに私は力を貸したとも思っている。

先帝がかむあがられて次の帝が決まるまでの間が最も世が乱れる時である。それを何度となく私は体験し、そのたびにしかるべき側に身を置いた。あいつは空《から》の瓢《ひさご》のようだ、何があっても沈まないと言われた。

私が十三歳の時、大化の改新から三年後、左大臣であった父は四天王寺《してんのうじ》に新しい仏像四体を迎えて大がかりな法要を行った。その儀式の壮麗と司った父の威容を私はよく覚えている。

その翌年、父が身罷《みまか》った。

葬儀は盛大で、時の帝は朱雀門《すざくもん》まで亡骸《ぼうがい》を見送ってくださった。群臣の哀哭《あいこく》の声が都に満ちた。

父の死は辛いことだったが、その一方で私は生きることが少し楽になった気がした。父はあまりに偉大であり、常にその視線に曝《さら》されているのはなかなか気の重いことであった。自分のように左大臣の地位まで出世せよとあからさまには言わなかったが、それでも男子として同じような道を歩めと無言のうちに父は促していた。死によってその声は少し遠くなった。

私の日常は変わらなかった。一族の地位は安定していたし、顕職にある叔父《おじ》たちや従兄弟《いとこ》、しかるべき相手を夫とした叔母《おば》たちが私を守っていた。

そこで別の道を歩みたいと私は思った。若い者にありがちの気まぐれだが、そんなことから人生は開ける。私はそれまでに知っていたのとまるで違うものを自分の人生に持ち込みたいと思ったのだ。

三年後にその機会が訪れた。

諸学の中で私が最も好んだのは唐の言葉であった。漢文を読みまた作文することもおもしろかったが、唐から倭国《わこく》に渡って来た人々と話すことはそれ以上に愉快であった。いずれは帝の近くに登って世を動かすことを望まれているとしても、その前にこの好きなことに没入してみたい。訳語などその職にある者に任せればいいようなものだが、私は自分の口から出る言葉がそのまま相手の耳に入ってその表情を変えるのがおもしろくてならなかった。気の利いたことが言えれば相手は破顔一笑する。

それ以上に唐という大きな国に対する関心が強い。唐と倭国との間には人と物の行き来が盛んだった。言葉から入って私は計り知れないほど大きいこの隣国に夢中になった。その地を踏んでみたいと心から願った。

十七歳の時、唐への公式の使節団が出るという話を聞いた。遣唐使、一度目は私が生まれる前だった。その後ずっと途絶えていたが、大化の改新を経て政治も安定した時に再び唐との交流を盛んにしようという声が上がった。私はなんとかこの一団に加わりたいと思った。

私は本当に長く向こうに住んで学ぶべきことを学びたい。それには遣唐使の一員として、つまりは請益生《しょうやくしょう》ないし留学生《るがくしょう》となって、渡唐するしかない。

だがそれは左大臣を出したような大きな家の男子がすることではない。二つも三つも格の下がる家の者が出世の手段として、言わば一世一代の大博打《ばくち》としてすることだ。お前のような先の明るい者がなぜまた、という叔父たちの反対を封じるのは容易なことではなかった。それに渡海はなかなか危険を伴う。難破で帰らぬ人とならないとも限らない。そうなると阿倍一統は大事な駒を一枚失う、というのが叔父たちの考えだった。

私はそれをなんとか説得した。一人くらい変わり者がいる方が一族の繁栄には都合がいい。これからこの国はどんどん変わる。百済・新羅・高句麗《こうくり》を差し置いて、唐が何よりも大事。大唐を知る者がことを決める時は必ず来る。それに、いつの世にも役に立つのが人脈というもので、長安《ちょうあん》や洛陽《らくよう》に懇意な友人を持つことは間違いなく我が一族の、ひいてはこの国の利となる。

無論、危うい目にあうやも知れぬが、それを言うなら父は乙巳の変で蘇我の側を見限るという危うい道を選ばれた。それに比べれば私が唐に渡るなど何ほどのこともない。それに私は唐の言葉に長《た》けている。師が扱う二十名ほどの弟子の筆頭が私である。大唐に行っても語学の初歩に無駄な時間を費やすことなく一気に学問の枢要に迫ることができる。これは国家にとっても好ましいことではないか。海の向こうでは新羅と百済と高句麗、それに唐の思惑が乱れて、これからの十年は占うのも容易でない。

等々、思いつくかぎりの理屈を並べて私は一族の長老たちを説いた。それに、私と同じように有力な家に出自する母親を持った異母弟たちが何人もいるではないか、私が戻らなくても大事ないではないか、とまで言って、渡唐の許しを得た。

その時の遣唐使は二隻の大船を連ねて、それぞれに百人以上が乗り、総勢二百余人という大がかりなものだった。

大使は吉士長丹《きしのながに》さま、ならびに高田根《たかだのね》麻呂《まろ》さま。

副使は吉士駒《きしのこま》さま。

以下——
判官《じょう》
録事
知乗船事《ちじょうせんじ》
訳語生《おさじょう》
請益生
主神《しゅじん》
医師《くすし》
陰陽師《おんみょうじ》
絵師
史生《ししょう》
射手
船師
音声長《おんじょうおさ》
新羅の訳語生
卜部《うらべ》
留学生
学問僧

傔従《けんじゅう》
雑使《ぞうし》
音声生《おんじょうじょう》
玉生《ぎょくじょう》
鍛生《たんしょう》
鋳生《ちょうじょう》
細工生《さいくじょう》
船匠《ふなしょう》
柂師《かじし》
傔人《けんじん》
挾杪《かじとり》
水手長《かこちょう》
水手《かこ》

船に乗った者の職掌を長々と連ねたのにはわけがある。私はこの種のことが好きなのだ。いくつもの役割が組み合わされて一つの大きな仕組みができ、それが大きな仕事をする。その動きを知ることは人の上に立つ者にとって有用ではないか。国とはそういうものではないか。船の上では万事を見ているだけの非力な若い者にすぎないとしても、そこで見たことが役に立つ日が来ることを私は疑わなかった。

学問僧は十一名。道厳、道通、道光《どうこう》、恵施《えし》、覚勝《かくしょう》、弁正《べんしょう》、恵照、僧忍、知聡、道昭《どうしょう》、定恵《じょうえ》。

この内、定恵というのはなんと時の内臣《うちつおみ》中臣鎌足さまの長子でしかもまだ十歳のほんの少年であった。私と同じように唐に未来を求める者が他にもいたことを私は心強く思い、この利発な少年と船中でずいぶん親しくなった。大唐に残って勉学を積まれて、十年以上の後、二十二歳で帰国されたが、惜しいことにその直後、亡くなられた。

また、後のことながら、道昭と呼ばれる方はかの高名な玄奘三蔵《げんじょうさんぞう》の直弟子となり、その膝下《しっか》で長く修行の後、帰国されたのは私が二十五歳の時であった。多くの尊い仏典を持ち帰られ、私が四十五歳の時、往生院《おうじょういん》を開かれた。その式典に私は参加して深い感慨を得たのだ。

話を元に戻せば、私は請益生として大唐に渡ることを許された。留学生ほど長い予定ではないがともかく何かを学んで帰れということだ。一族は危険を思って引き留めたが、朝廷の方は進んで渡海して学問をしたいと志願する有能な若者はありがたかったはずだ。しかも私は令を学びたいと申し出た。大化の改新で整った国家を造るという方針は立ったが律令の類《たぐい》はほとんど未整備で、ともかく文献も知識も足りなかった。私は期待されていた。

では渡海にはどれほどの危険が伴ったのか。私が行った頃はまだ百済や高句麗の情勢は我が国に有利だった。筑紫《つくし》の大津浦《おおつのうら》を出た船は壱岐《いき》・対馬《つしま》を経て半島に着いた後、西海岸に沿って北上してから西に向かい、萊州《らいしゅう》からは陸路になって洛陽を経て長安に至る。これが決まった経路であった。

後年のことながら、白村江《はくすきのえ》の戦いに敗れた後はこの道は閉ざされ、南の方でずっと危うい海路を採らざるを得なくなり、みな難儀をした。しかし私の場合も二隻で出ても第二船は難破してその消息は知れないままになったのだから、やはり安全な旅ではなかったのだ。

遣唐使は公式の使節である。その目的の第一は大唐国との親和な関係を維持することで、そのためには元旦《がんたん》の朝賀には必ず列席しなければならない。必ず遅れぬように着くとなると出発がどうしても早くなり、それは航海には不向きな危険な時期なのだ。国の位置が与えた不利益と言える。

長途の果て、初めて長安の都を見た時に胸の中に湧いた思いはなかなか言葉にならない。すべてが広くて大きく美々しく、人と物が限りなく密集している。父は私に、人と物を見たらその背後に田と畑を思えと教えた。都会にいて目の前だけ見ていてはいけない。そこにある人と物を生み出し養っているのはどこか遠くにあって見えない田や畑や森や海である。国とはそういうものだ。

だから長安の喧噪《けんそう》はこの大唐という国がいかに大きくまた豊かであるかを教える。

到着してすぐ、我々はこれからの宿舎となる四方館に入った。ここは皇宮を東西に貫く承天門《しょうてんもん》街、通称は横街《おうがい》、に面している。向こう側にある大宮の城壁が霞《かす》んで見えないほどの幅で、これが道かと思うほど。私は呆《あき》れて自分の足で測ってみたところ六百歩あった。一事が万事、こういう大都だ。

着いてすぐにいくつもの儀式や行事があった。宣化殿《せんかでん》での礼見、麟徳殿《りんとくでん》での謁見、内裏での賜宴、などなど。本来ならば一介の請益生に過ぎない私とは無縁のことであったが、阿倍の者ということで末席に連なることができた。ただただ驚いて目を瞠《みは》るばかり。

しばらく落ち着かない日々があって、それから本当の勉学が始まった。

私はまずは唐の言葉をしっかり身に付けようと考えた。漢字で書かれた文章を読んで意味を理解することはできるし、漢字を連ねて文を作ることもある程度はできる。官の文書はだいたいが定型の応用だからそれらしいものは書ける。しかしそれだけでは会話はできない。

故国の藤原京で唐から来た方を師として会話を学んだ。通辞になるわけでもないのに、おまえほどの身分の者がと言われたけれど、私はこの言葉を話したかった。今、長安に来て、話す必要はいよいよ高まった。半年くらいはこれに専念しようと考えた。

この勉強は予想のとおりおもしろかった。次第にわかってきたのだが、大唐は周囲のいかなる国をも圧する巨大な国であった。ここに比べれば他は国とは呼べないような代物。我が倭国も例外ではないというか、とりわけ小さくて遠いのが倭なのだ。いわば世界とは唐のことであり、それを巡って国のようなものが居並ぶという図であろうか。

従って周辺諸国から大唐に何かを学びに来る者は多い。唐は寛容にもそれを認め、むしろ歓迎し、費用を担って機会を与えてくれる。言葉の学舎で私はいくつもの国から来た、同じような年頃と野心の若い仲間たちに会って親しくなった。それは不思議な友情で、それぞれの祖国どうしの関係がどうなろうとこの場で学んだ絆《きずな》はこの先もずっと変わらない、と言い合うような仲。老いて振り返れば気恥ずかしいようなものだが、そういう思いを我々は未《いま》だ拙《つたな》い唐の言葉で交わしたものだ。それはつまり唐というあまりに大きい存在が言わせたことだったのだろう。

語学の教師の一人に賀陽冰《がようひょう》という人物がいた。歳は私より十ほど上で、性格が陽気、頭の回転が速くて、何よりも言葉というものがよくわかっている。生徒がどこでつまずいているか、何が理解できていないかを素早く見抜いて導く。官学だから身分は官吏ということになるが杓子《しゃくし》定規なところがひとつもなく、何ごとも融通無礙《むげ》であるのが好ましい。

なぜか私はこの人に気に入られたらしく、とりわけ丁寧な指導を受けることができた。その上、倭の言葉を覚えたいから唐の言葉と交換に教えろと言ってきた。願ってもないことで、むしろ二つの言葉を並べることで私はどちらについても理解を深めることができたように思う。

それにしても、唐の言葉を知りゆくうちに、それは倭の言葉にはないというものの多いことを改めて知った。そういうものは私の地にはない。その考えは我々にはない。そのものがないのだからそれを表す名前もない。そういうものばかりだ。それらを持ち帰って広めるのが私の責務であるということがよくわかった。

その最たるものが律令である。律は処罰の法、令は行政の法。大化の改新からこちら我が国は国としての体裁を整えることを急務としていた。何ごとも首長の私見によるのではなく、文字で記された法に照らして決める。一国の中で統一された尺度によってことを進める。無理無法な輩《やから》を法が縛る。それが国というものの働きである。

今、たまたま喩えとして尺度と言ったが、尺度そのものが統一を必要としている。難波《なにわ》の一斤と筑紫の一斤が異なっていてはいけない。万事について共通の尺度をもたらすのが国であり、帝の威光である。度量衡や暦と同じように行政も刑罰も同じものが国の中に行き渡らなければならない。

そういうことを聞き覚えて、それを学ぼうと思って唐まで来た。その土台として言葉があり、師として賀先生がおられる。私は幸運だと思った。ここでしばらく言葉を磨いたら次は令を学ぶ。

長安は大唐の規模を反映して大きいだけでなく、大いに栄えてもいた。後々まで理想の世と言われた太宗《たいそう》の貞観《じょうがん》の治《ち》は数年前に終わっていたが、それでもその余熱のようなものが町ぜんたいにみなぎっていた。貞観という年号が二十三年も改元されることなく続いたのが平安のしるしと私は教えられた。二十歳前後、あの時期の私が勉強ばかりしていただから遊ぶところはいくらでもある。いや、本当のところ、自分を勉学に向けるのがむずかしかったとはとても言えない。くらいだ。

長安では胡姫《こき》のいる酒肆《しゅし》が流行していた。私たちは東の方から唐に入ったし、百済も新羅も高句麗も東にあるが、大唐が西にも広がっていることを私は知らないではなかった。西の彼方《かなた》にまだいくつもの国があり民がいる。そこから来た人たちは風貌《ふうぼう》が唐の人とも我々とも違って、その女たちは心をそそる。そういう女がいて客の相手をしてくれる店がある。長安に着いてまもなく私はそういう楽しみを覚えた。

その中でもとりわけ旋舞の巧みな女がいるところに私は通った。女は寧々《ねいねい》と名乗っていた。長く伸ばした手の先や袖《そで》や薄物の長袴に包まれた足の先が見えなくなるほど速く女はくるくると舞った。人気者で、卓に呼んで酒を注いでもらうには相応の金を積まなければならない。酒を注いで、にっこり笑って、行ってしまう。言葉を交わすこともできない。話しかけるとちょっと困った顔になって、首をかしげ、手で制して、去る。いつもそうだった。

ある晩、去る後ろ姿を憮然《ぶぜん》として見送っていると、横から声がした。

「おまえ、あの女と話がしたいのか？」

見るとこれも異国風の顔をした男だった。歳は私と同じくらいか。

「ああ、どこから来たか、それくらいは聞きたい」

「あれは胡の女だ。ここの言葉を知らない。西域から来て間もないからまだ言葉を覚えていないのだ。言葉ができれば十倍も客がつくだろうに」

「どうしてそんなことを知っている？」

「俺もそっちから来たから」

髪の色が茶色くて、同じ色の髭《ひげ》が濃く、目は灰色に見えた。私はこの男の方に興味を持った。

「そっちとは何処だ？ どんなところだ？」

「甘州《かんしゅう》のもっと西。玉門関《ぎょくもんかん》の彼方。どこまで行っても砂と乾いた山ばかり。空は黄色くて、強い風が吹いて渡る」

男は目を細めて遠くを見る顔になった。

「米は作れるのか？」

「沙漠《さばく》では米は作らない。羊を飼う。それに駱駝《らくだ》がいる」

「らくだ？」

「馬よりも大きくてとても強い動物だ。たくさんの荷を運ぶ。遠く沙漠を渡って行くとやがて水のある場所に出る。緑があって、その周囲に人は住んでいる」

海と島のようだと私は思った。さらに聞くにつれて私はその不思議な国に惹《ひ》かれた。

胡姫のことはもうどうでもよくなって私はこの男と話し込んだ。こちらはこちらで倭という自分の国について伝えたいことがたくさんある。何万里も離れた国の者どうしが出会って親しくなる。二人を繋いでいるのは大唐の言葉であり、二人を引き合わせたのも大唐の威力だ。

酒を飲みながらその酒肆でずいぶん長く喋った。帰りがけにまた会うことを約して別れた。

「きみ、名はなんと？」

「ヤグラカル」

「？」

「字で書けば……」と言って手近な紙に「薬羅葛」と書いてみせた。奇妙でしかしそれなりに美しいその筆跡はこの男の印象にそのまま重なった。


その次に会う時、私はおもしろい男がいると言って賀陽冰先生を店に連れていった。そんなことを言って誘うことができるほど賀先生とは親しくなっていたのだ。

今度は賀先生の方がヤグラカルという男に夢中になった。脇で私が聞いていると、二人が話しているのはもっぱら言葉のことだった。私の場合と同じく興味は出身地の言葉。この場合は回紇《ウイグル》と呼ばれるヤグラカルの国の言葉。先生が奇妙な発音を口移しに何度も練習し、いくつかの単語を唐の言葉と回紇の言葉で対照し、試みにちょっとしたことを言ってみて語順を直されるのを、そういうことに熱中している先生と友人を私は感心して見ていた。こうして世界は広がってゆく。

旋舞のうまい胡姫がやってきて三人に酒を注いでくれた。にっこり笑ったけれど口はきかない。

賀先生が女に向かって何か言った。

それを聞いて相手は笑い転げた。何かとんでもない間違いがあったのか、もうおかしくてしかたがないという風だった。

ヤグラカルが横から直した。

先生は改めて言い直し、女は嬉《うれ》しそうにそれに応じて何か返す。その内容が先生にはまたわからない。女は笑う。そういうやりとりは脇で見ていてもおもしろかった。

それ以来ヤグラカルは賀先生の生徒になった。彼はものの見える男だった。三日先のことがわかる占術に長け、陰陽説や五行説に従ってその技を磨くために長安に来ていた。話を聞いた当初は私は半信半疑だったが、実際に彼は三日先のことを言い当てた。もっと先まで見通したい、更には見た内容を自分の力で変えたい、というのが彼の野心であって、私はそれをすばらしいと同時に恐ろしいことだと思って、畏怖《いふ》の念をもって聞いた。

そのヤグラカルでも見えない未来があった。長安に来て三年目、私は一通りの勉強は終えたと思って、次の遣唐使の帰還に便乗して国に戻ることにした。その準備をしているある日、ヤグラカルが奇妙に放心した顔でやってきた。

「どうした？　何かあったかい？」

「頼みがある。俺を一緒に倭に連れていってくれ」

「また、どうして？」

「国が無くなった」

「どういうことだ？」

「回紇にはいくつも国がある。俺はその一つの出身なのだが、その国が隣国に滅ぼされてしまった。俺にはもう帰るところがない。かと言って、このまま長安にいても出世の道はない。異国人だし、そもそもこの都には陰陽説や五行説を講じる者が多すぎる。それでいっそ君の国に行って自分の知識を広め、人々の役に立とうと思ったのだ」

「それならば口を利いてやらないでもない。倭に渡ってからも有力な面々に紹介してやれる。だが、本当にそんな大きな判断をこんなに急にしてもいいのか？」

「いや、前から考えていたのだ。回紇の祖国の運命が危ういことはわかっていた。どうしようかと迷っていたところへ君の帰国の話が来た。自分の未来を見ると渡った先で大きく運命が開けると出た」

　それならばと私は彼を同道することにして、しかるべき方面に話をつけた。それでなくとも能力のある者は出身地に拘《かかわ》らず受け入れて働いてもらうのが倭国の方針だった。

実質的に国を動かしているのはこのように大陸や半島から渡来した人々である。倭にヤグラカルの居場所は充分にある。

いよいよ出発が迫ったある日、賀先生が別れの宴《うたげ》を催してくれた。そこにあの胡姫の姿があったのには呆れた。しかも先生といかにも親しく唐の言葉で話し合い、我々にも言葉を掛けてくる。そこまで教えたのが先生であり、そのためには長い親密な時間を要したことは明らかだった。賀先生もなかなか隅に置けない。

先生は二人の友人を一度に失うのは悲しいことだと言われ、我々もそれに同じた。

「しかし、二人が同じ方へ去るというのは、これは心慰められることだ。君たちがこれからも一緒ならば、そして他ならぬ君たちならば、明るい未来が開けるだろう。それは薬羅葛君の占術にも出ていることだろう」

「しばらくの間は大丈夫です」とヤグラカルは言った。「少なくとも帰国の船は沈みません」

「心強いことだ。お別れに際して二人に土産をと思ってこれを用意した」

そう言って先生は三つの同じ形の包みを取りだした。

中にあったのは鏡だった。同じ鋳型から作った同じ銅鏡。

「縁者にこういうものを作る者がいて、そこから手に入れた。私も同じものを持っている。鏡は光を遠くへ届けるものだ。これを三人を結ぶ絆としたい。君たちは一緒に帰るわけだが、それでもこれを一枚ずつ持っていることは遠い将来に何かの助けになるかもしれない。これを持って海を渡りなさい。達者でな」

「我々に一枚ずつとして、残る一枚は？」

「古来、天下の大事を成し遂げるには大丈夫が三人は要ると言われる。きみたちの人生にもう一人の丈夫が現れる時が来る。その男の分だ」

「私ももう一人が現れると思います。そういう未来が見える気がする」とヤグラカルが言った。

7

私はヤグラカルを連れて日本に帰った。

その時、私はまだ二十歳だった。

私の顔を見てまず縁者たちはほっと安堵《あんど》したようだった。

いつの世にも唐に渡るのは命懸けである。私が大唐に渡った時、遣唐使は二隻の船を連ねたが、第二船は途中で難破して多くの仲間が失われた。

我らの翌年に長安にいらした押使の高向玄理《たかむこのくろまろ》さまはその年の内に病に倒れられて再び倭の地を踏まれることはなかった。

もともとが魏《ぎ》の文帝《ぶんてい》の末裔《まつえい》と称する渡来の一族の方であり、かつては遣隋使《けんずいし》小野妹子《おののいもこ》さまに従って隋に渡った留学生であった。向こうには三十年の余に亘《わた》って滞在、勉学を積まれた。帰国の後、また新羅に渡って面倒な交渉をまとめられたと聞いている。そして四度目の渡海で長安に至り、高宗《こうそう》に謁見したが、病を得てそのまま客死なされた。私などは遠くからお顔を見るだけだったが、亡くなられたという報に接して、その数奇な生涯をしみじみと思ったことだった。

さて私自身のこと。親戚どもは私が勉学に没頭のあまり何十年も帰って来なかったらどうしようと案じていたので、まずは一安心という顔をした。私が学んできたことへの期待も帰国の挨拶に赴く先々で感じられた。大唐の言葉の知識、要職にある貴顕たちをはじめ向こうで培った人脈、律令についての（私自身に言わせればまことに慎《つつ》ましい）知見……それらを数え上げて私の渡唐はよい結果に終わったとみなが思った。

一緒に戻ったヤグラカルの処遇を私は考えた。大唐の者ならばともかく、あるいはせめて新羅か高句麗の出身ならばともかく、回紇《ウィグル》という彼の郷里のことを知る者はこの倭に誰もいない。彼が陰陽道に長け、星の巡りを読み、人の運勢を見抜くことを私は知っているが、それは未だ密《ひそ》やかなものであって、知らぬ者に言ってもすぐには信じないだろう。

また彼はまだこの国の言葉を知らない。私からカタコトは聞き覚えたものの日常に用いるには不便だし、まして卜占《ぼくせん》の技を披露することなどできることではない。大唐の言葉だけではここで実力を発揮するのは難い。まずは言葉の習得が肝要と私は考えた。

何よりも多くの疑惑や猜疑《さいぎ》から彼を守らなければならない。長安とおなじくここもさまざまな思惑や欲望や邪心がうごめくところなのだ。若輩の私の言だけで彼の信用を確立するのは無理がある。

私は彼に仮の身分を提案した。我が阿倍の同族に竹田臣《たけだのおみ》という一統がある。共に大彦命《おおひこのみこと》を祖と仰ぐという繋《つな》がりがあり、私には親しい者が多い。

私は竹田臣の当主に頼んでヤグラカルを預かって貰《もら》うことにした。さしあたっては淡海《おうみ》の岸辺、安曇《あど》の里に身を置いて、この国の言葉を覚え、この国の習慣を身に付け、いずれ朝廷に出入りすることになっても困ることがないようにしてもらいたい。

ヤグラカルはそこで竹田大徳《たけだのだいとく》という名を承《う》けた。もとより言葉には巧みだから、すぐにも日常の用には困らぬようになった。大唐の言葉に通暁しているので、朝廷に出仕してからは公式の場で何かと役に立つことも多い。それでも私は陰陽道や卜占の知識は隠しておけと彼に言った。それを使うのはまだ早い。

朝廷の周辺にはさまざまな力が渦を巻いていた。

今、私は墓の中で世の安定のありがたさをしみじみ感じている。それを今の世を生きる者たちと共に享受しているとも言える。死者の安寧を乱すようなことは今は起こっていない。

私が大唐から戻って以来、さまざまなことがあった。

私自身にとって最も危うかったのは戻って三年の後、血筋から言えば私の甥《おい》に当たる有間皇子が刑死したことだ。皇子の母は私の異母姉にあたる小足媛《おたらしひめ》で、皇子は私より五歳の年下だった。

帝の皇子たちの身は並の身分の者たちのように安泰ではない。まさかの時にだれが皇位を継ぐか、そこには駆け引きがあり、力関係があり、陰謀がある。その時が来る前にことを決めておこうという動きもある。

皇子の父（すなわち小足媛の夫）である帝が崩御して、その姉にあたる宝皇女《たからひめ》が（この方は以前にも帝であったが）その地位を継いだ。私が大唐から戻った年のことだ。

その三年後、有間皇子は叛意《はんい》ありとして縊《くび》り殺された。その時、叛意の裏付けとして、母方である阿倍氏の兵力とその背後にある水軍を以《もっ》て皇位を簒奪《さんだつ》しようとしたという説が流れた。たしかに阿倍氏は水軍を持ち、その縁で胸形《むなかた》氏にも繋がっているけれど、この時は我らには何の相談もなかった。つまり根も葉もないことであるが捨ててはおけない。我ら阿倍の一統は疑いを晴らすためにいろいろと策を用いねばならなかった。

有間皇子が亡くなった後、世を導いたのは中大兄皇子さまだった。いや、有間皇子を刑死に追いやったのもすべてこの人の策謀だった。なかなか皇位に即《つ》かれなかったが、私が三十三歳の時にようやく即位なさった。

私はじっとして、日々ひたすら責務を果たし、公務の文書を読んでまた文書を書いて、時には武芸に励み、また野山を跋渉《ばっしょう》して気を晴らした。

やがて時を得て私はすっかり竹田大徳となって言葉も自由に操れるようになったヤグ

ラカルを朝廷で陰陽道に関わるしかるべき地位に就けた（その頃にはまだ陰陽寮という官庁は発足していなかった。それができたのは私たちの力で大宝律令が定まって後のことだ）。そこで竹田大徳はみるみる頭角を現した。

彼の力が明らかになったのは我が軍が白村江の戦いで大敗を喫した時だ。彼は事前にこれは負けると読んだが、うっかりそんなことを口にすると勢いに水を差す者として斬られかねない。そこで卜占で予想した戦いの経緯を詳しく紙に書き、それを封じてさるところに預け、受け取った相手にその日付けを表に記してもらった。事後に開いたところ、すべて当たっていた。世間は彼の力量を認めた。

一方、私は能吏として、行儀のよい貴族の二代目として、そつなくふるまった。律令についての研究も地道に続けた。

即位の三年後に帝に病の気が見え、統治に翳《かげ》りが見えた。次はどなたか？　近江《おうみ》の朝廷の周辺に憶測が飛び交い、人々はそれをただ聞くだけでなくそれぞれに旗幟《きし》を鮮明にすることを迫られた。

皇位を継ぎ得る者は二人、帝の息《そく》である大友皇子《おおとものみこ》と弟である大海人皇子《おおあまのみこ》。

帝は息子に継がせたかったのだろうが、大友皇子はまだ二十三歳、重臣が補佐するといってもやはり若い。その叔父に当たる大海人皇子が後見として立ってくれればよいが、人の思いはそう甘くはないだろう。

大海人皇子の方は野心がないことを表明するために帝が存命のうちに出家してさっさ

と吉野《よしの》に引っ込んでしまった。戦意なしを示すべく右手をけっして剣の柄《つか》に近づけず高く掲げるという姿勢だ。

私はどこにいたか？

私は近江の都にいて、大友皇子が即位してことは穏当に収まるものと思っていた。皇子はまだ若いが周囲が手を貸せば大過なく政を進めることができるだろう。その周囲という言葉の内には私自身も入っているかもしれない。

その一方で私はこの若い王の性格になにか危ういものを感じないでもなかった。だから彼の叔父に当たる大海人皇子が速やかに身を引くそぶりを見せた気持ちもわかった。皇位を窺《うかが》うかと疑われれば有間皇子のように殺されかねない。

帝は次の世代を確保するために多くの子を生《な》す。しかしそれがために次を一人に絞ることがむずかしくなり、争いが起こる。継承はいつも国の危機である。

大海人皇子が吉野に移って二か月余り後、帝はかむあがりなされた。

「この先、どうなると思う？」と私はヤグラカルに聞いた。

倭に渡って十七年、世間ではもう卜占と陰陽道の竹田大徳として名が高いが、私の中では彼は今もヤグラカルだった。

「わからない」と彼は言う。

「このまま安泰ということにはならないのか？」

「たくさんの力が働いている。遠い先までは読めない。朝廷もしばらくは大葬などで忙しかろうが、いずれ一波瀾《はらん》ありそうだ」

そうなると、こちらも身の処しかたがむずかしい。ここで進む方向を誤ると阿倍一族は亡《ほろ》びるだろう。

「さしあたりどうする？」

「新しい帝とは少し距離を置いた方がよろしい。力を貸すように見せかけて、しかし深入りはしない」

「それで？」

「吉野の動きを見る」

「やはりあちらか」

「坐《すわ》っていては殺されるとなればあちらは立つだろう。その先、ことの帰趨《きすう》はなかなか測りがたい。これからは一手ごとに先を読むしかないな」

「きみはどう動く？」

「私も身がかわいい。むざむざと負け馬に跨《また》がりたくはない。その一方、今の朝廷では高《たけ》市皇子《ちのみこ》が最も英邁《えいまい》で知恵才覚があると思っている。もしもあの人が動くなら、尻馬《しりうま》に乗ってもいいという気もする」

大胆な発言、大胆な判断だった。

高市皇子は大海人皇子の息子である。しかし今はこの宮廷にあって従兄である若い帝に忠誠を誓っている。父の出家と吉野行きをそのまま受け取って、もう父などいないふりをしている。

私も実は高市皇子が好きだった。日頃から心が通う若い友と思ってそのように遇してきた。この時は十八歳。私が大唐に渡ったのと同じ歳だ。

ともかく常に何かが中から溢《あふ》れ出ているような若者で、直情径行と深謀遠慮が若い心の中で格闘するのを脇で見ているのがおもしろかった。

「高市皇子を選ぶか？」

「まだそこまでは」

「引き合わせるぞ」

卜占に優れた竹田大徳の名は高市皇子も聞き知っているはずだから、私が言えば会うだろう。しかしこういうことは隠密《おんみつ》に進めなければならない。

数日の後、私の手配で二人は会った。どのような話があったのか、私は知らない。

これは私の命運を決めることでもあった。ヤグラカルの判断に合わせて私もまた高市皇子という馬を選んだのだ。

先帝が亡くなっておよそ半年の後、六月になって世の中は騒がしくなった。朝廷が先帝の廟《びょう》を造るためと称して農民を集めはじめた。大規模な工事で使える農民とはすなわち予《あらかじ》め訓練を受けた兵である。事実上の徴兵と見てよかった。

父が皇位を望み得る立場にありながら、朝廷で高市皇子は信頼されていた。姉の十市《とおちの》皇女《ひめみこ》が帝の妃《きさき》であるし、弟の大津皇子《おおつのみこ》とも父に従って吉野には下らず近江に留まったのだから、それは当然だっただろう。

その日の朝、私は秘《ひそ》かに高市皇子に会った。

「事態が動くようでございますな」

「あるいは」と言って若い皇子は天の方を見た。

「一つ、進言させて頂きましょう」

「なんだ？」

「竹田大徳を常に身辺にお置きなさいませ。あれは役に立つ男です」

「あの卜占の伎倆《ぎりょう》か」

「今は竹田臣の者となっておりますが、もとは長安におりました。私がこの国に戻る際に共に海を渡りました」

「渡来者か？　大唐の者か？　どうりで目の色が薄いと思ったが」

「渡来ではありますが、大唐ではなくもっと遥か西の方の出身です。回紇という地と聞いております。長安で陰陽道の研鑽《けんさん》を積んでいたところ、自分の国が亡びてしまって帰りどころを失った、一緒に倭の国に連れていってくれと言われて同道いたしました」

「親友か？」

「正に刎頸《ふんけい》の友。それよりも、あれは信頼するに足りる男です。これからの百日はことが大きく動き、この先の百年の道筋が決まる大事の時、あの男は役に立つと思います。運命を読むだけでなく、時には運命を変える力を持っております」

「おまえが送り込む間者でないとしたらな」

そう言って皇子は大声で笑った。

「もう一人、胆香瓦臣安倍《いかごのおみあべ》をおそばに付けます」

「顔は見知っているが、役に立つか？」

「伊香《いかご》は淡海のほとり、我らの拠点である安曇のすぐ隣、昔から縁の深い地です。そして淡海の水の民はそのまま西海の水軍に繋がっております。目前のことの決着はともかく、長い目で見れば水の民の力を用いることは一国の経営に必ずや利するはず」

「目前のことの決着はともかく、とはおまえもはっきり言うな。つまり俺と父に賭《か》けるということか」

「信じていただけるならば」

西海の水軍のことを言ったのは、高市皇子の母の尼子娘《あまこのいらつめ》もまた西海の胸形《むなかた》の一族の出だったからだ。故に胆香瓦臣安倍はこの危急存亡の時に力を見せるだろうし、その先でも役に立つだろう。

「率爾《そつじ》ながら、この鏡をお納め下さい」

「何だ？」

「大唐で鋳られたもの。同じものを私と大徳も持っております。長安で語学の師に頂きました。天下の大事を成すには大丈夫が三人要ると。だから三枚の鏡。我らの絆の印です」

「貰っておこう。ささて天下の大事、決断の時が迫ったか」

その日の夕方、吉野から密使が来た。大海人皇子の舎人《とねり》である大分恵尺《おおきだのえさか》が秘かに高市皇子のもとにやってきたのだ。彼が告げるには――

「父上はいよいよ行動を起こされました。一昨日、村国男依《むらくにのおより》と和珥部君手《わにべのきみて》、それに身毛君広《むげつのきみひろ》を美濃《みの》に向かわせ、不破《ふわ》の関を封じるよう命じられた。三人とも美濃には縁の深い面々です。そしてご自身も吉野を出て東に向かわれると言われ、私をこちらに遣わされました。今宵《こよい》のうちにここを出て、速やかに自分たちの勢に合流するようにとのことです」

この報告と要請の場に私はヤグラカルと共に居合わせた。高市皇子から陪席を命じられたのだ。

「どう思う?」と高市皇子は問われる。「出ると言うのは易いが、どうすればこの都を疑われることなく、追討の兵を向けられることなく、出られるか、それが思案だが」

私はしばらく考えた。

「むしろ討って出られては」と言った。

「それは?」

「父上の討伐に赴くと言うのです。この事態を承けて今日のうちにも帝の前で重臣たちが集う合議が開かれましょう。そこで最も強硬な案を出す。たとえ父とはいえ朝敵となった今は討つしかない。それならばいっそ自分がその急先鋒《きゅうせんぽう》に立つと言う。兵を率いてすぐにも発《た》つと、敢《あ》えて性急に」

脇で竹田大徳ことヤグラカルがうなずいていた。

「それで通るかな」

「やってごらんになっては」

その案は合議の場で却下された。帝はそんなに急がなくとも叔父に勝つと信じていたし、その息子を心から信頼してはいなかったのだろう。お互いの腹の探り合いがあって、案は通らなかった。

しかしそれはすでに計算の内で、合議が何を決めるともなく解散になった後、高市皇子はまるで自分の案が認められたかのように手勢を集め、周囲が疑心を抱く暇も与えずに速やかに近江を脱して東に向かった。その中に竹田大徳と胆香瓦臣安倍がいたのは言うまでもない。

(ここから先の話はすべて後になって聞いたことで、近江の朝廷でことのなりゆきを見ていただけの私が関わったところはまこと少ない。)

一行は夜を徹して馬を進め、翌朝、鹿深《かふか》を越えて積殖《つむえ》に至った。

そこで竹田大徳が高市皇子に馬を停めるよう言った。

「父上はまだこの先には行っておりません。ここで待っていればやがて到着されます」

実際の話、大分恵尺に父と合流せよと言われて近江京を出立したがいつどこでという詳しい指示はなかった。不安に思いながら進む時に竹田大徳に自信ありげに停まれと言われて、高市皇子は半信半疑で同行の七騎ともども馬を下りた。半刻《はんとき》の後に父とその一行がやってきた。

吉野を出たのは男二十数名に女たちが十名あまり。その中に妃の鸕野讃良皇女《うののさららのひめみこ》と、高市皇子の腹違いの弟である草壁皇子《くさかべのみこ》と忍壁皇子《おさかべのみこ》もいた。途中で従う者が加わってなかなかの軍勢になっていた。伊勢に米を運ぶ荷駄五十頭と出会ったのでその馬を調達、ここを先途と先を急いだ。そして困憊《こんぱい》の行軍の果てに高市皇子の一行に会うことができた。

大海人皇子は心から喜んだ。

「ここで待てば会えるとよくわかったな」と父が言った。

「こちらには知者がおります」と竹田大徳を紹介する。「この者がやがておいでと言い当てました」

「おまえがか？」

「横河《よこかわ》で黒雲を仰がれて卜占をなさいましたね」と竹田大徳は言った。「あの気を読みました」

大海人皇子は驚嘆して、「以後、この者の言をすべて容《い》れよ」と息子に言った。

翌日には弟の大津皇子と大分恵尺が到着し、各地から続々と軍勢が馳《は》せ参じ、不破の関を封じることができた。これで東から攻められることはない。

決起はしてみたものの、相手の近江勢は帝が率いる正規の軍隊である。あちこちの豪族たちが味方についたとはいえ、こちらはにわか作りの混成旅団。まともにぶつかっては勝てるはずがない。

弱気になった大海人皇子がそう言った時、息子は敢然とそれに異を唱えた――「近江京にいかに智将《ちしよう》がいようとも、勢いは今こちらにあります。この勢いをもって攻め入れば、朝廷側を打ち負かすこともむずかしくない」

父はこの高言を聞いて戦意を新たにした。

それからしばらく様子を窺ううち、大和で戦が始まったという報が届いた。大伴吹負《おおとものふけい》が善戦しているという。

大伴は百済での失政の責を問われた大伴金村《かなむら》の孫としてなにかと朝廷から冷遇されていた恨みから大海人皇子の側に付いたものだ。

戦いの詳細はとぎれとぎれにしか伝わらず、なんとも心許《こころもと》ないが、あまたの土豪の力を結集して意外に優勢であるらしい。これは善きことと期して待つうちに消息が途絶えた。

そうした時に竹田大徳がふっと言葉を洩《も》らした。

「大伴殿が危うい。援軍を送りなさいませ」

「負けたのか?」

「このままではそうなります」

高市皇子は置始菟《おきそめのうさぎ》なる者に千騎を預けて救援に向かわせた。たしかに大伴吹負は乃楽山《ならやま》を守っていて攻め寄せた大野君果安《おおののきみはたやす》の大軍にあっという間に蹴《け》散らされた後だった。兵もみなちりぢりになって、吹負は身一つで脱出した。そして墨坂《すみさか》まで来たところで置始菟とその千騎に会った。

翌七月五日、吹負は散った兵を再び集めて西に向かい、当麻《たいま》まで戻って朝廷方の壱伎《いきの》史韓国《ふひとからくに》の軍と遭遇、これを撃破した。

「なぜあそこで置始殿が来てくれたのだ?」と後になって大伴吹負が問うた。

「この竹田大徳が危急を知って進言したのだ」と高市皇子は答えた。

「戦は兵の数と訓練と地形と運、それに時の勢いです」と竹田大徳は言う。「あの時、あなたは敗走中だったがしかしまだ勢いがあった。兵を預ければ改めて進撃できるとわかった。だから助勢を送るよう申し上げた」

「なぜそんなことが遠くにいてわかった?」

「私は少しながら天地《あめつち》の理《ことわり》を読みますから」

この話を聞いて喜んだのは大海人皇子である。もともと卜占が好きで自分でも試みる。吉野からの強行軍の途中でも空に湧いた黒雲を見て我に勝機ありと読んでいる。高市皇子との合流といい、今回の吹負救出と反撃といい、この竹田大徳という男は本当に使えると思った。

「この者を重用せよ」と息子に言ったが、言われた方は初めからそのつもりでいる。戦いは一進一退ながら西から来る朝廷軍をこちらがじりじりと押し戻して西漸《せいぜん》していった。ただし、一見したところ形勢は有利だがどこかで一戦でも大敗を喫すればこの絵図はたちまち反転する。

七月の二十二日になってようやく高市皇子に率いられる軍勢は瀬田《せた》に達した。ここの橋を渡ればそこは近江京である。ここで勝敗が決する。

朝廷の軍は橋の真ん中あたりの橋板を外して渡れないようにしていた。ただし自分らが討って出ることになった時に渡れないのは困るから、ここに長さ三丈ほどの板が縦に渡してある。板には綱が結ばれ、引き寄せれば板は落ちて橋は渡れなくなる。

双方はそれぞれの橋のたもと、矢の届かないところで睨《にら》み合っている。

「何か手立てはないか？」と高市皇子は周囲の者に問うた。「誰か一気にあの板を渡って綱を切る者はいないか？」

誰も答えない。こういう場合、血気はやればいいというものではない。暴勇を以て突進して板を渡っても、そこで射殺《いころ》されては何にもならない。むしろここまで押してきた戦の勢いを殺《そ》いでしまう。

「私が……」と言った者がいた。

見ると竹田大徳。

「橋を渡るか、お前が？」

この男、卜占には長けているが武勇に優れているようには見えない。

「いえ、橋を渡らんとする勇者をしばらくの間、敵の矢から守ります」

「なんとして？」

「呪術《じゅじゅつ》。私はことのなりゆきを読むだけでなく、わずかならばそれを変えることもできます。渾身《こんしん》の力を絞って、飛来する矢の向きを変え、たとえ当たっても急所を外すように致します。しかし、橋を渡る武者が私の力を信じていなければ力は功を奏しない。どなたか、私を信頼していただけますか？」

一人の若者が前に出た。

「大分稚臣《おおきだのわかみ》」と名乗る。「私が参ります」

彼はそこで長槍《やり》を捨て、鎧《よろい》を二重に着て、手には抜いた刀を握り、橋の空隙《くうげき》に渡された板を一気に走り渡った。そこで敵勢が綱を引いて板を手元に引き寄せれば大分稚臣は渡れなかったはずなのに、それはいともたやすいことだったはずなのに、敵兵の手は凝《こご》った。何か得体の知れぬ力が彼らの手を縛《いまし》めている風であった。宙には無数の矢が飛んだが大分稚臣には当たらない。たまに当たっても二重の鎧に立つばかりで中まで通らない。こちらで見ている者は竹田大徳の呪術の摩訶不思議《まかふしぎ》な威力を知った。

板に結んだ綱を大分稚臣は切った。その刀を高々と掲げて見せた。東側からどっと歓声が上がり、多くの兵が突進した。西の勢は算を乱して逃げ始める。

こうして戦いの趨勢は決した。

間もなく近江京は陥落し、帝は自裁して果てた。

私は京を離れたところでことのなりゆきを見ていた。

私が高市皇子に通じていると知っている者はこちらにはいない。もともとが文弱の徒であるから戦に出ないことを怪しむ者もいない。いよいよとなれば逃げ出して西海に行くつもりでいたが、そういうことにはならなかった。

やがて大海人皇子の側が勝ったという報《しら》せがあった。私は安堵した。

勝敗を決する瀬田の戦いで竹田大徳の呪術の功績が大きかったということも追々に伝わった。橋に渡された板を綱で引くことを阻み、武者に降り注ぐ矢を逸《そ》らせたという。

ヤグラカル、あなたをこの国に連れてきてよかった、と私は思った。

しかし、それに続いて届いたのは、なんと、彼の訃報《ふほう》だった。

あれだけの勲功を挙げた直後の突然の死。いったいどういうことかと私はまず驚き訝《いぶか》しんだ。それからゆっくりと悲しみが迫ってきた。二十年近くに亘って、長安から倭の都まで、苦楽を共にしてきた仲なのだ。この国の誰よりも親しい友だったのだ。

追って彼からの手紙とあの鏡が届いた――

こんな結果になって驚いていることと思う。

また私と君の仲だから悲しんでくれているとも思う。

これは定まったことではなく、私が選んだ道だ。この国で長寿の果てに身罷《みまか》るはずはなかったのだが、他ならぬ今というのは私が決めた。人には死ぬのにふさわしい時というものがある。私の場合はそれが今だった。

順を追って話せば、私は世間に見せているよりもずっと強い予知の力を持っていた。私はそれを小出しにするだけで、真の実力を外に表さないようにしてきた。

予知は体力を要する。何か先のことを読もうとした後では私はいつも疲労困憊した。だから自分の限界も知っていたし、君の将来や自分の行く先のことなど、知らない方がいいことの予知は避けてきた。それでも君が長く生き、私がそうではないことはうすうす知っていた。君のこれからは安泰だからそう思って余裕をもって生きてほしい。

このたびの戦いで大海人皇子の側に付くと決めた時、これは自分の力を出し切る場であると思い定めた。

私はもう郷里の回紇に帰ることはない。どこまでも平らに広がるあの広い沙漠とそれよりも広い青い空を見ることはない。「天蒼々《そうそう》、野茫々《ぼうぼう》」は遠い世界だ。東へ東へと流れてこの地で終わるのが私の命である。生命であり命運でもある。

この時この場所が自分の働きの舞台と見切って、私は力を出し切ることにした。

高市皇子と共に近江京を脱して東に向かう途中、私は皇子の父である大海人皇子の一行が南からこちらに向かっているのを感知した。強い気を発しておられたし、途中で卜占を試みられてもいたのだから、これを知るのはそう困難なことではない。それにまたさほどの体力も要さない。

問題はこれを高市皇子に伝えるか否かだ。普段の私ならば知ったことの十に一つも人には洩らさない。君に対してだって十に三つがせいぜいだ。予知の力はとても扱いが難しい。

私は高市皇子に伝えた。それは本当に大海人皇子の側に加担し、この国の将来を決めるということだ。それを承知の上で私は一歩前に出た。

大伴吹負が危ういと私は知った。今ならば間に合う。今ならば形勢を逆転してこちらに有利なように作り直せる。そういう節目が私にはわかった。だから援軍を送るよう進言した。ことは私が読んだ筋に沿って具現していった。

次は瀬田の橋だ。

今ならば君も知っているとおり、あの戦いは高市皇子の側の勝利に終わり、それがすべてを決めた。そうなることはわかっていた。あの橋さえ渡ることができればいい。しかし敵の戦法も見事だった。橋に空隙を作り、自分の側は渡れるがこちらが攻めれば遮断する。

ここはもう予知の力ではどうにもならない。いくら透かし見ても近い未来は模糊《もこ》とした霧の中にある。この霧を払うには一つの決意が要る。積極的に未来を変えようという私の決意が。

私はそれが自分の命に関わることであるのを知っていた。合流のこと以来、私は未来に干渉してきたが、今回はそれが決定的になる。力の限りを尽くさねばならぬし、それは私の寿命を使い尽くすことでもある。

わかった上で私は大分稚臣を送り出した。板に結ばれた綱を引く敵の手を呪力で縛めた。あたらこの若者を死なせてはならないと、飛来する矢を必死で逸《そ》らせた。手が回らなかった何本かは勢いを殺いだ。鎧を貫いたものは一本もなかったはずだ。そうしながら、私は自分の中から生きる力が失われてゆくのを感じていた。これ以上は無理だ。このままでは私はこの世から消える。

大分稚臣は空隙に渡された板を走りきった。向こう側で綱を切り、雄叫《おたけ》びを上げた。こちらの兵が突進する。この場はもう安心、君と高市皇子と大海人皇子の未来は安泰、そう思って喜ぶうちにも目の前が暗くなった。

私がここで死んでもいいと思った理由がもう一つある。未来を知る能力はうかつに使ってはいけない。それは本来ならば人知の外にあるものだ。そこに手を触れる者は必ず報いを受ける。

まして私は大分稚臣に向かう矢の向きを変えることで未来そのものを変えてしまった。それを無数の兵士が目撃した。

考えてもみてほしい。もしも、この先、仮に朝廷で何か異変が起こったとする。帝の病、皇子の夭折《ようせつ》、正妃の流産……。そういう時には真っ先に私に疑いが懸かる。あの男が呪術で、妖術《ようじゅつ》で、ことを引き起こしたと言われる。

己が力を明かした予言者の命運とはそういうものだ。

だから、矢の向きを変えた時に、父君と合流するために積殖で待つよう高市皇子に言った時に、もう私は自分の人生はここで終わると見定めていたのだ。

瀬田の橋の戦いが終わった時、私は自分に生きる力が残っていないことを知った。戻って君に会って別れを言いたかったが、その暇もない。

長安で君と出会って、倭に渡ってきて、この国に静かで穏やかな繁栄の日々をもたらすための大事な戦いに力を添えることができて私は満足している。なかなかよい人生を生きたと思っている。君には心からありがとうと言いたい。

一つお願いがある。

君と私は賀陽冰先生に頂いた同じ鏡を持っている。私は未来を見るのにしばしばこの鏡を使ったものだ。

これを私の郷里に返してくれないか。賀先生のところまで届ければ回紇のしかるべき者に向けて送り出してくれるだろう。あの方も今は要職にあって権勢なみなみならぬものがある（と私には見えている）。

この先の君の人生はほぼ安泰だ。

更なる守りとして、この図を君に授ける（授けるなんて、大げさな言いかたを笑ってほしい。なにしろ人生最後の場だから気持ちが芝居がかっているのだ）。

天文図。一緒に見た長安の夜空の星だ。これは生涯に亘って君を守る。身辺に置いてなにかと頼りにするがいい。

竹田大徳こと薬羅葛

以来、私は星の図をいつも身近に置き、更に一振りの剣を造らせて、その刃に星々を象嵌《ぞうがん》させた。

鏡は次回の遣唐使の折に伝手《つて》を頼って賀先生のもとへ送り出した。

大海人皇子は即位して、高市皇子は父である帝の治世を長く補佐され、太政大臣の座に就かれたが、惜しいことに四十二歳で身罷られた。

その五年後、私は右大臣になった。左大臣であった父と同じ高位に至ったということができる。

同じ年に大宝律令が成った。

私はこの制定に少なからず力を貸したと自負できるが、表立っての功績は忍壁皇子に譲った。その方がことが速やかに進むことがわかっていたし、安寧の世を築くことこそが私の願いであり、もうこれ以上の名誉は要らないと思ったのだ。

それよりは墓の中の平安が欲しい。できることならばヤグラカルとまた親しく語り合いたいものだが、おそらく彼の魂はあの鏡と共にもう回紇の地に帰っていることだろう。

8

せっかく島に来ているのだから明日も泳ぎたいという子供たちの声に押されて、竹西家の親たちは一泊すると決めた。

しかしこの島に宿などはない。夏だからなんとかなるということにして、宮本家には大人が六名と子供が二名、わいわいぎしぎし雑魚寝《ざこね》で一夜を明かすことになった。

夕食は大きなすし桶《おけ》にいっぱいのちらし鮨《ずし》。材料の魚は美汐の母の洋子さんが近所の漁師の家をまわって集めてくる。普段の行き来があるからこういう時はみなさん融通を利かせてくださる。美汐が潜って獲《と》った魚もそこに加わった。野菜の料理もいろいろ揃って、昼間のバーベキューに劣らぬ賑《にぎ》やかな夕べになった。

寝る段になると、ミチルさんが、夫の顔を見て玄関の方を指さした。

「あなたはあっちへ追放」

「どうしてですか？」と可敦《カトウン》が聞く。

「あのね、オサムさんはね、いびきがすごいの」と美汐が説明する。「だから独房に隔離。私たちはこっちでみんな一緒でいいでしょ」

「私は慣れているからいいんだけど、他の人たちはねえ」とミチルさんが言う。「たまにいびきが聞こえないと心配になって、生きているかどうか確かめに行くのよ」

かくて一夜は賑やかかつ静かに過ぎた。

翌日、またビーチで三次郎と美汐と可敦が話す。

「あの銅鏡のことだが……」と三次郎が言う、「どうして同じ鏡が日月神社と大山祇神社とウイグルと、三枚も揃うことになったんだろう？」

「そもそもどこで作られたの？」と美汐が聞いた。

「ウイグルと日本の両方にあった。論理的に考えるとその中間の中国というのがいちばん筋が通るけれど」

「北京とか？」

「いえ、唐の初めの頃ならば首都は長安、その次に大きな都は洛陽でした」と可敦が言った。「北京はまだ辺境の小さな町だったから」

「では仮に洛陽あたりで作られたとして、それが西と東に運ばれたわけね。誰が運んだの？」

「わかりません、今のところは」

《こういう話だけしていられればどんなにいいことか。》

「人の行き来はあったの？」

「それはもちろん。唐と西域との間は公式の使者や軍隊や商人の往来がありました。個人で旅する人もいたでしょう。宿舎もあったし、要塞《ようさい》や小さな都市も点々と連なって、まずは街道と呼んでいいものでした」

「日本とは？」

「海路が間に挟まるから西域ほどではないけれど、でも人も物も行き来していたよ」と三次郎が言った。「数年に一度の遣唐使だけではなかった。異国の産物には強い魅力があるし、人には欲望がある。交易は経済原理に促されるから禁じないかぎり止まらない。平城京から一気に長安でなくて、高句麗など何段階も経ての旅だったかもしれないけれどね」

「それにしても同じ鏡が三枚、不思議なことですね」と可敦が言う。

「同じ鏡って何枚あるもの？　何百枚も作られた？」

「それもあるかもしれない」

「まず母型があって、それから鋳型を作って、そこに融《と》けた金属を流し込む。鋳型は一回ごとに壊されるが、母型は何回でも使える。ぼくたちが同じ鏡と言っているのはその母型が同じということだ。何百枚は無理で、せいぜい何十枚ではないだろうか」

「それが東西に分かれて運ばれる。そして千三百年後に見つかって同じものだとわかる。母型つまりお母さんが同じ。言ってみれば兄弟ね」

「一つの遺蹟《いせき》から同型鏡が複数出ることもあるよ」

「誰が運んだかまではたぶんわからないでしょうね」と可敦が言った。

「でも何かの縁で繋がっている。違う？　少なくとも日本にあった二枚は同時に同一人物によって運ばれたと考えるのが合理的でしょ」

「そうかもしれない」

「ウイグルの鏡に詳しい可敦さんが日本にいることがそもそもすごい偶然ね。鏡の力で引き寄せられたみたい」

「その先でパワーなんてこと言わないでくれよ。ぼくらは科学者なんだから」

「でも、やっぱり、私も不思議だと思います。橿原考古学研究所であの禽獣葡萄鏡を見た時は本当にびっくりしました。それこそ行方不明になっていた兄弟に会ったみたいに」

安芸と備後は波打ち際で遊んでおり、ミチルさんが眩《まぶ》しそうな目でそれを見ていて、竹西オサムは砂の上でぐーぐー（むしろ、がーがーごーごー）寝ている。顔にかぶせたタオルが息をするごとに動く。

この日は日曜日だから他にも水遊びをする人影が何組かあった。平和なのどかな島の日曜日。

「この先はどうするの？」と美汐が聞いた。「ずっとここにいるわけにはいかないでしょう？」

「ここを察知される可能性は低くないとぼくも思う。なんと言ってもきみは有名人だし、その繋がりでぼくの名もネットのあちこちに散乱している」

「ごめんなさいね。私だっていい気持ちはしない。もうぜんぶ消してほしいと思うけど」

「敵が大山祇神社に現れた以上、可敦さんとぼくの繋がりは敵にわかっている。ぼくの名からきみの名を引き出し、きみの履歴を見て出身はこの島と知るのはむずかしくない。高松から遠くて大三島からは遠くない。恰好《かっこう》の隠れ場所、と敵も推理するかもしれない」

「確かに」

「相手があの二人みたいなレベルならば大丈夫です」と可敦が言った。「ここは島だからフェリーでないと出られないし、もしも私が拉致《らち》されても、通報していただければ着いた港で警察が待っていることになる」

「あの時の東京港みたい」と美汐が言ったのは、自分たちの冒険を思い出してのことだ。

「でも」と可敦は続けた、「あちらが十人の男を動員できて、船をチャーターして、私を捕まえて船で逃げるなら、海の上で検問はできないでしょう」

「私は明日は高松に帰らなければならない。三ちゃんは？」

「ぼくも火曜日には講義がある」

「うちの母と可敦さんだけというのはね」

三次郎がため息をつく。

「竹西さんのところもダメね。あの人、あの事件で三ちゃんと同じくらい有名になってるから、すぐに辿《たど》れる」

「問題は相手の規模がわからないことだな。あの二人だけならいいが」

「あいつらはハッキングなんかできませんよ。背後に指揮している人がいるはず」

「ということは最低でも三人、多ければ十人とか」

「広島とか大きな都会のビジネス・ホテルに隠れるのは？」

「それはいや」と可敦は言った。「一人では恐いです」

「いつでも誰かが一緒にいるような場所がいいわけだ。民博に戻っても通勤があるし、自宅では一人だし」

「そんなところ、ある？」と美汐は悲観的だった。「運動部の合宿じゃあるまいし」

「合宿か。待てよ、一つあるぞ。いいかもしれない」と三次郎が言った。


月曜日。朝十時。

行田は大阪市西成《にしなり》区にある環球友愛公司に電話を入れた。

インターネットの公式サイトで見るかぎりそう大きな会社ではないようだ。ではいきなりトップを呼び出すか。

「もしもし、こちらは愛媛県警松山《まつやま》西署生活安全課の森本《もりもと》と申しますが、社長さんいらっしゃいますか？」

応対に出た女性は警察と聞いてちょっとうろたえ、「少々お待ち下さい」と言ってからずいぶん待たされた。相手は混乱している。つまり何か後ろ暗いからで、これはよい徴候だ。

「もしもし、社長の与謝野ですが」

おや、中国人の名ではない。

「ちょっとお伺いしたいことがあって電話したのですが、おたくの車が盗難にあったということはありませんか？」

相手は一瞬ひるんで息を呑《の》んだ。

「特に、ないですが……」

「実はですね、松山市内に何日も放置されている車があるという通報があって、いや、駐車違反ではないのですが、いささか不審なので持ち主に照会することになりまして。なにわナンバーでＸＸの２４－１７という車はそちらに登録があるんですが、この車、今はどこにありますか？」

もしもこの与謝野という男が冷静ならば、こちらが本当に愛媛県警の者かどうかを疑って、自分の方から電話を掛け直すと言うところだろう。そうなったら偽装がばれる。

しかし相手は口ごもるばかりだった。

「その、その車はたしかにうちのものですが、今は修理に出してありまして……」

「どこの修理工場ですか？」

「いや、ここの近くの懇意なところで……」

「そこから盗まれたということはありませんか？」

「いえ、そんなことはないと思いますが」

「しかしねえ、与謝野さん、同じナンバーの車は日本に一台しかない。それがこちらにあるのだから、誰かそちらの人がここまで乗ってきて放置したのでなければ盗難でしょう」

「工場に聞いてみます」

「じゃあ十五分後にまた掛けますから」と言って電話を切る。

これはおかしい。

相手は警察と聞いて怯《おび》えていたし、車を修理中というのもその場で思いついたことのように思われる。犯罪に使われた車だから隠そうとしているのか。

きっちり十五分待ってからまた電話する。

与謝野社長がすぐに出た。

「いや、驚きました。工場で盗まれたと言うんですよ。キーを付けたまま外に置いていたら、翌日なくなっていたと」

そんなはずはない。客から預かった車が盗難に遭ったら修理工場はすぐに連絡するはずだ。

「なるほど。では盗難届を最寄りの警察署に出した上で、身分を証明する書類を持ってこちらへ車を引き取りに来てください。レッカー移動して松山西署で保管しています。スペアのキーを忘れないで」

電話を切ってから行田は笑った。

相手が怯えきっていることは間違いない。

何日も前に盗まれた、盗難届も出してあると言えば、こっちはそれ以上は追及できなかったのに。

拉致に使われたのが環球友愛公司の車であることは間違いない。この会社が敵の拠点なのだ。

ではここに乗り込むか。

いや、自分にはもう捜査権はない。遠くから観察するか、敢えて姿を見せて圧力を加えるか。

ともかく二度と可敦さんの拉致はさせない。

与謝野光治こと謝兆光はすぐに呂俊傑を呼び出した。

「今、あの車のことで愛媛県の警察から問い合わせの電話があった。松山市内に何日も放置されていたので、盗難車ではないかと聞いてきたのだ」

呂俊傑はうっと言って考え込んだ。

そんなはずはない。

あの車は今は福山の修理工場に入っている。松山にあるわけがない。

「で、なんて言ったんです?」

「修理で近くの工場に入れてあったが、そこから盗まれたらしいと」

下手な嘘だ。

誰かが福山から松山にあの車を動かしたのだろうか？

「何日も、って言いましたね？」

「ああ、そう言っていた」

「そいつ、なんて名前でした？」

「森本」と謝兆光は手元のメモを見ながら答えた。「松山西署生活安全課」

「すぐにそこに電話してみて下さい」

インターネットで番号を調べて掛けると、松山西署にその名の警察官はいないことがわかった。どういうことですかと問い直す相手を無視して電話を切る。

「相手の逆襲ですよ。どうやってかここを突き止めた」

「どうする？」

「考えます。しかもたった今、もう一つ失敗をやらかした。松山西署にここの電話番号を残してしまった。不審な問い合わせとして記録が残った」

「だから、私はこの種のことは嫌だと言っているんだよ」と謝兆光は青ざめた顔で言った。危難は迫り、愛《いと》しい素蛾《トーガ》はどんどん遠くなる。

「出かけます。いずれにしてももうここは使えない」と呂俊傑は言って立ち上がった。

ここは使えない？　では彼は去るのか？　どこか別のところに行ってくれるのか？

まだ警察は介入してきていない、と呂俊傑は考える。偽者が割り込んできただけだ。しかしどうしてあの車のことがわかったのだろう？

可敦という女を捕まえればそんなことはすべてどうでもよくなる。今、いちばん可能性の高い潜伏場所は凪島というところだ。急がないと移動してしまうかもしれない。

呂俊傑は自分の車に小猪を乗せて山陽道を西へ走った。こんな相手でもいないよりはましだ。

「今度はあの石投げる奴いないんでしょうね」と小猪が言った。「あんなのがいたら恐くてしかたがない」

「わからん。バット持ってって打ち返したらどうだ。カーンってホームラン」

「バッティングセンターじゃないんだから。大狗はまだ痛い痛いって泣いてますよ」

「大男ほど弱虫だ」

山陽道を三原久井《くい》で降りて、午後三時半に三原市立中央図書館に着いた。

田舎のことだからプライバシー意識なんて薄いだろうし、今でも電話帳のハローページで名前から住所と電話番号が辿れるのではないか。そう思ったがさすがに宮本耕三（これが亡くなった父）も宮本洋子（未亡人）も宮本美汐（娘）も掲載されていなかった。

では地図だ。全部で四百戸ほどの島、宮本の家を探すのはそう難しくないだろう。そう見当をつけてゼンリンの住宅地図で見てゆくと、宮本姓は一軒しかなかった。その地域のコピーを作る。

「何かわかりましたか？」と小猪が横から見て小声で言った。

「ああ」

「行ってどうするんです？」

「相手がいるかどうか確かめる」

「とんとんってノックして、いますかって？」

「まさか」

「でもこれはそれに近いことですよ」

「どういう意味だ？」

「外で話しましょう」

たしかに図書館では大きな声で話せないし、そもそもこれは大きな声では言えないことだ。

「俺は田舎の出だからわかるけど、その小さな島に行ったら俺たちすごく目立ちます。スープの中の蠅みたいに」

「それは……」

「誰かに何か聞いたら即座に島ぜんたいに知れ渡る。それに相手がいてうまく誘拐できたとしても、逃げ場がない。フェリー以外に島を出る方法はないんでしょ。前の島は高速道路があったけど、この島は船しかない」

こいつ、こんなに頭がよかったのか。

それにしても困った。

「どうしよう?」

「どうしようもないでしょ」

それまでは島に渡って、コンビニか何かで可敦の写真を見せて、「この人を見かけませんでしたか?」と聞くつもりだった。大阪府警の外事課という偽の警察手帳《てちょう》の用意はあるし、それで何かわかったら家の近くまで行ってみようと思っていた。

「石投げる奴も恐いし」と小猪はまだ言っている。

「暗くなってから行こう」

「それで?」

「ともかく家を見張る」

「一晩?」

「ああ。小さな島だから車は置いていく。思いついたことがある。まずは買い物だ」

市内でスーパーを見つけて、大きな花火をたくさん買った。それから港に行って、隅の方に車を駐《と》める。

車の中に男が二人ずっといたらまるで刑事の張り込みだ。却《かえ》って目立つ。買った物を車に置いてぶらぶら町へ出た。

島に渡ったら食堂はないだろうから、ここで夕食を済ませておかなければならない。

食堂に入って、なんとなく二人で納得し合って生ビールを頼んだ。もう運転はないし一杯くらいはいいだろう。

それが二杯になったところで自制心を働かせて、後はそれぞれオムライスとチャーシュー麵《めん》で締めた。

「あっ！」と小猪が言う。

「なんだ？」

「こうやっている間にあの女がフェリーで港に着いて逃げたかもしれない。二人で交替で見張ればよかった」

「そうだな」と呂俊傑は肩を落として言った。

最終のフェリーは七時十分だった。

目立たないように別々に乗る。他に徒歩の乗客は高校生が四人と老人が三人ほど。壮年はゼロ。

二十五分後に島に着いて、別々にそっと降りて、少し歩いたところで一緒になる。夏のことでまだあたりは少し明るい。早く暗くならないか。

地図で確認したとおり、宮本家は海に面していた。家の前に車はないが、離れたところに駐めたのかもしれない。

明かりが点《つ》いているけれど、双眼鏡を使っても中の人の動きまではわからない。窓にはレースのカーテン。

砂浜ではなく岩の海岸。

その岩の間に小猪に命じて大きな花火を十本ほど小石などを使って空に向けて固定した。

「まず三本だ」

自分自身はちょっと離れた岩陰から双眼鏡で宮本家を観察する。

小猪が三本の花火に点火した。

派手な音がして火の玉が天に駆け上がり、大きく開いた。あたりが眩しく照らされた。

宮本家の周囲にはまばらに四、五軒の家があった。

その家から人が出てくる。

「残りのぜんぶに火を点けろ」とケータイで指令を出す。

次から次へと花火が上がった。

宮本家の玄関が開いて、誰かが出てきた。

シルエットだけでも若くない女性とわかった。たぶん宮本洋子、美汐の母親だ。

彼女はそこに立って花火を見ていたが、その後に続いて出て来る者はいない。窓の中にも動きはない。

花火は消え、人は去り、可敦も藤波三次郎も宮本美汐という女性もここにはいないことがわかった。

少し山に入ったところで夜を明かして朝一番のフェリーを待った。夏とはいえずいぶん冷えた。小猪が女なら抱き合って暖を取るのに、お互いそういう性向ではない。背中と背中を合わせて寝た。

月曜日の午前中、三次郎は可敦を乗せて車で宮本家を出た。鷺港からフェリーで因島の重井港に渡り、しまなみ海道から山陽自動車道に入る。

同時に美汐も家を出て自分の車で帰路についた。念のため三次郎たちとは別の経路を選んで、向田《むこうだ》港から三原に渡ってやはり中国道を東に向かい、高松を目指した。

三次郎は山陽道から尾道自動車道に入って北上、三次《みよし》東ジャンクションで中国自動車道に移った。しばらく走ったところで七塚原《ななつかはら》サービスエリアに車を入れて、公衆電話に向かった。

しばらく話した後、戻ってきて助手席の窓ごしに可敦に話しかける。

「すっかり用心深くなって、ケータイを使わない癖がついてしまった。電源も切ったまま。そこまで警戒することはないと思うんだけどね」

「でも、敵のハッキング能力がわかりませんから」

「そうなんだよ」

「で、これからどこへ？」

「まず食事に行こう」

小さなサービスエリアだが、ラーメン屋が一軒ある。

そこに入って注文を済ませたところで可敦の顔を見る。

「そろそろ話そうか。きみをたくさんの人目のあるところに隠すのがいいと昨日言った。美汐さんが運動部の合宿みたいなところを提案したので一つ思いついた案があった。今、電話してきみの受け入れを頼んだ。相手はぼくの古い友人で、やはり考古学者だ。引き受けてくれるという。ただし働く。たくさんの人に混じって働く。給料は出ないから無料奉仕になる。食費・宿泊費も持ち出し。でもこれはあなたの救済基金から出せる」

「どんなところなんです？」

「遺蹟発掘の現場。古墳があって、何年か前から発掘が続いている。中国山地の中で、昔から製鉄が盛んなところだった。この古墳もすぐそばから鉄を作った炉の跡などが見つかっている。おもしろいところだよ」

「なんという名前？」

「鍛冶屋浴古墳《かじやさこ》。さことというのは小さな谷という意味の古い言葉だ。岡山県美作《みまさか》市中尾《なかお》」

「被葬者は？」

「古墳は七基あるが、どれも被葬者はわかっていない。小さな古墳の場合はだいたいわからないから。しかし炉のすぐ近くの古墳はたぶん製鉄に縁のある有力者だっただろうと推定される」

可敦は興味津々という顔で聞いていた。

「遠くないところに上相《かみや》遺蹟というのもあって、こちらは掘立柱の建物の跡が十棟ほどある。鉄器がいくつも出ているらしい」

「鉄器が残っていたんですか？」

青銅と違って鉄は錆《さ》びて形を失う場合が少なくない。

「うん、埋没の条件がよかったんだろうね。現場はこの中国道のすぐ横だよ」

「時代はいつなんですか？」

「飛鳥初期。七世紀の前半」

「では、あの銅鏡の時代の少し前？」

「そうなるな」

「では銅鏡とは無関係？」

「とりあえずそこに身を隠して下さい」

そこまで話したところでラーメンが来た。


二時間足らずで美作ジャンクションに到着。降りて少し西へ戻ったところ、高速道路のすぐ南側が発掘の現場だった。

東西に百メートル、幅は三十メートルくらいあるだろうか。そこに明らかに古墳とわかる隆起がいくつも並んでいる。

その一部に何人かの人が地面にしゃがみ込んでいた。脇の方にはプラケースや篩《ふるい》、シャベル、竹箒《たけぼうき》、測量用のGPSなどいくつもの道具が置いてある。しゃがんだ人たちは移植ごてや竹べらを手にしていた。

「こんにちは」と三次郎はその中の一人に声を掛けた。

「はい」と言って顔を上げたのは中年の女性で、農作業の時のような服装をしている。

顔は日に焼け、すっと立った姿勢には臆《おく》するところがない。

「樺沢《かばさわ》君は？」

「ちょっと宿舎に行くと言って。すぐ戻られるそうです」

「そう」

「あの、藤波先生ですか？」

「はい」

「伺ってますよ。作業の人が一人増えるとか。ありがたいことです」

そう言って可敦の方に目をやったので、会釈を返す。

「しばらく見ていらして下さい。先生はすぐ戻られますから」

少し離れたところに立ってみんなの仕事を見る。地面には区画を示す糸が張ってあり、一人ひとりはその中で作業をしている。平地だから古墳の周辺部らしい。あるいはここが製鉄の炉の跡なのか。

作業は精密な段階に達しているらしく、移植ごてで土を削って、更に土をどけて、何か見つかったら竹べらと手でそっと掘り出す。泥をブラシで落とす。

「可敦さんは発掘の経験は？」と三次郎が聞いた。

「ありますよ。でもこんなに湿った地面ではなくて砂と礫《れき》と石だったから、勝手が違います」

そう言っているところへ向こうから男がやってきた。

「やあ」と三次郎が挨拶《あいさつ》をする。

近くまで来るとひょろひょろとずいぶん背が高い。顔は三次郎のように垂れ目で愛《あい》嬌《きょう》があるのではなく、もっと細面で凛々《りり》しくて眉毛《まゆげ》が繋がっている。

「樺沢文一《ぶんいち》さん」と紹介して、「こちらが可敦さん。ウイグル自治区の出身で今は民博に籍がある。考古学の方は准教授クラスの実力で、いい論文をたくさん書いている」

「可敦です」

「樺沢です。でもそんな優秀な方がまたなんで発掘の現場なんて……」

「ちょっと事情もあるのですが、ずっと資料庫とペーパーワークだったので、土の匂いが嗅《か》ぎたくなりまして」と可敦はあたりさわりのないことを言った。「それで、一介の学生なみの扱いということでこの現場に二、三日置いて頂きたいんです。働きます」とはきはきと言う。

「それはありがたい話だけど、学生並みということは給金が出ません。あちらのパートのおばさんたちとは違う」

「構いません。食費も宿代も自分で持ちます」

「安い民宿で学生とぼくと一緒ですよ」

「結構です」

「着替えは？　その恰好で泥にまみれるのはまずいでしょう」

「ああ、着替えがなくて」

「その先、十五分ほど行ったところにJAの購買部があるから、あのおばさんたちみたいのを何か買っていらっしゃい。もっとおしゃれなものがいいのなら津山《つやま》のユニクロ」

「どっちでも行くよ」と三次郎が言った。

「あの、もう一つ、ここでは可敦ではなく加藤和子という日本の通名にしていただけますか？　その方がみなさんと隔てがないから」

「まあ、いいでしょう。加藤さんね」

加藤和子こと可敦と三次郎は車に戻った。

「どっち？」

「JAでいいですよ。その方が目立たないし」

「そうかな。きみの年恰好だとおばさんよりは学生に近い。ユニクロの方が目立たないと思うけど」

「いえ、JAです。それから途中にコンビニがあったら寄って下さい。いくつか買い物と、それに兄にファックスを入れておきます」

それらの用事を終えて三次郎は彼女を鍛冶屋逧の現場に戻した。

車の中でさっさと着替えて地面に降りて移植ごてと竹べらを手にした可敦を振り返っ

て見た後で、三次郎は車に乗って高松に向かった。

《こういうことになった。

また試みるか？》

その翌日、行田安治は自分の小さなダイハツで大阪まで走った。本当は前日のうちに行きたかったのだが、他の局員の都合で郵便局の休みが取れなかった。パートタイムの偽刑事だからこういうこともある。

大阪市西成区の環球友愛公司は思ったとおりの小さなビルで、一階は倉庫になっているらしかった。車庫は裏の方にあるのか、表通りからは見えない。

外から見ていてもわからないから、踏み込んでみよう。拉致未遂という事実があるのだから、ここは強気に出ても大丈夫だ。

倉庫の横の狭い階段を二階に登る。

ドアを開けて入ったところはそのまま広い事務所になっていた。四、五人の男女がパソコンなどを相手に働いている。

一人の女性がこちらを向いた。

「社長さんいる？」

「はあ、どちらさまで？」

たしか昨日の電話で応対に出た声の主だ。

「愛媛県警松山西署の森本」と言ってちょっと胸を張る。

「お待ち下さい」と言って女性はそそくさと奥の方に行った。

しばらくして戻ってきて、「どうぞ」と言う。

社長室は応接室を兼ねていた。

そこに小柄でふっくらした、人のよさそうな男が待っていた。しかし今はがちがちに緊張した面持ちだ。

「与謝野です」と言って出した名刺には

環球友愛公司　社長
与謝野光治

とあり、裏返すと

謝兆光

と記してあって、更に横文字の表記がある。

「森本さんですね」と相手は言った。

黙ってうなずく。

「どんなご用件か知りませんが、愛媛県警松山西署に森本という警察官はいない」

「あはは、それくらいは知恵が回ったか。いかにも私は愛媛県警の警察官ではない。刑事はこんな時に一人では来ないしね。すぐに西成署に通報して私を逮捕させますか？」

「いや、それは……」

「先週の木曜日に瀬戸内海の大三島でさる女性が誘拐されかけた。その時は理由があって警察には届けなかったけれど、事件があったのは事実であり、身元のしっかりした証人がいる。そして、その時に使われた車がこの会社のものだということもわかっている」

与謝野社長は黙っていた。

「車はどこにありますか？」

「この裏の車庫に戻っている」

「ではここしばらくはここにはなかった？」

「事故を起こして修理に出していた」

「この近所で？」

「いや、もっと遠いところだ」

「誘拐ないし拉致の実行犯は、社長さん、あんたですか？」

「まさか」

「では誰があの日にその車を使っていた?」

「そういうあなたは誰だ?」

「私が誰かはどうでもいい。私は誘拐されかけた女性を護《まも》りたい正義の味方。もしも私が三十分たってもここから出なければ、通報があって警察官がここに駆けつけることになっている。同時に大三島の事件の被害届も出る。社長さん、与謝野さん、謝さん、あんたの側には大三島で起こったことという事実がある。逃げ場はないんだよ」

しばらく待つ。

「実行犯は誰なんだ?」

謝兆光は顔を上げた。

「呂俊傑。ここの社員だったが、さっき辞めた」

「辞めたって?」

「修理に出してあった車を取って戻って、この会社とは一切の縁を切ると言って出ていった。正直な話、私は安心した。もう犯罪だのいざこざだの金輪際ごめんだから」

「どういう社員だったんです?」

「他からの出向。ここには籍を置いただけで自分一人で動いていた。給料なども他から出ていた」

「その他というのは?」

「言えない」

「じゃ俺が言おうか。北京だろ」

謝兆光は気の毒なほど青い顔になった。

「それも認められない。私はただ地道に日華の間でつつましく輸出入をやりたいだけなんだ。政治には関わりたくない」

「信じましょ。もしもその呂俊傑という男から連絡があったら、二度と彼女に手を出すなと伝えて下さい。こちらは警察ではないがそれに近いところにいる。それなりの力はある。車のナンバーから持ち主を辿るくらいは簡単なんだ。それを忘れないように」

それだけ言って部屋を出た。

9

世の中には発掘という仕事に向いた性格の人とそうでない性格の人がいると思う。

私はぜったい向いている。

暑くても寒くても、雨でも晴れでも、地面に坐り込んで土を掻《か》く。少しずつ掘る。移植ごてとパレットナイフとブラシ。その前段階では重機やシャベル。測量用のGPS、図面の紙、デジカメ。製図板と三脚。

たくさんのデータや資料をもとにここを掘ると決めるのは先生だ。ざっと決まったらトレンチを試掘して、手応《てごた》えがあったら全面的な発掘にかかる。ざんねんだけど私はまだその段階には関われない。坐り込んで土の中に小さな遺物の一つ一つを探り当てるのが私たちの仕事で、それは小さいなりに楽しい。もちろん身体はきつい。仲間の神崎《かんざき》君は博打《ばくち》の喜びと言うけど、私はそんなに気負わない。ただただ土を掘っていって、何かが見つかって、どんなものかとどきどきしながら壊さないように掘り出す。土器なんかの破片ならば研究室で復元してみるまで姿がわからない。それも楽しみ。私は発掘は博打だとは思わない。畑に麦を蒔《ま》いて実るまでいろいろ手をかけるような地味な仕事。まさか自分の手で卑弥呼《ひみこ》さまのお墓を掘り当てるなんて期待してないし。

新しい人が来た。

夏休みの実習でこの鍛冶屋浴という現場に入って三週間になるけど、人が増えたのは初めてだ。これまでは私たち学生が五人とパートのおばさんたちが六人。それに指導の樺沢先生と助手の堀田《ほった》さん（発掘的な名前としばしばからかわれる）。パートのおばさんは実はみんな発掘のベテランだ。ここは何年も前から発掘されているし、すぐ隣には上相遺蹟がある。掘立柱の建物の跡とか鉄器とかこっちより派手みたい。

いきなり来た新しい人、三十代半ばかな。綺麗《きれい》な顔の女の人。加藤さんというけど、顔がぜんぜん日本人っぽくない。それでも先生からみんなに紹介があって、ちょっと頭をさげて「よろしくおねがいします」と言った日本語はそんなに変ではなかった。

それ以外には何の説明も紹介もなかった。

こういう人って気になる。

目の前の土を相手にしながらちょいちょいそっちの方を見る。休憩のお茶の時に顔を見る。でもみんななんとなく声を掛けにくいみたい。本人はほとんど喋《しゃべ》らないし。

でも発掘には慣れている。パートのおばさんたちのチームではなく私たち学生と一緒。でも移植ごてや竹べら、パレットナイフの使いかたも手早くて、その点は学生よりおばさんたちに近い。任された区画で黙って着実に働く。

この遺蹟の主役はぜんぶで十の小さめの古墳と製鉄の跡だ。古墳の一つから陶棺が見つかっているけど、私たちが今こうやって掘って出てくるのはだいたいが鉄滓《てっさい》、つまり製鉄で出る滓《かす》の類《たぐい》だ。どれもみっともない不定形で真っ赤に錆びていて、迂闊《うかつ》に扱うと表面がぼろぼろ崩れる。でも炉の跡も見つかっているし、これから何が出るかわからない。古墳に埋葬されたのはもちろん土地の有力者で、たぶん製鉄に関わっていた人だ。副葬品の銅鏡とか期待できないでもない、と樺沢先生は言う。金印なんて無理だが。

夕方になってその日の作業は終わり、道具類を軽トラに積んで、みんなはマイクロバスで宿に向かった。私たち学生と先生はそこに泊まる。おばさんたちはそこから三々五々それぞれの家に帰る。

いつものように私が軽トラの運転で、乗り込んだら助手席に山根《やまね》くんが乗ってきた。

「こっちで行くの？」

「ああ。あっち一人増えたから」

「でもまだ席はあるよ」

「ま、いっから」

山根くんの狙いはお喋りだった。

だいたいが口の軽い子だ。

「あのさあ、新しい人、あれなんだ？」

「加藤さん？」

「そうそう、加藤さん」

「研究者でしょ。発掘、慣れてる感じだよ」

私はマイクロバスの後を追って発進しながらそう言った。

「あ、シートベルト、締めて」

「すぐそこじゃん」

「私、男の人を乗せると緊張して車ぶつける癖があるから」

「男とも思ってねえくせに」とぶつぶつ言いながら山根くんはベルトを締めた。

「で、あの人、何者？」

「知らないよ」

「樺沢先生との仲は？」

「初対面みたいだった。ほら、藤波先生が連れてきたんじゃない」

「ああ、あの人な。知ってるのか？」

「お名前はかねがね、くらい。偉いんだよ。最近では瀬戸内海の島嶼《とうしょ》と沿岸に於《お》ける高地性集落の研究、とかいう論文書いてる」

「よく勉強してるな、上杉《うえすぎ》は。だけど、あれ、謎の美女だぜ」

「あの人、おんなじ宿みたいだから、夕食の時でも何か聞けるんじゃない？」

そんなことを言っている間に民宿たたら荘に着いた。

軽トラの荷台から道具類を下ろして、庭先の水道でたわしを使ってざっと洗う。これは私の毎日の役目になっている。明日はまた気持ちよく仕事ができる。

今日の成果を収めたプラケースは他の学生仲間が屋内に運んでくれた。

男子と女子で時間差で風呂《ふろ》に入る。今日は女子の方が先の日だった。

浜田《はまだ》さやかと美奈《みな》ちゃんと浴槽で暖まっていると、あの加藤さんが入ってきた。

「いいかしら？」

「もちろん。四人までなら余裕です」

加藤さんは品よく身体を洗ってから湯船に浸《つ》かった。

「今日は何か収穫はありましたか？」と聞いてみる。

「初日だから」という答え。

「このところ、あんまり大きなものは出てないんですよ」と美奈ちゃんが言う。「鉄くずばっか」

「それでも飛鳥時代のものでしょ。ずっと土の中で待っていた」

「たしかにすごいですよね。誰か人が作ったものなんだから。その人が千四百年前にここに居たって実感がね」

お風呂に一緒に入るって、気が緩んで口が軽くなる。裸のおつきあいだ。食事やお酒と同じ。だからなんでも聞きやすい。

「発掘、慣れてらっしゃるんですか？　前にもやったとか」

「ええ、少し」と言って、それ以上は話さない。お風呂でも気を緩めないみたい。

「ここはおもしろい現場？」と逆に聞かれた。

三人であれこれ話して、最後は山根くんのアホさと神崎君の生真面目ぶり、堀田さんの気安さと樺沢先生の近づきがたさのことになった。

食事の時も、その後の総括の時間も加藤さんは寡黙だった。

次の日の発掘も普通に過ぎた。格別の大発見もなかったし。

でもみんなが加藤さんのことをずっと気にしている。おばさんたちは昨夜のうちにあの人のことが何かわかったかと聞いてくるし、あちこちでささやきが交わされる。それに加藤さんは気付いていたらしい。

夕食もなんとなく静かに進んだ。この発掘の間、民宿たたら荘は貸し切りで他の泊まり客はいないから、私たちが静かだということはすっかり静かだということだ。

食卓の片付けが終わって、いつもの総括と雑談と明日の打合せの途中、加藤さんが手を挙げた。

「あの、みなさん、ちょっと……」

みんな注目する。

彼女を見ている。

「よかったらこの時間に私のことを少し話したいのですが。みんな気にしていらっしゃるみたいだし」

「先生、いいですか？」と樺沢先生の方にたずねる。

「もちろん。実はぼくも加藤さんのことを知らない。友人である藤波君から発掘に参加したい人がいると言われて、受け入れただけ。戦力が増えるのはありがたいからね」

加藤さんはちょっと会釈をした。そういう仕種《しぐさ》がずいぶん奥ゆかしく見えた。私たちのようながさつな若者とはぜんぜん違う。

「加藤和子は日本での通り名で、ほんとの名前は……」と言って、部屋の隅にあるホワイト・ボードのところへ行って、
可敦

と書いてから、「……と言います。カトゥンですが、カトンでもいいです」と言った。

みんなその字をじっと見た。なんかいい名前だ。

「私は中国の西の方、新疆ウイグル自治区のホータンの出身です。ホータンは漢字だとこう書きます」と言って再びホワイト・ボードに、

和田

と書いた。

「中国の西部、いわゆる西域ですね。ホータンはシルクロードの途中、西域南道《さいいきなんどう》のオアシスの町です。私はそこで生まれて育って、ウルムチの大学で考古学を勉強しました。今は研究生として民博にいます。でもずっとペーパーワークが続いたので、ちょっと土に触りたくなって、それで藤波先生にお願いしてここを紹介していただいたんです」

わあ、すごい言葉がたくさん並んだ。

ウイグルとか、シルクロード、オアシス……

「西域南道というのは、天山南路《てんざんなんろ》よりもっと南？」と樺沢先生が聞いた。

「そうです。北から順に天山北路《ほくろ》があって、天山山脈があって、天山南路があって、タクラマカン沙漠《さばく》があって、その南の縁に沿うのが西域南道で、その南が崑崙《こんろん》山脈。その南はもうチベット」

またホワイト・ボードにさっと図を描く。右の方に敦煌とか地名を入れる。

「どんなところですか、オアシスの町って？」と浜田さやかが聞いた。

「オアシスというとみなさん池か井戸があって椰子《やし》の木が二、三本生えている絵を想像しますが、ホータンは人口十七万の都市です。たしかにすぐ北は沙漠だし、雨もほとんど降らないけれど、崑崙山脈からの雪解け水が川になって流れてくるからそれで人が住めます」

「何、食べてるんですか？」と聞いたのは山根くんだ。

「いちばんだいじなのは小麦を発酵させて作ったナンですね。インドのナンとよく似ています。本来はトヌールという、これもインドのタンドールと同じ原理の竈《かまど》の内側に張り付けて焼きましたけど、今はお店で買う方が多いです」

知らない食べ物というのは知らない分だけおいしそうに思われる。

「それに、羊の肉やタマネギや人参の入ったポロというピラフ。炒《いた》めるんじゃなくて炊き込みご飯みたいに作る。お米は日本と同じジャポニカ系です。あとは、ラグマンという麺。捏《こ》ねて寝かしておいた小麦粉の生地を両手で延ばして折って延ばして折って、何回も繰り返すと細い麺になるでしょ。これを茹《ゆ》でて、別に作った肉や野菜のシチューを掛けて食べる。あとはワンタンもあるし肉まんもあります。それに果物も多くて、これは乾燥させても食べます」

「着る物はどんなですか？」と美奈ちゃんが聞いた。もう質問攻めだ。だってこれって文化人類学の実習だもの。そして文化人類学は考古学や歴史学のすぐ隣の領域だから。

「もともとホータンは絹で有名なんです。シルクロードで絹が行き来するのを見ているうちに自分たちでも作ろうと思い立った。伝説によると、中国は蚕が国外に出るのを禁じていたのに、ウイグルに嫁ぐことになった王女がこっそり蚕と桑の苗を持ち出して、それから西域で絹の生産が始まったということになっています。真偽はともかく今でも絹は大事な産物で、もちろん土地の人たちも普段から着ます。アトラスと呼ばれる絹の絣《かすり》に織ってワンピースに仕立てます。糸を紡いで染めるまでは女の仕事で、織るのは男の仕事。ああ、（と、ちょっと息を整えてから）私、アトラスを織る昔ながらの機《はた》の実物を民博のために探すんだった」

「民博で織物なら、桜井先生ですか？」と樺沢先生が聞いた。

「そうなんですよ。先生が企画中のワールド織物ワールドという企画で展示するって」

「オアシスの女の人たちもお化粧するんですか？」と私は聞いた。今、目の前の可敦さんは私たちと同じようにすっぴんに見える。

「しますよ。大事なのは眉。オスマという植物の汁で濃く染めて、ついでに両方の眉をつないでしまうの（そこでみんなが樺沢先生の方をちらりと見た）。あとはヘナという鳳仙花《ほうせんか》の汁で爪を赤く染めます。それに装身具も大事で、これは指輪、ピアス、ブレスレット、ネックレス、みんな金ですね。日本では悪趣味に見えるでしょうが、沙漠では金が映えるんです」

「なんで日本に来たんですか?」と神崎君がたずねた。

「それは、ええと、武者修行」と言ってちょっと笑う。

「そんな日本語、よく知ってますね」と堀田さんが言った。「ぼくらもなかなか使わないの」

「友だちに教えてもらいました」と可敦さんは言った。「あなたは今は日本に武者修行に来ているのよ、って。剣豪みたいでしょ」

「こんなことを聞いていいのかどうかわからないけれど」と樺沢先生が言う、「今の新疆ウイグル自治区と北京の関係はどう?」

「むずかしいですね」と言って可敦さんはしばらく考えた。

「私個人は信仰はありませんが、私たちぜんたいはイスラム教徒です。人種から言っても漢族ではなく、西のタジキスタンやウズベキスタンの方にずっと近い。それでいて今の中国の自治区の中ではいちばん大きいし、資源が豊富で生活水準も高い。だから北京の政府ははっきり言えば離反を恐れていて、独立運動を徹底的に抑圧し、その一方で漢族の流入を促しています。もうそろそろウイグル族より漢族の方が多くなっているはずです。単純な多数決の民主主義では負けます」

「同じことを中国はチベットでもやっている」と堀田さんがつぶやいた。

「そうなんです」と言って可敦さんはまた考える。「ともかく、北京との間の緊張関係は続いています。過激な人もたくさんいます。この先どうなるか、私にはわかりません」

なんとなく雰囲気が暗くなった。

「まだずっと日本にいるんですか？」と美奈ちゃんが聞いた。

「今のところは未定なの」

「ずっと居てください」と美奈ちゃんは言う。

「居たいですけどね、民博の評価もあるし、ヴィザのこともあるし、私一人では決められません」

「何か大発見をすればいいんですよ。この鍛冶屋迫で」

「明日、私が推古《すいこ》天皇のネックレスでも掘り出しましょうか」

それで笑って、まあ加藤さんを巡る謎は解けたということで解散になった。


「あの人、どうしてる？」と美汐が聞いた。

大学の藤波三次郎の研究室。

午後遅くふらっと入ってきて、いきなりそう聞く。

「可敦さんだろ。まじめに発掘してるみたいだよ。鍛冶屋迫の遺蹟。昨夜、電話で樺沢君に聞いたらそう言っていた」

「まじめはわかってるのよ。あの人だから。で、あやしい奴は周囲にいないの？」

「まさかそうも聞けないだろ。ペーパーワークに飽きた考古学者が土に触りたいって、それしか言ってないんだから」

「そうか。そうだね」

美汐は何か考えている。

「問題はこの事態がいつまで続くかだな」と三次郎が言った。

「一つはウイグルとチベットの独立派が連携しての大きなデモでしょ。近々起こすという。北京はそれを阻止したいわけだし、そのためにあの人を人質にしようとしている。もしもそれが実行されてしまったらしばらくは安全。ほんとにそうなのかしら？」

「その後だって状況は変わらないよ。あの人が民博にいることを北京が知っている以上、ウイグルのお兄さんに圧力を掛けようと思えばいつでも誘拐できる」

「私たちだってずっと見張っているわけにはいかないし、彼女もずっと発掘現場に隠れているわけにはいかない」

「こっちも楽じゃないよな。ケータイ使うのに一々気にしている。きみや行田さんや竹西さんと話すのには大学の回線か公衆電話を使う。盗聴されているかもしれないし、相手方の電話番号が知れるだけでも困る」

「大学のは大丈夫？」

「たぶん。内線から発信すれば途中で構内の交換機を経由するから他の通話に紛れる」

「それにしてもこれまたいつまで続くのかしら。それに……」

美汐の顔に何か微妙な表情が浮かんだ。何か小さな疑念を扱い兼ねているような。

「どうかした？」

「いえ、なんでもない」

行田は一人で考えていた。

この事態はいつまで続くか。

もしもまた可敦拉致が企てられるとして、その時の実行犯はやはり呂俊傑という男だろうか。

そうかもしれないしそうではないかもしれない。なにしろ相手は中国という大きな国の情報機関だ。エージェントは他にもたくさんいるだろう。

しかし今ここで手繰れる手がかりは呂俊傑だけであり、彼に関する情報は謝兆光のところにある。呂俊傑を捕らえたところで万事解決と言えないのはわかっているが、少なくとも対抗する材料は増える。

もう一度、大阪に行ってみよう。

可敦さんはあの拉致事件が報道されるのを恐れているが、最後のところでは警察を動かすことも考えよう。なんと言っても他国の政府の手先による拉致未遂なのだ。

大和タイムス広島支社で竹西オサムはずっと外電に気を配っていた。

ウイグルとチベットで大規模なデモはないか？

それが起これぱしばらくは可敦さんの身は安泰ということになる。次の一手を考えることができる。

その一方で今の北京と新疆ウイグル自治区の関係も調べてみた。なぜウイグルの人たちは独立を目指すのか。

もともと人種が違う。

元来このあたりはトルキスタンというトルコ系の人々の国だった。それが十八世紀半ばに東半分が清《しん》に征服されて中国の版図に組み込まれ、一九五五年に新疆ウイグル自治区となった。西半分はソ連の支配下に入り、ソ連崩壊を機に独立してウズベキスタンやカザフスタンになった。

しかし人種が違い言語が違い宗教が違い生活習慣が違うのだから、中国の一部と言われてもウイグル人は居心地が悪いと言って何かと反発する。

北京の政府は漢族をどんどん移住させることにした。建前では同じ国内だから移住だが、これが国境を越えてならば不法侵入ないし侵略になる。少なくともウイグル人はそう思っている。

第二次世界大戦の後、民族自決が主流になってたくさんの植民地が独立した。それぞれに困難な道で、独立しても今もって低迷している途上国は多い。それでも民族という単位で人々をまとめて国を運営するのは理にかなっていると思われる。遠い政府の支配に不満を持つ人々の心に訴える力がある。

その意味ではウイグルは独立すべきかもしれない。広大な領土と一千万を超える人口を持ち、統治の能力も資源も文化もある。充分に独立国としてやっていける。

しかし現実は理屈のとおり動くわけではない。民族や言語や宗教を跨《また》いで国家を造るというのはつまり帝国主義だが、中国は昔からこれで国を運営してきた。それが国というものの本来の姿だと思っている。

日清戦争以来の日本への屈辱感と恨みが大きいのはそのためだ。文字をはじめ文明のすべてを自分たちから学んで、かつては朝貢に来ていた小国がいきなり強くなってこちらを軍事的に打ちのめし、その後もしつこく侵略を繰り返した。それはようやく撃退したけれど、そうなったら今度はアメリカの威を借りてなにかと圧力を掛けてくる。

帝国をもって国のあるべき姿とするならば新疆ウイグル自治区もチベットも中国の固有の領土であり、許された自治の範囲内でおとなしくしているのがいい。それがお互いの利になるはずではないか。

それなのにウイグル人はこの理屈を受け入れない。二〇〇九年のウルムチの蜂起《ほうき》では二百人の死者が出た。これもまた中国政府の発表だから真相はわからない。バンコクの爆破事件にウイグル人が関与していたという報道もある。つまりどちら側にも暴力があるらしい。可敦の拉致未遂はその末端の小さな事件に過ぎない。こういう風にして常に暴力を介して歴史は決まってゆくのかもしれない。

自分たちはけっこう深刻な国際的な事態に立ち向かおうとしている、と竹西オサムは思った。しかしまだわからないことだらけだ。

行田安治は再び大阪に車を走らせた。

今のうちに呂俊傑という男について知りうるかぎりを知っておいた方がいい。謝兆光だっていつ姿を消すかわからない。

また押し掛けた行田を見て与謝野光治こと謝兆光は露骨に嫌な顔をした。

「またですか？　今度は何？」

「その後、呂俊傑は？」

「姿を現しません」

「本当に？」

「まったく。それよりあなたの本名と所属を教えてくれませんか？」

「いや、まだ今のところは幽霊の身でね。ただ、警察に非常に近いとだけ言っておきましょう」

それはこの前の車のナンバー調べでわかったはずだ。

「ここに出社しないとしたら、呂俊傑の家は？」

「わかりません」

「仮にもお宅の社員だったんでしょう？　自宅の住所もわからないんですか？」

「ですから、あいつはここを連絡事務所みたいに使っていただけで、都合のいい相手にだけここの名刺を出した。どこに住んでいるかも私らは知りませんでした」

「この前の犯罪ではこの会社の車を使ったようだが、その他に自分の車は？」

「持っていると思いますよ。そんなことを言っていたから。あの時はたまたま車検か何かで使えなくてうちのを強引に借り出した。しかも事故でぶつけた」

「呂のはどんな車です？」

「知らん。見たこともない」

「仲間は？」

「なんか危ないのを手下にしているみたいでしたが、会ったことはない。ここには連れてこなかった」

「そんな怪しい男によく社員を名乗らせましたねえ」

相手は無言。

「ああ、そうか。北京が恐いんだった。そうでしたね？」

やはり無言。

「しかしね、与謝野さん、日本の公安も同じくらい恐いですよ」

きっとなってこちらを見る。

それからうなだれる。

うすうすは予想していたのだろう。そう思わせるためにわざと行田はこわもてに振る舞っている。

「呂のケータイの番号は？」

謝兆光はデスクの上の電話を操作して液晶に一つの番号を表示した。

行田は受話器を取ってすぐにその番号に掛けてみた。

「NTTからのお知らせです。この番号は現在使われておりません……」

「まあそうだろうな。ここを引き払った時にケータイも換えただろう。で、呂俊傑は社内の誰とも付き合いはなかったんですか？」

「個人的に？」

「そう。昼飯を食べる相手とか？」

「みんなの方が気味が悪いと思って近づかなかったから」

「では、最後に、呂俊傑の写真はないですか？　公式の身分証明書用のはなくても、社内の催しの時とかに」

与謝野社長はしばらく考えた。

電話に手を伸ばして内線で誰かを呼び出す。

入ってきたのは前も今回も受付に立った女性だった。

「隅田《すみだ》君、去年の忘年会に呂君は出席したよね」

「ええ。寂しい年末だとか言って。珍しいことだと思いました」

「あの時、写真を撮らなかったか？」

「最後にみんなで記念写真を撮りました。社長が真ん中」

「呂君も入ったか？」

「社長の隣です」

「手元にある？」

「あります。あの人、帰りがけにすごくいい加減に私にアプローチしたんです」

「それで？」

「応じるわけないでしょ」

むっとして答えたのはそのアプローチが本当にいい加減なものだったからだろう。

「その写真ですが、見せてもらえますか？」と行田は横から尋ねた。

「プリントしましょうか？」

「いや、できればこれに入れてください」と言ってメモリースティックを渡す。紙と違ってこちらの方が専門家が解析しやすいし、高画質の手配写真が作れる。このところネットやパソコン、スマホなどの勉強をしていたのが役に立った。

それだけを収穫として行田は環球友愛公司を後にした。


その日は夕食の後が座学という予定になっていた。週に二回はそうやって勉強をする。

「座学って言ってもだいたい雑談なんです」と上杉友実《ゆみ》は可敦に言った。「誰かが半端な知識を喋って、みんなで突っ込んで、先生か堀田さんが補足してくれるの」

この晩のテーマは邪馬台国《やまたいこく》だった。

「これはどうしても九州か畿内かという議論になって、みんなが熱くなるけれど」と神崎君が言う、「畿内説に信憑性があるのは瀬戸内海のおかげだと思います」

「それは？」と堀田さんが聞いた。

「普通ならば朝鮮半島に近い九州北部が文化の受け入れ口になって、国家みたいなものもそこにできる。でも瀬戸内海という通底管があったから九州に来たものは速攻で畿内にも伝わった。つまりこの二つの地点は大陸に対してほぼ同等の立場にあった」

通底管という言葉を説明するのに神崎君はホワイト・ボードに図を描いた。

「藤波先生の研究はその瀬戸内海の交通路と島や沿岸に残る高地性集落の関係を探るものだよ」と樺沢先生が言った。

それから議論はいろいろに盛り上がり、堀田さんは珍説・奇説をいくつも紹介してくれた。邪馬台国も卑弥呼も半端に実在感があるからみんな夢中になる。

「この論争を決定的に終わらせるのは何ですか?」と私は聞いた。「ここだと確定させる考古学的発見があるとすれば、それは何?」

ここに居るのはみんな考古学者とその卵ないし雛《ひな》だから文献の読みや解釈ではなく具体物で答えが欲しい。

しばらくの沈黙。

「封泥《ふうでい》というのがありますね」と可敦さんが言った。

樺沢先生と堀田さんはうなずき、学生たちはきょとんとした。

「西域でもたくさん出土します。中国では公式の便で送るものは泥で封印してそこに公印を押しました。梱包《こんぽう》して紐《ひも》でくくった上で結び目を粘土で封じて印を押す。受け取った方は、途中で開封されていないことを確認した上で紐を切る。邪馬台国は魏と行き来があったから物のやりとりもあったはずです。送られた貴重な財を開封するのは最後の最後、それはまさに王城の一室であったでしょう。だから封泥、つまり印を押した粘土がまとまって出土すればそこが間違いなく邪馬台国の跡とわかるはずです」

みんな溜《た》め息をついたのは、もしも自分がそれを発掘したらと想像したからだ。

「西域では封泥で王都と確認できたところが少なくないんですよ。私もその一つに関わりましたし」

そういう経験のある人なんだ。

10

なんだか発掘現場が活気づいた。

加藤さんこと可敦《カトウン》さんが来てくれて、それがシルクロードの考古学なんかについてすごく詳しくて経験もある人で、目の前の現場はそれとは関係ないのに、それでも掘っていればすごいものが出そうな気がしたりして。

で、実際に出たのだ、その日。

そこに何かがあることはわかっていた。地中埋設物探査レーダーで相当な量の金属が検出されていたのだ。地下〇・三メートル。形などはわからないけど、ただの鉄滓にしては大きすぎるみたい。

今日はここを重点的にやると決めて、さやかと美奈ちゃんと私と可敦さんで四方から丁寧に掘り進めた。樺沢先生はベテランのおばさんたちではなく未熟な学生に任せてくれた。可敦さんが指導的な立場だろうか。

あるところまで掘ってから移植ごてを竹べらに替え、土の層を一枚ずつ剝《は》ぐようなつもりでそこに埋まったモノに迫る。そこにいるのはわかってるのよ、出ていらっしゃい。最初に可敦さんの竹べらが何かに触った。みんなが見る中で可敦さんは慎重に土をどけて、その先はささらと筆でそこにあるモノの形状を探り出す。錆びた鉄で棒状のモノの先端あたり。

小型の金属探知機の画像によればこの物体はここから一メートルほど横に長く伸びているらしい。縦も七十センチほどある。四角い大きな鉄の板か、何か鋳物のようなものか。

そこでその長方形の角から辺に沿って反対側へ少しずつ掘り進める。

一メートルの長さを掘るのに四人で一時間かかった。錆びがぽろりと落ちてしまうのが恐い。しばらく掘ったところでこれはどうやら剣らしいとわかった。鉄剣。掘る途中ですぐ横に他の剣らしきものもちらほら見え始めた。ひょっとして、この幅七十センチ、みんな剣なの？　大量の鉄剣がまとまって出土するということなの？

おりおり来ては作業の進行を見ていた樺沢先生が、剣一本の全体がほぼ見えたのを機に全体の方針を決めた。

「多数の剣が絡み合ったような状態で入っているかもしれないから、そっと一本ずつ掘り出す。ほぐすように掘っていって。一段ごとに写真を撮って。功を焦って逸《はや》らないようにね」

最初の一本、下の土との間を片側から竹べらで丁寧に掘って行く。すっかり錆びに覆われているから、どのくらいもろいかわからない。ぽろっと折れたらそれっきり。土から分離できたところですぐ脇に細長いケースを用意して、私と可敦さんと二人がかりで四か所を持って二十センチだけ持ち上げ、その下にさやかがすばやくケースを差し入れて、私たちはそっと剣を下ろした。ケースにはクッション材が敷いてある。

そうやってその日のうちに四本を取り出すことができた。もっとありそうだが、それは明日《あした》のこと。

現場をしっかり封鎖してみんなで宿に戻った。

宝物を運び込み、道具類の整理が終わった時、可敦さんが私に声を掛けた。

「上杉さん、ちょっとお願いがあるんだけど」

「何ですか？」

私はどんな無理なことでもやってあげるつもりになっていた。それくらい可敦さんに気持ちが寄っていた。

「コンビニに行きたいんだけど」

「いいですよ、もちろん。今、行きますか？」

「五分後」

で、五分後に私と可敦さんは軽トラで走り出した。

「ごめんなさいね、お使いだてして」

「いえ、おやすい御用です」

「運転できないわけじゃないんだけど、日本の免許を持っていないの」

「いくらでもこき使ってください。私って気安くものを頼まれやすいんです。山根なんか、パシリの上杉とか言うんですよ」

「パシリって？」

「使いっ走り。先輩に使われる下っ端」

可敦さんにも知らない日本語があった。古くなった俗語。私も普段は使わないけど山根くんは遅れてる奴だから。

コンビニは買い物ではなかった。何か書類を一枚ファックスで送っただけ。

「今どきファックスなんて珍しいでしょ」と帰り道で可敦さんが言った。「兄宛の手紙なの」

「お兄さんって……？」

「ウイグルにいる」

ウイグル、政治状況、秘密の手紙……そういうことにも関わってる人なんだって、想像過剰かな。


その晩も夕食の後は雑談ではなく勉強会になった。

「今日の成果をまとめよう」と樺沢先生が言った。「鉄剣が四本。まだ何本も期待できる。これはなかなかのことだ。鉄だから錆びているが、錆びがどこまで浸透しているかはラボに持ち帰って精査しないとわからない」

それはみんな知っている。

「ここで思い出すべき事例は二つある。あんまりみんなの妄想を煽《あお》りたくはないが、最も派手な結果になったケースを知っておくのもいいだろう。この二つとは何だ？」

「はい！」と言って山根くんが手を挙げた。「稲荷山古墳。錆びた鉄剣で、そこに金の象嵌《ぞうがん》で文字がありました」

「そう。金錯《きんさく》銘文だ。埼玉県行田《ぎょうだ》市埼玉《さきたま》古墳群。表面は錆びに覆われていたが、それを落としてゆくうちに黄金色の金属片が見えた。そこでX線で撮影したところ文字とわかり、百十五字が解読された。ワカタケル大王の実在が確定され、古代天皇制の実態がぐんと具体的になった。まさに古代史を書き換える大発見だ」

今日、自分たちの手で掘り出したものがそんなに価値があったら、私たちどうなるんだろう？　いや、偶然の幸運だから、それだけで考古学の天才ということにはならない。だいたい考古学って優秀な学者はいても天才がいる分野じゃない。それとも、シュリーマンは天才だった？

「稲荷山古墳は五世紀後半の造営だ。ぼくらにとっておもしろいのは、鉄剣が一九六八年に埼玉県の古墳で発掘されてから、そこに隠れた文字が奈良県の研究所で発見されるまで十年かかったというところだね。見過ごされていたんだね」

　それは知らなかった。土の中から出てきてすぐに大発見だったとばかり思っていた。

「埋蔵物は多いし、人手と予算は足りない。大がかりな土木工事の予定が迫っていて大急ぎということも少なくない。クリーニングと分析が後回しになることはよくあるんだよ。ともかくこの鉄剣、錆びを落としてみないことにはどんなものかわからない」

「金錯銘文、ないですかね？」と神崎くんがぼそっと言った。

「まあ無理だね。稲荷山は副葬品だった。被葬者の遺体のすぐ左にあったんだから本当に生前から身近に置いて愛用したものだったんだろう。ここはそういう状況ではないよ。だからもう一つの例が参考になる」

　みんなが先生の顔を見た。

　助手の堀田さんだけがにやにやしている。答えを知っているのだ。

「荒神谷《こうじんだに》。島根県出雲市。ここからは銅剣が三百五十八本まとまって出た。おまけにそこから七メートルのところに銅矛十六個と銅鐸《どうたく》六個が埋まっていた」

「銅製品のファクトリーですか？」とさやかが聞いた。

「そう考えるのが妥当だろう。剣は数十本ずつ切っ先を互い違いの向きに並べて置いてあった。銅鐸は鈕《ちゅう》と鈕が接するように三個ずつ並べてあった」

そう言って先生はホワイト・ボードに図を描いた。

「何か呪術的《じゅじゅつ》な意味があったのかもしれないね、ただ保管してあっただけでなく」

「青銅器はもとから呪術的な意味が濃いですよね」と可敦さんが言った、「鉄器は実用だけれど」

「そうですね。硬さで鉄にはかなわないから、もっぱら祭器だと考えた方がいい」

「ここの場合は製鉄所であり鉄製品の工場だったわけですか？」

「そう。作っていたのはもっぱら鉄の馬具で、だから今日の剣の発見にはぼくも驚いた」

「鉄製の馬具はウイグルでもほぼ同じ時代に出ています」

「鍛冶屋《かじや》浴《さこ》ではファクトリーと古墳が隣接している。製鉄で富を得た豪族がいたんだ。陶棺はとても興味深い。あんなに大きなものを焼くだけの窯の技術があったということがね。たたら製鉄と繋《つな》げて火を扱うことに巧みな人たちだったんだろう。中国山中で薪《たきぎ》はふんだんにあったわけだし」

「鍛冶屋浴って、鉄と縁《ゆかり》のある地名ですか？」

「さあ、どうだろう。そう考えたいところだね。鍛冶という日本語がどこまで古いかぼくは知らないが、浴《さこ》は谷間《たにあい》のことだから、鍛冶屋がいる谷という意味だとすれば古墳時代以来ということになるな」

「薪の語源は『焚《た》く木』ですか？」と可敦さんが聞いた。

「ああ、そうかもしれない。考えたこともなかったが」と樺沢先生は言った。「あなたの言語感覚はすごいね」

「薪《まき》は？」

「わからん」

「こうじゃないでしょうかね」と言って堀田さんがホワイト・ボードに「真木」と書いた。

「ルール違反します」と言って美奈ちゃんがタブレットを出した。夕食後の総括＝雑談では使わないことになっているが、時には許される。

その後は本当に雑談になった。

翌日、私たちは元気に作業を開始した。こういう場合はいやでも勢いづく。昨日四本の剣が出土した下の地層を丁寧に見て、そこより下には何もないことを確認した。地面に鉄剣を並べて土をかけたように見える。隠したのかもしれない。剣の周囲の土から繊維の残骸《ざんがい》が出れば布で包んでいた証拠だから意図的な保管ということになる。錆びるのはわかっていただろうから、ほんの短期というつもりだったのか。でも錆びの侵入は途中で止まり、千四百年後にほぼ形を保って出てきた。うまく黒錆びの層ができて破壊的な赤錆びの侵食を阻止した。たぶんそういうこと。

今晩の総括＝雑談の時に樺沢先生に聞いてみようと思って、私は無心に竹べらを動かした。

小休止でお茶を飲んでいる時、可敦さんが「あっ、車に忘れ物をしました。取ってきます」と言ってその場から立った。

車はマイクロバスと軽トラが二百メートルほど離れたところに駐めてあった。今朝は可敦さんはマイクロバスでここに来たんだったとなんとなく思い出しながら、私は仲間と話を続けた。パートのおばさんたちの輪から大きな笑い声が上がった。

「あーっ」というような声がした。

可敦さんの声だった。

「助けてーっ！」

見ると二人の男が彼女の腕を両側からつかんで車の方へひきずって行こうとしている。

みんなすぐに立ち上がって走り出したが、そこまでは遠かった。

男たちは可敦さんを軽トラに押し込み、一人が運転席に回ってもう一人は助手席に乗り込んだ。

急発進する。

すぐに見えなくなった。

マイクロバスで追えばいい。

みんながそう考えた。

今ここで、目の前で起こったのは何だったの？　これは可敦さんが誘拐されたということ？

ほんとにそんなことが起こったの？

山根くんがいち早くマイクロバスの運転席に飛び込んだ。

「キーがない！」

「キーは？」と堀田さんが聞く。

「いつもどおり挿しっぱなしにしておいたんです」

「電話だ。警察」

「いや。待ってくれ」と息を切らして到着した樺沢先生が言った。「まず藤波君」

みなからちょっと離れたところでケータイを出して掛ける。手短に話して二言ほどですぐに切った。

「警察に連絡して、誘拐事件だと言って」

美作からパトカーが来たのは十五分後だった。

樺沢文一からの電話を受けて藤波三次郎がまず思ったのは、どうやって敵があの場所を知ったかということだった。可敦はずっとケータイを使っていない。車であとをつけられてもいなかった。自分と樺沢はさほど親しい仲ではないから繋がりが知られるはずはない。

凪島でおかしな花火が上がったことを美汐は翌日になって母から聞き、三次郎にも連絡してきた。同じことを聞いた竹西は間違いなく敵の偵察だと言ったし、美汐も同じ意見だった。凪島までは敵のモンスターの視野に入っていた。

しかし鍛冶屋浴は敵の探知の範囲外だったはずだ。

これは恐ろしい相手だ。

樺沢にはすぐに警察を呼ぶよう言った。これはもう自分たちの手には負えない事態と認めるしかない。豪腕のつぶてが届かないところに可敦は運ばれてしまった。

警察への連絡を終えた樺沢がまた電話してきて拉致《らち》の詳細を話してくれた。と言っても、可敦が何か忘れ物をしたと言って車の方に行き、そこへ二人の男が出てきて彼女を両側から捕まえ、発掘隊が日々使っている軽トラに押し込んで走り去ったということだけ。二人ともどちらかというと細身で、地味なものを着ていた。顔は見えなかった。可敦は抵抗していたが引きずられて助手席に押し込まれた。一人が運転席に乗り、もう一人は荷台に飛び乗った。すぐ横に駐めてあったマイクロバスのキーは抜き取られていた。

樺沢と話を終えた三次郎はまず美汐に電話をして事件を報告した。

聞いた方は息を呑んだ。ありえないこと。

しかし実際に可敦は拉致されてしまった。身に危険が迫っている。ウイグルの抵抗者たちに圧力を掛けるために、彼らは彼女の身体に手を掛けるかもしれない。これはもう歴然たる犯罪なのだから警察を呼んだのは正しいし、精一杯協力しなければならない。

「行田さんに言って。岡山県警だけでなく大阪府警も動かさなくては。彼らの拠点はどうやら大阪なんだから」

　そこで三次郎は行田に連絡する。

電話を受けた行田安治は病気の身内がいよいよ危なくなったと言って郵便配達の業務を同僚に押しつけ、その足でフェリーで三原に渡って新幹線に乗った。

その途中で東京の警視庁公安部に電話を入れ、山形警視正を呼び出した。

「行田です」

「おお、おまえか。ああ、鯛《たい》、まだ着かないぞ、早く送ってくれ」

初めから話が嚙《か》み合わない。

「鯛は送りますが、その前にお願いがあります。前にお話しした拉致未遂事件、こんどは本当に実行されました」

「ああ、車のナンバーを調べた件な」

「あの時はマル暴がらみと申し上げましたが、実は公安の案件です。拉致の被害者は中国から来ている研究者で、ウイグルの独立運動に関わっています。従って拉致の犯人はおそらく北京の手先」

「場所は？」

「岡山県美作市。通報によって現地の警察は動いていますが、おそらく行方は知れないでしょう」

「で、俺に何をしろと？」

「大阪府警に話を繋いでください。自分には犯人の心当たりがあるのですが、彼らの拠点は大阪です。今そちらに向かっているところです。大阪府警から人を出してそこに一緒に行っていただきたい」

「わかった。すぐに岡山と連絡を取って大阪に手配する」

「ありがとうございます」

「被害者の名前は？」

「かとん。可能性のカにあつしのトン。大阪千里の国立民族学博物館に所属しています」

「そうか、研究者だと言ったな」

「はい。あっ、女性です」

「歳は？」

「三十くらいかと。研究者としてはずいぶん優秀らしいです」

「美人か？」

「普通です」

「ということは顔見知りだな。それでそんなに夢中になって走り回っているのか？」

「いえ、そういうことではありません。ただ行きがかりで」

「おまえ、公安に戻りたいのか？」

「いえ、そんなつもりは毛頭ありません。これはただの人助けです」

「人助けで北京と戦うのか？」

まさか宮本美汐と藤波三次郎が関わっているとは言えない。ここはごまかすしかない。

「鯛、送ります。鰆《さわら》もそろそろ季節です。大阪の方、よろしく」

そう言って電話を切った。


大阪府警では公安第一課の脇恭造《わききょうぞう》という警部が応対してくれた。東京の山形から連絡が入っていたので話が早い。事情を説明するのは後回しにしてまずは西成の環球友愛公司に向かう。

途中で所轄の西成署に寄って地元に詳しい応援を頼んだ。山内久美子《やまうちくみこ》という女性の巡査部長が同行することになった。被害者が女性だからという配慮らしい。

道々、前の拉致未遂のことを話し、容疑者として呂俊傑の名を挙げ、彼が環球友愛公司という小さな貿易会社に籍を置いていたこと、実際にはそれは北京の手先として動くための隠れ蓑《みの》だったらしいことを話した。

本当に警察官を引き連れて現れた行田を見て謝兆光はまたまた頭を抱えた。しかも呂俊傑が今度こそ拉致という犯罪を実行したという。

それでも呂について社長の謝が知っていることは少なかった。社員ということにはなっていたが勝手気ままに出入りするだけで会社の業務にはほとんど関わっていなかった。

車も自分のを持っていて社の車はめったに使わない。その珍しい例が前の拉致未遂の時で、それは自分の車が車検か何かで使えなかったからと本人は言っていた。

自宅の住所は知らない。

交友関係もわからない。

顔写真は先日行田が提供してもらっている。それを確認して行田がメモリースティックを脇に渡した時、前の時の隅田という女性社員が顔を出した。

「あの、これもあったんです」と彼女は言ってスマホの写真を見せた。「あの後で思い出して探したら出てきました」

それは一台の車の前で得意そうに立っている男の写真だった。顔は呂俊傑。場所は路上。赤い派手な車だ。

「プリウスだな」と脇が言った。

「入社して三か月目くらいにこの車を買ったと言って社まで乗ってきて、記念写真というので社の前で撮ってあげたんです、私のスマホで。メールで渡したけどこっちにも残っていました」

ナンバープレートが読める。

まずはこれで手配だ。

「新車だと言って嬉《うれ》しそうでした。一緒にドライブに行こうと言われて断りました」

どうも呂俊傑はこの隅田という人に言い寄っては断られてきたらしい。

「家は知りませんね？」

「まさか」

ひとまず謝の会社を出た三人は西成署に戻って小さな会議を開いた。

行田がこれまでの経緯をざっと話す。古代史の研究上のことで藤波三次郎という讃岐大学の准教授が民博に来ているウイグル出身の中国人の可敦と知り合った。二人は国宝である銅鏡を見るために大山祇神社に行き、そこで一度目の拉致があり、これは藤波が撃退した。

その後、藤波は同僚の宮本美汐と相談して凪島にある宮本の実家に可敦を匿《かくま》った。そこで旧知の自分が呼び出されて何かと相談に乗ることになった。ちなみに自分はかつては警視庁公安部に属する警察官で、今は日本郵便の局員として凪島で勤務している。

「警察の、しかも東京の公安から郵便局って珍しいですね」と脇が言った。

「ひょっとして、あの事件の方では？」と山内巡査部長がおずおずと聞いた。「あの、核兵器開発の？」

「ご存じでしたか。たしかに私はあの時に宮本美汐を追った側の一員でした。東京渋谷で追い詰めたところで私らよりずっと高い地位にある人たちに彼女の身柄をさらわれた」

「元首相の大手《おおて》雄一郎《ゆういちろう》が出てきた。そうでしたね。そういう過去がありながら今は宮本たちと親しくしている」

「今は一介の郵便局員ですから。今回は事件の方から私のところに飛び込んできた。しかたがないでしょう」

「なるほど」と脇は言ったが、行田の説明をぜんぶ信じた風ではなかった。警察官はめったに人を信じない。

「これからどうしましょう？」

「山内さんはこの地域で呂俊傑とその車を捜して下さい。私と行田さんは岡山に行きます。今からでは遅いけれど、それでもやはり現場は見ておきたい」

「了解です。顔写真と車のナンバー、手配します」

「行田さん、あなたは今は民間人だ。捜査に関われる立場ではない。しかしこの事件との縁は深いし、また元警察官でもある。更に警視庁の山形さんからの要請ということもある。そういうことでもう少し手伝いをお願いします」

「わかりました」

自分が脇の立場であっても同じことを言っただろうと行田は思った。

「ただし、その宮本さんと藤波さんという方々にはもう手を引いていただきたい。この先は警察の仕事です」

「伝えましょう」

竹西のことを言わないでよかったと行田は内心思った。新聞記者に対して警察官は基本的に不信と反感で臨む。利用はするけれど勝手な報道はさせたくない。まして捜査のまねごとなど論外。

行田と脇は大阪府警の車で中国道を西に向かった。

「呂という男、あの隅田さんに惚《ほ》れていたんでしょうかね？」

「そうかもしれませんね。結果として顔写真も車のナンバーも残してしまった」

「ウイグルが独立を求め、北京はそれを抑えようとしている。その争いが日本で小さく再現されている。そういうことですね？」

「私たちはそう考えています。独立派は近々大きなデモを企図しているらしくて、これがチベットの独立運動と連携しているらしい。北京はそれを阻止しようとしている。そのために可敦を誘拐して、ウイグルの指導者に圧力を掛ける。その指導者が彼女の兄らしいんです。らしいばかりの話ですが」

「なるほど」

美作で高速を降りて少し西に行ったあたりが鍛冶屋浴の遺蹟《いせき》だった。

来る途中で受けた無線連絡で、拉致に使われた軽トラが発見されたことはわかっていた。近くの農道に放置してあったというからそこに乗換用の車が用意されていたのだろう。それが呂俊傑の赤いプリウスであったのも間違いなく、その車は事件の七分後に美作インターから中国道に入り、一時間半後に豊中《とよなか》インターから出ている。その先は脇道に入ったらしく、主要な道路に設置されたNシステムに記録は残っていない。大阪圏のどこに行ったとも考えられる。

現場には所轄署の警察官が一人だけ残っていた。行田と脇は挨拶した上で発掘の現場を一望し、責任者である樺沢教授に会った。他のメンバーは黙々と発掘を続けているがなんとなく暗い雰囲気で意気が揚がらないのが嫌でも伝わる。仲間の一人が目の前で連れ去られたことのショックが小さいはずはない。

「行田といいます。藤波さんとも旧知の仲です」と自己紹介する。

脇は警察手帳を見せただけで黙っていた。

「岡山県警にお話しになったと思いますが、拉致の状況をもう一度教えて下さい。どのあたりだったんですか?」

遺跡は一方を高速道路、もう一方を森に挟まれた細長い土地で、そこに小さな古墳がぽこぽこ並んでいるという感じだった。今の発掘の場は端から二百メートルほど、軽トラとマイクロバスが置いてあったのはその端のところで、その間は古墳の陰から出れば見通せる。

「可敦さんはどのあたりにいたんですか?」

「休憩時間で、みんなでここでお茶とお菓子を前にしていたら、彼女は何か車に忘れ物をしたと言って立ってあちらへ歩いていったんです」

「車はここから見えましたね?」

「今日の発掘はあそこだから(とまだみなが作業している一角を指差す)、古墳の陰になって発掘のところからは見えなかったけれど、お茶はここでしたから見えました。そうしたら『助けて！』という可敦さんの声が聞こえて、見たら二人の男が彼女を軽トラに押し込んでいました。たぶん車のすぐ近くに潜んでいたんでしょう」

「助けて、の前にあーっという叫び声が聞こえました」

樺沢教授の横に立っていた若い女性が言った。

「ああ、そうだったかな。こちらは上杉君。発掘に加わっている学生です」

「でも、あーっだったか、あるいはあいえーっだったか、わかりません。つまり悲鳴が日本語だったか、中国語だったか、それともウイグル語かチベット語だったか」

「とっさのことだったからね」と樺沢教授が言った。

「それで？」

「それでみんなで車の方へ走ったんですが、すぐに発進して見えなくなりました。もう一台のマイクロバスは鍵《かぎ》が盗まれていた」

「二人組ですか？」

「ええ、男二人」

「体格は？」

「中肉中背というか、普通に見えました」

「顔は？」

「見えなかった」

大柄な男がいなかったということは、大三島の時とメンバーの少なくとも一方は違うのだ。呂俊傑とAならびにBがいる。前の時はA、今回はB。Aは相当な怪我をしたはずだからまだ動けないのかもしれない。

「車を交換した現場や残された軽トラから手がかりは?」と所轄の警察官に聞く。

「確認します」と言って署に連絡を入れてから「何もなかったそうです。タイヤ痕《こん》なし、指紋も関係者以外はなし。犯人たちはおそらく手袋着用だろうということでした」

「では、犯人二人は軽トラの近くの森の中に潜んで、拉致の対象である可敦さんが近づくのをずっと待っていたことになるな」と脇が言った。

「大阪に行って消えてしまった。ここではもうすることはありませんね」と行田が言う。

「戻りましょう」

その晩、行田は高松に移動した。

藤波三次郎の家で会議が開かれた。参加したのは藤波と行田、宮本美汐、それにスカイプで竹西オサムと妻のミチル。

「捜査と捜索はもう警察に任せるしかないですね」と三次郎が言った。「我々の手では何もできない」

「行田さんが呂俊傑を見つけておいただけでも大したものよ」とミチルが言う。

「車のナンバーなど半分は警察の力を借りられたから」と行田は殊勝な顔で言った。

「可敦さんはどういう状況にあるのか？」と三次郎が問うた。

「幽閉されて、たぶん今日の新聞を持った姿を写真に撮られて、それがウィグルに送られる」と美汐が言った。「お前の妹の身柄は自分たちの手の中にある。北京への反抗をやめなければ……」

「頭を丸坊主にするとか、一日ごとに指を一本ずつ切るとか、性的暴行の映像を送るとか……」と竹西オサムが言う。

「やめてよ、そんな」

「すみません、なにしろ社会部だからつい想像がそういう方に走る」

「殺しはしない。食を断って痩《や》せてゆく姿を見せても殺しはしない」

「私たち、どうするの？　何ができるの？」と美汐が言う。

「今は待つだけ。祈って待つだけ」とミチル。

「あの人、絵がうまいからな。幽閉されている場所の絵図とか、犯人の似顔絵とか、どこかからファックスで送ってきたりして」と三次郎が言った。

「あり得ないよ」

「十日前には知らない人だったのに」と美汐が言った、「なんでこんなに心配してるんだろ」

「ぼくは青銅鏡とキトラ古墳の研究を一緒に進めたい」

「つまりみんなあの人が好きなのね。ここにいるみんなにとって大事な友だちなのね。

十日間でそうなったのね」と美汐が言った。

ためいき。

「待ちましょう」とミチルがまた言った。

「それにしてもどうして鍛治屋浴が見つかったんだろう」と美汐が小さな声でつぶやいた。

11

凪島まで追ったのに、そこで可敦《カトウン》の消息は途絶えた。

その先、打つ手がなかった。

小猪と一緒に島で薄ら寒い一夜を過ごした後、フェリーで三原に戻って置いておいた車に乗り、すごすごと大阪に戻った。

その日のうちにことの次第を北京に報告した。正に喪家の狗《いぬ》の気分だ。狗と言っても大狗の方はまだ怪我を抱えてぶらぶらしていたけれど。

深夜になって東京の中国大使館から指令が入った。実際には北京からの指令が東京経由で伝達されたということだが。

可敦の居場所がわかったので、明日そこに行って再度拉致を実行せよ。今回は妨害は入らないはず。

これまでにも何度かあったことだが、北京の情報収集能力にはほとほと感心する。これは決して大きな案件ではない。だから自分のような小物のところに回ってきた。そういうことで幻想を抱いてはいない。こんな小さいことに東京の大使館や大阪の総領事館は人を割かない。指示や指令が北京から来ていることはまちがいない。

それなのに、遠い北京はどうやって可敦の居場所を突き止めたのだろう？　自分も同じような鋭い目で監視されているような気がして背中のあたりがぞくっとした。振り返って斜め上を見上げたくなった。小さな虫が飛んでいて、それにカメラとマイクが装着され、ふるまいは逐一報告されているのではあるまいか。

翌日の昼過ぎ、小猪を連れて大阪を出た。

もう環球友愛公司の車を借りるわけにはいかない。レンタカーは足がつきやすい。自分の車で行くしかない。この車のことはナンバーも含めて知られてはいないはずだが今回のことでわかってしまうかもしれない。だいたい、自分のような者の車の色が赤というのが間違いだった。たくさん走っていて目立たないプリウスにしたのはよかったが、つい半端に見栄《みえ》を張って赤にしてしまった。

ともかくこれで行くしかない。

拉致した可敦をどこに乗せよう？

後ろの席だと赤信号で止まった時に逃げられるかもしれない。助手席に乗せた方が目が届くし、真後ろに小猪が坐《すわ》っていればすぐに降りて追い掛けられる。

でも、一般道を走っている時に、助手席の可敦がひょいと手を伸ばしてこちらのシートベルトを外し、ハンドルに手を掛けてぐいと回したら、それも大型トラックが前から来るタイミングを計ってやったら、俺はベルトのないまま正面衝突で悲惨なことになる。エアバッグはシートベルトをしていることが前提だというから、変な角度でどこかに激突して首の骨を折るかもしれない。彼女の方は助手席のエアバッグに守られて何事もなく、一瞬の後にはドアを開けて逃げられる。

ああ、俺は想像力がありすぎるんだ。それで余計なことを考えていつも失敗する。

そういうことをぶつぶつ言っていたら、小猪が「チャイルド・プルーフがありますよ」と言った。

「なんだ、それは？」

「後ろのドアは中からは開けられないようにできる。子どもがドアをいたずらして落っこちたりしないようにできるんです」

「中から開けられないなんて、パトカーと一緒じゃないか」

「そうですよ。犯罪者と子ども、似たようなものです」

どういう理屈だ？

「この車にもあるかな？」

「次のパーキングエリアで確かめましょう」

その仕掛けはたしかにあった。

これで問題が一つ片付いた。

高速を降り、目的地の近くまで行って、車を隠しておく場所をタブレットのマップで探した。

車が駐《と》めてあっておかしくないのは駐車場だが、長時間になるからまさかコンビニのというわけにはいかない。それに可敦を連れて乗換る時に騒がれたらことだ。現場まで歩ける距離で、人目がなくて、怪しまれない場所。しばらくうろうろと、しかし現場からは一定の距離を保って、ゆっくりすぎると怪しいから普通の速度で走りながら、きょろきょろそれらしいところを探す。

こういう時に小猪は役に立った。目端が利いて判断が速い。

「そこを右」というのに応じて曲がる。

「この大きな建物、窓がない。倉庫だろうけどたぶん使われていませんよ。荒れているし人の気配がない。この陰に駐めましょう」

なるほど。

「それに建物があるから、人が見ても誰かが見回りに来たと思う。田んぼの真ん中ではそうはいかない」

「おまえ、ある意味で頭がいいな」

「それにここなら乗換る時も目立ちませんよ」

そこから指定された現場までは徒歩で三十分ほどだった。道を忘れないように角ごとに目当てを確認して進む。自分の車に戻れなかったら最低だ。

ぐるぐる回ったからインターへの道は覚えていないが、それはカーナビでなんとでもなる。今のうちにと思って歩き出す前に大阪への帰路をセットしておいた。

近くまで行って、指示のとおり二台の車が並んで駐めてあるのが見えたところで森に入って、下生えの藪《やぶ》の中をこっそりと進む。

車の横を過ぎて十メートルほど行って足を止めた。

「ここですか？」と小猪が小声で聞いた。

「ここらしいな」

「奴らの作業の終わりって何時ごろ？」

「五時とか」

「まだ二時間以上あるじゃないですか」

「しかたないだろ」

「拳銃《けんじゅう》は？」

「これだ」と言って脇の下のホルスターから出して見せる。

「本物？」

「本物に見えればいいんだ」

「俺たち、顔をさらすんですか？」

「ハンカチで覆面でもするか？　西部劇みたいに」

小猪は西部劇の強盗を知らなかった。

「おまえ、あっちの車のところに行ってキーを盗んでこい。挿したままのはずなんだ」

小猪はそっと木々の間を進み、道路に出て、マイクロバスの中に入った。一分後にはキーを持って戻ってきた。

「これ、どうします？」

「その辺に捨ててしまえ」

「ちっこい車の方のキーは残しておきました」

「よし」

向こうの方でたくさんの人々が仕事をしている。遠くから声が聞こえてくる。時おり何か愉快そうに笑う声が混じる。その中に本当に可敦がいるのか。こんなところまで来て空振りだったらバカみたいだ。

「石、投げる奴、ほんとにいないんでしょうね？」

「いない！　大丈夫」

と言ったって、断言する根拠なんか何もない。ただこっちには拳銃がある。本物らしく見えるし、石つぶてより威力がある。

この現場、発掘だというが、金塊か宝物でも出るのだろうか。夕方、作業を終えて宿に帰るのにこの車を使う。連中がここまで戻った時に出て行って拳銃で脅して可敦だけ奪って軽トラで逃げる。大勢が相手というのがあまり嬉しくないがまあ仕方がないだろう。

待つのは楽ではなかった。

藪蚊の攻撃がひどい。

これで二時間も待ったら顔がぼこぼこになるぞ。虫除《よ》けのスプレーを持ってくるべきだった。

だいたい俺の人生には「べきだった」が多すぎる。

あと二時間。

そう思っていたら、誰かがこっちへ歩いて来た。

緊張して身をこわばらせる。

一人で来るのは女だ。

顔が見えた。

あれっ、可敦じゃないか。

他には誰もいない。

何か車の方に用事があるみたいにすたすたとやって来る。

ひょっとしてこれはチャンスではないのか？

ここでやってしまえば拳銃を出す必要もない。

十秒でそう判断して小猪に耳打ちした。

彼女がすぐ近くまで来るのを待って木の陰から道路に躍り出た。出るのが早すぎるとみんながいる方に逃げられる。退路を断たなければならない。しかし隠れているところから道路までは距離があったし、藪を抜けるのは容易ではない。

いきなり目の前に現れた男二人を見て相手は立ちすくんだ。

両側から腕を摑《つか》んで車の方に引きずった。

「あいーっ！」と可敦が大声で叫んだ。よく通る派手な悲鳴だった。

更に「助けてーっ！」と日本語。

現場のみんなに聞こえるほどの声だった。こっそり拉致というのはもう無理だ。ばたばたもがくのを軽トラの助手席に押し込んで、運転席に回り、女の横に小猪が押し入り、ぎゅうぎゅうのままドアを閉める。きついが遠くまで行くわけではない。

エンジンを掛け、急いで発進する。

こちらに向かって走ってくる人々の姿がバックミラーに映ったが、アクセルを踏んでぐいぐいと引き離す。

しばらく走った時、「北京の指図ね？」と可敦が中国語で言った。つぶやいたというくらいの低い声だった。

それ以上は大声も出さないし暴れることもなかった。

逃げられないと諦《あきら》めたのか。二度目だから驚かなかったのかもしれない。あそこへ一人で行ったのは迂闊だったと胸の内で悔しい思いをしているのかも。石を投げるボディーガードもいなかったし。

軽トラからプリウスへの乗換の際も可敦は従順だった。今度は後ろの席に乗せ、ドアはチャイルド・プルーフにして自分がその横に乗り込んだ。運転は小猪に任せる。

この車は特定されていないはず。

それでも念のために途中で高速を降りて下の狭い道を走ることにした。カーナビがあればどこをどう走っても目的地に着ける。

そういうやりとりを運転している小猪と中国語で交わす間も可敦は黙って聞いているだけだった。どこへ連れて行くのか、自分をどうするつもりなのか、そういうことも一切聞かなかった。覚悟を決めたのだろうか。

内心は心配でたまらないだろう。

殺されるとか、拷問を受けるとか、強姦されるとか、そういうことを考えだせばきりがない。身代金目当てではなく政治がらみだということもわかっている。北京はこの女の身柄を押さえていることを敵対する誰かに伝えて、その相手がしたくないことをさせようとしている。つまり可敦というこの女は将棋の駒でしかない。不要になれば捨てられる駒。

そこまで考えて、不要になった時はどうするのだろうと、今度はそれが心配になった。もしもこの女を殺せという指令が来たら、本当にやるか？　これまで少々の暴力沙汰《ざた》は珍しくなかったし、誘拐だってこうやって実行したけれど、人を殺したことはない。それは小猪も大狗も同じだ。

心が乱れるままに、黙って前を向いて坐っている可敦の横顔をそっと見た。うなだれた顔に色気が漂う。

まいったな、と思う。

あらかじめ用意しておいたマンションの前まで来て、ここで騒がれたらことだと思ったから、「騒いだらすぐに撃つぞ。俺は真後ろにいるからな」と言って拳銃をちらりと見せる。

相手はうなずいた。

小猪が外からこちら側のドアを開けた。先に出てすぐ閉める。反対側に回って可敦を降ろす。

マンションの玄関からエレベーターで三階へ、その先の部屋の前まで行き、ドアを開いて入る。

まずトイレに行かせ、出てきたところで床に置いた大きなトランクの取っ手に彼女の手首を手錠で繋いだ。古ぼけたトランクには予め《あらかじ》煉瓦《れんが》がぎっしり入れてある。持って歩けない重さではないが遠くまでは行けない。

しかし、人間一人、間違いなく拘束しておくのがそう簡単でないことが実感として迫った。

「車、始末してこい」

小猪が出て行って、二人きりになった。

今ここで危害を加えるつもりはないと伝えたくて、離れたところに腰を下ろした。

お互い無駄な緊張感は避けたい。

ここに家具は何もない。蒲団《ふとん》が三組。他に壁際に場違いなラジカセがあるくらい。それもずいぶん古いものだ。

「そう壁が厚いわけじゃない。大声を出して騒ぐようならあれでがんがん音楽を鳴らす。その上で指の一本くらいは切ってもいいと言われている」

相手はうなずいた。

脅《おび》えているんだ。

「逃げられると思うな。俺とあいつが交替で見張る。トイレとかで手錠を外すのは必ず二人の時だ。一人の時、例えば今みたいな時でも、俺たちに色仕掛けは通用しない」

相手は無言で横を向いた。

嫌なことを言われたという感じ。

それはそうだろう。

色仕掛けと言ったこっちが動揺する。むらむらと妄想が走る。

一時間後に小猪が弁当と新聞を買って戻ってきた。

可敦に新聞を持たせて、買ってあった新しいケータイで写真を撮る。それを指示にあったアドレスに送る。これで今日の義務は済んだ。

手錠を外してコンビニ弁当を食べさせた。お湯を沸かしてお茶をいれる。こういう時は小猪は気が利く。

「シャワー浴びるか?」と聞いてみる。

首を横に振った。

男二人がいるところで、いかに浴室の中とはいえ裸になる気にはなれないだろう。しかしいずれ我慢できなくなる時が来るかもしれない。今は夏だし、今日だって一日屋外で作業をしてきたのだ。俺たちの側に女の手下がいないのは問題だが、今さらどうしようもない。女物の着替えの用意もないし。

もう一度トイレに行かせて、蒲団とタオルケットを出して寝かせた。トランクを横にすれば手錠のままで横になれる。眠れるかどうかはわからないが。

俺たち、この人質に優しすぎるか?

そう思う一方で、色仕掛けも悪くないんだがとまだ思っていた。

ここに自由を奪われた女の身体が一個ある。それは男として無視できなかった。口には出さないが小猪もたぶん同じことを考えているだろう。この女の汗の臭いがもっと強くなったら自制できなくなるかも。

それはそれで問題だ。

翌朝の高松、藤波三次郎の家。

行田はここに一泊した。

早い時間に宮本美汐がやってきた。途中で買った新聞を三人で丹念に読んだ。全国紙三紙だが、大和タイムスが格段に詳しかったのは広島支局の竹西オサムが半ば内部の立場から記事を書いて東京の本社に送ったからだ。

第一面に小さく「中国人女性、拉致か？」という見出しと小さな記事があり、社会面には右上の最も目立つところに事件の詳細と背景説明がある。北京の存在を示唆するなど、ずいぶん踏み込んだ内容だった。顔写真は先日の海水浴の時のものだった。みんなで撮った中から彼女の顔だけを切り出したらしいが、これを撮ったのは竹西本人だからおかしい。

他の二紙には美作署と大阪府警の発表以上の内容はなかった。

「今、どこにいるのかな、あの人は」と三次郎がつぶやく。

「もう警察に任せるしかないよ」と美汐が言う。「行田さんもよくやってくれたけど」

「どこかに監禁の場が用意してあった。大三島の時からそういう準備はあったんでしょうね」と行田が言う。

「彼女が何かをすることを強要されている可能性は？」

「知っていることを白状させられるとか」

「まあ身柄を押さえたというだけだと思うけど。お兄さんの活動を封じるための重石《おもし》として」

「ともかく今の我々にできるのは待つことだけだ」

「このまま彼女が消えるということも考えられるわね」

「密《ひそ》かに漁船で中国へ連れ戻されるというのもあるかも」

何をどう話しても結論などない。

行田は凪島に戻ることにした。郵便局の業務をそうそうサボるわけにはいかない。大学の二人はそれぞれに出勤した。一緒に行ったりすると学生たちがまた噂する。

今は可敦に関してはどこからかの何らかの報《しら》せを待つしかない。


朝になった。

寝苦しい夜だった。

人質が不安で眠れないのはわかるが、それはこっちも同じこと。この先どういう指令が来るのか、それにどう対応するのか、もしも逃げられたらどうするか。

そして、最終的にこのことはどう解決するのか？

この女を解放して終わり？

それでも自分たちは警察に追われるだろう。大勢の前で拉致を実行したのだし、それは明らかに犯罪なのだから。これまでにやってきたこととはレベルが違う。あるいはこの女が、個人的な行き違いで犯罪ではありませんと証言してくれるとか？痴話げんかの果て、とでも言ってくれるとか？

タオルケットをかぶって丸まって寝ていた女が、むくっと起き上がった。

「トイレ」と言う。

手錠を外してやった。

小猪はぐーぐー眠っている。

浴室に中から施錠する音がした。

窓は小さな換気用のしかないし、いざとなれば錠は外からも硬貨一枚で開けられる。時間がかかっているのは顔を洗っているからだろう。あるいは小さな洗面台で洗髪までしているのか。半裸になってタオルで身体を拭《ぬぐ》っているかもしれない。シャワー、浴びればいいのに。

裸体を想像してぞくっとする。

やがて可敦は出てきた。

顔を洗っただけみたいだ。

「新聞を買ってきて」

手錠で再びトランクに繋いだところでそう言った。

言われなくても買ってくる。また日付けがわかるよう手に持たせて写真を撮って送らなくてはならないのだ。

朝飯と昼飯とスナックと新聞。

小猪を起こして見張らせ、出ようとしたところに後ろから声がした。

「大和タイムス」

昨日とは違う新聞か。

でもなぜわざわざそれを指定したんだろ？

《私は状況をコントロールしている。

そっちは心配しないで、夜中、ずっとあの銅鏡と北斗を描いた剣のことを考えていた。

あれはどこかにつながっているのだ。

何か鍵があるのだ。》

朝食は三人ともおかずパン二個ずつと牛乳、ジュース、ヨーグルト、バナナ。粉のコーヒーと、人質の昼食用にけっこう高級なカップ麺《めん》もいくつか買う。男二人は交替でラーメン屋にでも行くことにする。それに新聞。

戻ると、可敦は食事よりも先に新聞に手を伸ばした。一面を見て、それから後ろの方を開いてゆっくり丁寧に読んでいる。何がそんなに気になるんだ？

あっ、そうか、自分のことが載っているか探しているんだ！

読み終わるのを待って、脇に置いたのを開いて見る。一面にある小さな記事に「中国人女性」と「拉致」という文字が読めた。後ろの方の面ではもっと大きな扱いで、なんと可敦の写真まで載っていた。顔だけを切り抜いたものだが、背景が海のように見える。ひょっとしてあの凪島？

昨日この女を誘拐してここに連れてきて、今日の新聞にもうこの記事だ。念のために買った他の新聞には可敦の写真はなかった。

本人はそれを見ても表情を変えない。黙ってパンを食べて牛乳を飲んでいる。

新聞を持たせて写真を撮って送った。

「しばらく遊んできていいぞ」と小猪に言う。「でもせいぜいパチンコくらいにしろ。昼飯を済ませてから戻ってこい」

小猪はそそくさと出ていった。

監禁の緊張感は耐えがたい。

二人きりになると緊張感は増した。

手錠と重いトランクがあるのだから一人にしてしばらく出てもいいかと思うが、北京の指令はそれを禁じている。

女は黙って窓の方を見ているけれど、窓の外には隣のビルの無表情な壁面しかない。

「大声を出したりするなよ」と言って、チェーンを掛けたドアと窓を開けて空気を換える。

暑い。風なんかそよとも吹かない。やはりぼろいうるさいエアコンに頼るだけ。

女の肉体の存在感が迫る。

触ろうと思えば触れる。

無理に脱がせることだってできる。

片手は重いトランクに繋がれているのだから、もう一方の手を押さえて地味な半袖《はんそで》のシャツのボタンを外せばいい。その下に胸のふくらみがある。腰から下はワーク・パンツだ。布のベルト。緩めればすぐにも手が入る。

だけど、いったん手を出してしまったらたぶん止まらない。それでもいいのか、おまえはそういう男なのか、と自制心が働く。

しかもこの相手はそれを読んでいる。態度でわかる。無言は軽蔑《けいべつ》だろう。

実際に手を出したとして、果たして無抵抗なのか、協力的なのか、それとも猛烈な格闘になるのか。レイプは性欲以上に支配欲だ。生理以上に権力の誇示だ。誰か先輩がそう言っていた。

この女が進んでやらせてくれればいいのに。

でもそれこそ色仕掛け、ろくな結果にはならないだろう。

息が苦しくなって、何か別のことに頭を向けようとラジカセに手を伸ばした。スイッチを入れていい加減に局を選ぶ。

DJの声の後でいきなり流れたメロディーにびっくりした。知っている。懐かしい――

はるかはなれた
そのまたむこう
だれにでも好かれる
きれいな娘がいる……

そのメロディーに合わせて女が歌い出した。中国語の歌詞だ――

在那遥遠的地方
有位好姑娘
人們走過了她的毡房
都要回頭留恋地張望

可敦は日本語の上に中国語を重ねて朗々と歌う。いい声だし、いい歌詞だ――

お金もたからも
なんにもいらぬ
毎日その笑顔
じっと見つめていたい

我願抛弃了財産
跟她去放羊
毎天看着那粉紅的笑臉
和那美麗金邉的衣裳
……

ラジオの歌は終わった。

可敦も歌い終えた。

「在那遥遠的地方」とつぶやいた時にはけっこう胸いっぱいだった。「前に聞いたのは刀郎《ダオラン》が歌ってた」

「でもね、日本では『草原情歌』っていうの」と可敦が言った。「仕事の仲間とカラオケに行った時に見つけて歌った」

そう言って笑った。

ここに来て初めての笑顔だった。

「みんな青海省《せいかい》の歌だっていうけど、本当は新疆《しんきょう》のカザフ族の歌。中国語の歌詞を作った人がチベット族のきれいな娘さんに会って作ったたっていう伝説がある」

「新疆とチベットか。どっちも問題の地域だな」

「私はその両方の血を引いている」

「だから……」

「だから誘拐された」

そんなことは知らなかった。

「もう一度歌ってくれないか？」

可敦は音程をもっと上げてぎりぎりのソプラノで、でも裏声は使わないで歌った。

いい声だ。

《歌はいいな。》

結局、その日の午後は歌で終わった。

緊張感がほどけた。

可敦と二人でカップ麵で昼食を済ませ、戻った小猪も交えて次々に可敦に歌をせがみ、一曲ごとにへたくそに唱和して半泣きになった。大阪での日々に欠けていたのはこういう時間だということがよくわかった。中国人の多いカラオケ屋に三人で繰り出して一晩中でも歌っていたい。

「夕食、ちょっと豪華にしたいが、協力するか？」

「どうするの？」

「出前を取る。届いた時に騒がれると困る。あんたが洗面所でじっとおとなしくしていてくれると約束すれば、三人とも温かくてうまいものが食える」

「いいわ。おいしいもの食べたいし」

そういうわけで夕食は冷めたコンビニ弁当やカップ麵ではなく、青椒肉絲《チンジャオロース》と回鍋肉《ホイコーロー》と鍋貼餃子《グオティエ》と麻婆豆腐《マーボードウフ》とエビのチリソース炒《いた》めになった。紹興酒も欲しいがそこはさすがに我慢して、小猪が缶の啤酒《ビール》を自販機で買ってきた。

トランクをテーブル代わりに、手錠も外して、愉快に食べて飲んだ。

「こういうの、ストックホルム症候群って言うの」と可敦が言った。

「なんだそれ？」

「誘拐事件の時に、犯人と被害者が気持ちが通じてしまって、後になって被害者が犯人をかばう」

「そういう気持ちなのか？」

「まさか、いずれ二人ともぶっとばしてやる」と言って可敦はにっと笑った。

こちらも笑って、彼女のトイレを済まさせてトランクに手錠で繋いだ。また薄い蒲団とタオルケットの寝苦しい一夜になった。

歌でいい仲になって、食事もよくて、その分だけ油断していると思う。北京はたぶんこういうことを許さない。中国料理店から三人前の出前なんて警察に手がかりを提供しているようなものだ。

でも気が大きくなっている時にはしかたがない。歌の力に負けたのだろう。

夜中に尿意で目が覚め、済ませて戻ると可敦が「トイレ」と言った。小猪はぐーぐー眠っている。手錠を外して洗面所に行かせて戻るのを待った。また手錠を掛ける前に、つい体臭の誘惑に負けて胸に手を伸ばした。

「やめなさい」と優しい声で言われて、手首を摑まれ逆にひねられた。軽い動きだったが意気阻喪するほど痛かった。

なんなんだ、あの技は？

《明日の朝くらいでいいかしら？》

翌朝はどの新聞にも可敦のことが大きく載っていた。国立民族学博物館というところに記者が行って可敦のことをいろいろ聞いたらしい。

「学者なんだ」

「そう。研究者。考古学」

可敦は新聞の大きな扱いになんとなく満足げだった。

こっちは怯《おび》えた。

日本中の警察に追われているのだ。

ここだっていつ踏み込まれるかわからない。

この先どうするか、北京からは何の指示もない。可敦の写真を送るとすぐに受け取ったという返事があるだけ。

送信を終えて、朝食も終わった。

「トイレ」と可敦が言う。

小猪が手錠を外した。

しかし彼女はトイレの方には行かなかった。

「そろそろ、私、帰る」と言う。

「何?」と聞いたところでいきなり回し蹴《げ》りで胸を蹴られた。

すごい力で、後ろにふっとんで、窓枠に後頭部をぶつけた。目の前が暗くなる。

彼女に駆け寄って押さえようとした小猪が悲鳴を上げた。手刀で左の前腕を強打されたように見えた。

それよりも何よりも、蹴られた胸が痛い。ものすごく痛い。

骨が折れた感じがして、自然に大狗のことが思い出された。小猪の腕もきっと折れている。骨折が三名。はじめから敵《かな》う相手じゃなかった。

「さよなら」と言って、可敦は玄関のドアを開けて悠然と出ていった。

追うどころじゃない。痛みで一歩も動けない。

その一方、逃げなければまずいという考えが湧いた。すぐにもここに警察が来る。しかし、痛い。

12

行田のケータイが鳴った。

「大阪府警の脇です」

公安第一課のあの警部だ。

「はい、何か?」と言いながら、一瞬、悪い報せを予想した。遺体で発見、でなければいいが。

「拉致の被害者の可敦《カトウン》が自力で脱出してきました」

ほっとした。

「それで?」

「先ほど西成署に駆け込んで、山内巡査が話を聞いています。特に傷を負った様子もなく、拷問や暴行などはなかった模様とのこと」

「監禁場所は?」

「西成署から徒歩十五分のマンションの一室。被害者も住所は知らないのでこれから案内すると言っているらしい」

「ともかく無事でよかった。安心しました。ありがとうございます」

「マスコミにも発表しますが、今朝の新聞は各紙ともけっこう大きな扱いだったし、本人が承知すれば記者会見になるかもしれません。若い女性でしかも外国人だから世間は注目する」

「背後関係ですね、この先は」

「そう。正に公安の仕事でしょう」


ケータイが鳴った。

土曜日。遅めに出勤して、メールなどの整理をしたところだった。

見ると発信相手は行田。

可敦のこと以外ではないだろうし、まずよくない場合の方を考えた。

「竹西さん、行田です。いい報せです。可敦さんが自力で脱出して西成署に駆け込んだ」

「ああ、よかった。怪我などは?」

「無事なようです」

「じゃ、ぼくはすぐに大阪に行きます。記者の出番が回ってきた」

「そうして下さい。俺も行きたいけれど、なにしろ郵便配達があるんでね。そうそうサボれない」

「可敦さんの話を聞いて後でぜんぶ伝えますよ」

「よろしくと言って下さい」

新幹線で広島から新大阪までは一時間半。そのまま西成署に向かったが、すぐには可敦に会えなかった。署内に保護されているのは間違いないが、記者の名刺を出した上で友人であると言っても取り次いではもらえない。午後四時に記者会見を設定したと言われて、他の記者たちと一緒に待たされることになった。今日のところは独占記事にはできそうにない。

それにしても記者会見が開かれるほど大きな事件になったかと自分でもあきれる。火を点《つ》けたのは自分だ。大和タイムスで大きく扱ったから他紙が追随した。中国人でしかもウイグル出身、若くて美人。北京がらみの政治的背景も考えられる複雑な事件、と自分は先行して書いた。話題性は充分にある。

警察は待っている間の暇つぶしとでも考えたのか、可敦が監禁されていたマンションの住所を記者たちに教えた。現場検証はもう済んでいるのだろう。

行ってみても建物を外から見るのと界隈《かいわい》の雰囲気を知るくらいで、写真を数枚撮ったらもうすることはない。

空腹に気づいてそのあたりの中華料理屋に入った。昼食時間を過ぎて店内はがらんとしている。

ニラレバ定食と餃子《ギョーザ》を平らげた後で、お茶を飲みながら何気なく店員に声を掛けた。

「この先で事件があったんだけど、何か聞いてる？」

「誘拐でしょ。それでうちの店長、警察に呼ばれたんですよ」

これは脈がある。

「なんで？」

「昨日の晩、そのマンションから出前って言われて届けたのが店長だったんです」

「じゃ、犯人たちの顔を見たのか？」

「そうらしいですよ。だからまだ帰ってこない」

と言っているところに店長が帰ってきた。

「ああ、腹減った。おい、炒飯《チャーハン》作れ」と奥に声を掛けたところで、名刺を出して名乗る。

「大和タイムスの竹西と言います。誘拐犯の顔を見られたということですが、お話を伺えませんか？」

「なんだい、またかよ。知ってることはみんな警察で話したよ」

「もう一度、簡潔に」

店長はしかし注目されて悪い気はしないらしく、青椒肉絲と回鍋肉と鍋貼餃子と麻婆豆腐とエビのチリソース炒めとライス大盛り二つ並み一つの注文が電話であったところから、届けた時にはがらんとした室内に柄の悪い男が二人いたこと、女の姿はなかったこと、今朝になって器を取りに行こうとしたところへ警察が来て事情を告げられ、器は鑑識に回されたことなどを得々と話してくれた。

「たくさん写真を見せられてね、男の片っ方はわかったがもう一人はわからなかったね」

「ありがとうございました」と言って店を出る。

女を拉致監禁しておいて出前を取るというのは迂闊《うかつ》というか脇が甘い。ほとんど素人だ。料理が届いた時に大声で騒げば、その時点で可敦は逃げ出せたのではないか。まあ犯人の側がその程度の連中だから朝になって自力で脱出できたとも考えられるけれど。

記者会見には全国紙二紙と地方紙、それにテレビも来ていた。まず大阪府警の脇恭造警部が事件の全容を説明した。

「本事件は、中国籍で、大阪千里の国立民族学博物館に研究員として赴任している可敦さん、女性、年齢三十歳、が一昨日三十日木曜日に岡山県美作市の鍛冶屋谷遺蹟の発掘現場から何者かによって拉致されたというものです。

可敦さんは現場の作業用の軽四輪トラックに押し込められ、近くに駐めてあった乗用車に移されて大阪市西成区に用意されていたマンションに運ばれて監禁されました。

実行犯は中国語に堪能《たんのう》な男二名。

特に暴行や拷問を受けることはなく、ただその日の新聞を手にした写真を撮られて、それがどこかに送信されただけということです。

よって犯人らの目的は営利誘拐などではなく、可敦さんを拘束していることを誰かに伝えて脅迫することにあったかと推測されます。

速やかに当該マンションを捜索しましたが犯人たちはおらず、いくつかの証拠品が押収されました。マンションの契約は二か月前から。月初めに家賃を不動産屋に現金で持参するという変則的な契約で、もしも支払いがなかったらその場で賃貸契約は消滅という口約束になっていたようです。敷金三か月分も返さない。家賃は相場よりだいぶ高く、初めからこの犯罪目的で借りたことは明らかかと思われます。

犯人の一人は身元が割れています。呂俊傑、二十六歳。中国籍。この管内の環球友愛公司という貿易会社に籍を置いていましたが、社員として働くことはなかった。この会社の謝兆光社長によれば、いろいろな義理から社員ということにしたが給料は払っていないし、ほとんど出勤もしなかったということです。要するに幽霊社員ですね。

もう一人については未《いま》だ身元不明です。

なお犯行に使われた呂俊傑名義のプリウスは南港《なんこう》の駐車場に放置されているのが発見されました。

私からは以上です」

何人かの記者が質問をした。

そのほとんどに対して脇警部は「それはこれから捜査します」とか「まだわかってい

ません」と答えるばかりだった。

一通り質問が終わったところで竹西は手を挙げた。

「脇警部は大阪府警察の公安課の所属ですね。この事件に公安が関わる理由は何ですか？」

脇はじろりと竹西を見た。

「それは可敦さんご本人に聞いてください。実のところ、これが本当に公安が扱うべき案件であるか否か、まだ確証はありません」

別室にいた可敦が制服の女性警官に導かれて入ってきた。

「西成署巡査部長の山内です。こちらが今回の事件の被害者の可敦さんですが、事件のショックで困憊《こんぱい》しておられます。質問は十五分以内でお願いします」

無数のカメラのフラッシュがうつむいた可敦を襲う。テレビカメラがその顔を凝視する。

はじめはうつむいていたが、やがて彼女は昂然《こうぜん》と顔を上げた。正面からカメラに向かう。その姿勢は美しかった。

撮影がひとしきり続いたところで、彼女はまっすぐ竹西の顔を見た。

竹西は手を挙げた。

可敦が彼を指差した。

「大和タイムス広島支局の竹西オサムと言います。今回は大変に辛《つら》い恐ろしい体験をなさったこととお察しいたします。拉致監禁の詳細ではなく、犯人の意図についてどうお考えか、それを伺いたく思います。その日の新聞を手にした写真の送り先について何か心当たりはありますか?」

「たぶん北京のどこかにある諜報《ちょうほう》機関だと思います」と可敦はきれいな日本語で答えた。

記者たちに動揺が走る。

「私はウイグル人です。そして父方からはチベット人の血を引いています。ウイグルとチベットは共に北京の支配から逃れたいと運動をしています。平和的な運動ですが、しかし厳しく弾圧されています」

そこまで言って、ちょっと口を噤《つぐ》む。

「私自身は政治運動に関わったことはありません。考古学の研究者として地道に研究を続けたいと思って、それで日本に来ました。しかし、私の兄は彰信《ヂャンシン》、ウイグル解放運動の指導者の一人で、古代の回紇《ウイグル》の英雄彰信可汗《かがん》の名を継ぐ者です。この半年はウイグルとチベットが連携して北京と戦おうという動きを推進してきたようです。私はそんなに頻繁に連絡を取っているわけではないので、詳しいことはわかりません。

それでも、自分がなんで誘拐されたか推測はできます。兄はウイグルのウルムチとチベットのラサで大規模な同時デモを計画していました。北京はそれを阻止したかった。たぶん監禁された私の写真は兄のところに転送されたのでしょう。デモをやめなければお前の妹は拷問され、暴行され、殺されるというメッセージと共に」

記者たちは懸命にメモを取った。これは思ったより大きなネタだ。

「兄は今は身を隠しています。そして、もしみなさんのような新聞記者がなんとか兄のところに行き着いて質問したとしても、兄は私という妹の存在を認めないでしょう。私たちの間にはそういう約束があります。私は自分が兄の行動を制約するのを避けたいと思っています。

それでもここで兄のことを話したのは、これが北京の悪逆非道を世に知らせるよい機会だからです。彼らはチンピラを使って若い女を誘拐し、それで身内を脅迫するようなことを平気でします。少数民族の叛逆《はんぎゃく》を心から恐れています。しかし、ウイグル族は少数民族ではありません。人口千二百万という、一国を構えるにふさわしい大きな勢力です」

背景の力関係が一通りわかったところで記者たちは監禁生活について質問した。

「そんなにひどい目には遭いませんでした。ずっと重いトランクに手錠で繋がれていて、外されるのはトイレに行く時だけでした。でも、昨日の晩は出前でおいしい中華料理を食べさせてくれました」

「今朝はどうやって脱出したのですか？」

「犯人の一方が、小猪、つまり子豚という名前なんですが、その人が朝ご飯を買いに出た時にトイレに立たせてもらいました。戻ったところで隙があると思ったので、部屋にあった大きなラジカセで呂俊傑の頭をぶん殴り、ドアを開けて逃げました。玄関で自分のスニーカーを手で摑んで、裸足で階段を駆け下りました。道に出て人がたくさんいるところまで行ってからスニーカーを履きました。呂は追ってきませんでした。それからコンビニの店員さんに教えてもらって警察に行きました」

「犯人の側に隙があったということですね？」

「ええ」

山内巡査部長が口を挟んだ。

「可敦さんが描かれた犯人たちの似顔絵があります」

部屋が暗くなり、天井からスクリーンが降りてきて、画像が映された。

小心で小ずるそうな典型的な小悪党の顔が映った。もう一枚はもっとおどおどしている。こっちの方が小物とわかる。

そこまで描出した絵のうまさに記者たちはほーっと声を上げた。

また記事の材料が増えた。この事件はこの先しばらく世間の話題になるだろう。

「では時間ですので可敦さんの会見はここで終わりたいと思います」と山内巡査部長が言った。

脇警部がつと立って、ざわついたみなを制止した。

「一つ補足しておきます。実は拉致の試みはこれが二回目です。先月の二十三日木曜日に、愛媛県今治市の大三島で、研究のために大山祇神社を訪れていた可敦さんは拉致されかけました。この時は同行者の機転で阻止することができました。その時の犯人の一方が今回の主犯と思われる呂俊傑で、もう一人は未詳の大柄な男。この時は被害届が出されなかったので警察は動きませんでした」

「可敦さん、なぜ被害届を出されなかったんですか？」

「私はヴィザをもらって日本に滞在している身です。私はまだまだ日本で研究を続けたいと思っています。犯罪に関わることで、たとえ被害者としてでも、ヴィザの更新に影響が出るのが恐かったのです」

「同行していた人というのは？」

「共同で研究をしている方です。名を明かす必要はないと思います」

そこで記者会見は終わった。

呂俊傑の顔写真と可敦が描いた二枚の似顔絵のコピーが配布された。

可敦の拉致と自力での脱出を大きく報じた翌日の各紙の朝刊の国際面に、中国新疆ウイグル自治区のウルムチとチベット自治区のラサで北京の中央政府の圧政に抗議する大規模なデモがあったという記事が載った。可敦の拉致とこのデモを結びつけて論じる解説を載せた新聞もあった。可敦はいよいよ注目される存在になった。

今後どうするかと警察に問われて、彼女は民博の職場に戻ると言った。デモは終わったし、主犯らしき男は身元も顔も知られている。この先また拉致の試みがあるとは思えない。

そこで警察はこの先しばらく彼女の身辺を警護することにして、翌日の朝、彼女を職場に送り届けた。

同じ日の夕方、舞鶴《まいづる》港を拠点とするイカ釣り漁船の船長が、似顔絵の二人を含む三人の男の不法出国を幇助《ほうじょ》した疑いで警察の事情聴取を受けた。船長は二人が呂俊傑と小猪であったことを認めた。

三人は日本海の指示された場所で中国籍とおぼしい別の漁船に移されたという。外洋で船から船へ乗り移るにはデリックと網が使われた。おかしいのは三人が三人とも骨折などの怪我をしていて、歩くのも辛い様子だったことだ。

三人を舞鶴まで運んできたのは地味なワゴン車で、運転手はそのまま去った。

指示はすべて電話で行われ、謝礼百万は現金で支払われた。

可敦から藤波三次郎へのメール――

藤波先生

可敦です。

いろいろご心配かけましたが、無事に戻ることができました。新聞などで報じられたとおり、監禁中はとりわけ傷つけられることもありませんでした。そして相手がまぬけだったために逃げ出せました。

その後でウルムチとラサで大きな独立運動のデモがありました。これでしばらくは私の身も安泰だと思います。

それに新聞やテレビで顔が知られてしまったので、誘拐はしにくくなった、と竹西さんに言われました。本当にそうならこれからは研究に専念できると思います。よろしくお願いします。

ヴィザも取り消しというような話は今のところありません。北京が私の身分保障を取り消しても、民博は私を守ってくれると思います。

最後になりますが、ほんとにお世話になりました。これからは研究の方でよろしくご指導ください。

今は週刊誌の人たちがうるさくて苦労しています。身の上話も五回くらいしました。何か次の事件が起こって世間の関心がそちらに向かうまで悩まされそうです。

可敦

民博に戻った可敦を一通の書簡が待っていた。宛名は達者な日本語で、差出人のところには東京都港区の住所と「ロプノール気付　高車《こうしゃ》」という見慣れない名。

現代のウイグル語は表記に一種のアラビア文字を用いるが、中はその文字による文書で、パソコンのワードプロセッサー機能で作成してプリンターで印刷したものだった。

故国では見慣れた公用文の形式（ウイグル自治区ではウイグル語と漢語が公用語であ

る）。その他にウイグルの解放を訴える日本語のパンフレットが数点。

高車からの手紙――

親愛なる可敦殿

ウイグル人国際連帯組織「ロプノール」を代表してご連絡申し上げます。

既にご存じかと拝察いたしますが、我々は北京からの自由と国家としての独立を目指す国際的な運動体です。活動の必要上、秘密裏に行動することが多く、組織の実態もあまり明らかにはしていません。そこで古代の回紇にあって「幻の湖」とされたロプノールすなわちロプ湖にちなんでこの名を名乗ることにしました。古代の湖は歳月と共に移動しましたが、我々もそれよりずっと速やかに動き続けて北京政府の捕捉を逃れています。支部は世界三十か国にあり、かく申す私は日本支部の者で、まあ高車とでも名乗っておきましょう。

さて、お願いがあります。この事件であなたはこの国で有名になるでしょう。日本のマスコミは若い美しい異国の女性の冒険に夢中になるでしょう。

そこで、この機を利用してウイグル人の立場と主張を日本の人々に訴えてはいただけませんか。新聞報道によればこれまでは兄上の彰信氏とは距離をおいて政治活動は避けているそうですが、もうそう言っていられる時期ではありません。同胞は世界中の至るところで戦っている。兄上同様にウイグルとチベット双方の血を引くあなたは嫌でも運動を率いる立場におられるのです。

これからはメディアに対して機会あるごとに我々の思いを伝えて下さい。

いずれお目に掛かって詳しくお話ししますが、まずは明日から押し寄せるであろうジャーナリストたちに独立運動とそれに対する弾圧のことを話して下さい。

伏してお願い申し上げます。

高車

追伸　誠に失礼ながら今の段階ではこちらの連絡先は申し上げられません。封筒に書いた住所はでたらめです。後日の連絡をお待ちください。

三伸　この件について報酬はありません。民族のために尽力するという満足と名誉だけが報酬です。

その後、可敦を扱う週刊誌の記事には、ウイグル人のために自由と独立をというメッセージが彼女の意見として込められるようになった。

それはそれとして、またそれも次第に鎮静化して、研究を中心に置く日々が始まった。活躍を賞賛する手紙がまた高車から届いた。また連絡するから一度は会おうとも書いてあった。

「高車」は五世紀頃のテュルク系の遊牧民を指す言葉で、彼らが大きな車輪の荷馬車を用いていたところから出たものらしい。家財道具を馬車に積んで草原を移動したのだろう。

桜井先生が進める「ワールド織物ワールド」の企画はその後も順調に進んでいた。しかし可敦自身が先生と一緒にウイグルに戻って艾特莱斯《アトラス》と呼ばれる絹織物の古い標本や織機を探すことはできない。母の友人に話を繋ぐだけ。

会議の席上での可敦の発言――「本当に残念なのですが、今、中国に戻ったら私はそのまま拘束されて、二度と国外に出られなくなります。知人を紹介しますから、そちらと話を進めて下さい。私が仲介したとなると相手の方にも迷惑が掛かるので、それもご配慮いただければと思います」

目前の課題は藤波准教授との共同研究だ。日月神社の銅鏡と大山祇神社の銅鏡。そしてトルファンから出土した銅鏡。

同じ鋳型から作られた鏡がなぜこの三か所にあったのか？

考えているところへ大三島から手紙が来た――

稗田正美さんからの手紙――

ご無沙汰しております。

新聞で読みましたが、あんな事件に遭われてもご無事であったこと、心から嬉しく存じました。しかも一回目の拉致はこの大山祇神社の境内であの直後に行われたんですね。読んでいて胆《きも》がつぶれました。繰り返しになりますがご無事でなにより。

さて、可敦様と藤波先生がいらした後、私も興味を引かれて、当社宝物館の収蔵品を記載した詳細目録を改めて精査してみました。

問題の鏡は単体としてあっていかなる分類にも入らず、また文書も附随していなかったので、鏡に関する記載をすべて確認したところ、当社には七面あることがわかりました。そこで実物にあたってみると、記載があるのにモノがないのが一点だけあったのです。ということは他の物と一緒にされていた鏡が何かの折に外に出され、そのまま戻されずにいわば孤児のまま今に伝えられた、と推理できます。

もしもこの推理が正しいとすれば、あの鏡があるべき場所は「高市皇子遺品一括」という区画であって、そこからはぐれたことになります。

なぜこの方の遺品が当社に収められることになったのか、その事情はわかりません。皇子が薨去《こうきょ》されたのは持統《じとう》天皇の十年すなわち西暦六九六年、その時に当社がどんな風であったか、神話はともかく歴史的にはわかっていません。文献に当社が現れる最初は『続日本紀《しょくにほんぎ》』の天平神護《てんぴょうじんご》二年つまり西暦の七六六年に「この神社に従四位下の神階を授ける」とある条です。七世紀の終わりの時期、時の最高権力者であった高市皇子の遺品を受け入れるほどの社格が既にあったのでしょうか。

もしもこの鏡が高市皇子に縁のあるものだという仮説が許されるなら、これはお二人のご研究の一助になるのではと思い筆を執りました。

これがまったくの見当違いならばお笑いの上、ご放念ください。

同じ内容の手紙を藤波先生にもお送りしました。

お二人の研究が大きな成果を挙げることを祈願しております。

稗田正美

高市皇子について調べてみる。

父は大海人皇子すなわち後の天武天皇。母は尼子娘、筑紫の胸形《むなかた》という豪族の血統である。

異母兄弟に草壁皇子、大津皇子、忍壁皇子、長《なが》皇子、舎人《とねり》皇子、新田部《にいたべ》皇子がいる。

壬申《じんしん》の乱で最も活躍したのが高市皇子だった。甥《おい》である大友皇子に叛旗を揚げた父に従って軍を率い、最前線で戦って勝利に導いた。

その後も即位して天皇となった父に従って統治に大いに貢献した。

天武天皇が崩御した後、後を継ぐのは皇后である鸕野讃良皇女の子である草壁皇子かと思われていた。

（ちなみに鸕野讃良皇女の父は天智天皇、つまり彼女は夫の天武天皇の姪《めい》に当たる。こういうことは古代には珍しくない。)

他に候補は幼い者を除いて大津皇子と高市皇子。ところが大津皇子は謀反の疑いありとして速やかに処刑されてしまう。

そして草壁皇子も亡くなる。皇后は草壁皇子の子である軽《かるの》皇子を即位させようと思ったが、いかんせん七歳ではあまりに若い。皇太子にするのも憚《はばか》られる。かと言って、夫と他の女の間の子である高市皇子を即位させるのも気が進まない。

そこで彼女は自ら即位するという挙に出て、(後の諡《おくりな》によれば)持統天皇となった。

高市皇子はどうしたか?

この女帝にひたすら恭順を誓い、皇位への野心など片鱗《へんりん》も見せず、統治のために粉骨砕身した。天皇もまたこれに報いるに篤《あつ》く、彼は太政《だいじょう》大臣に任ぜられた。臣下としては最も高い位である。

しかし彼は天皇より早く、持統天皇の十年、西暦六九六年、薨去した。四十二歳であった。柿本人麻呂《かきのもとのひとまろ》は彼のために心を込めて長い挽歌を書いた。

稗田正美の説の当否を可敦と論じるために藤波三次郎は民博に赴いた。

可敦はまだみんなの目の届く職場を離れない方がいいと思って、呼び寄せるのではなく自分が動くことにした。

「お元気そうですね」とまずは声を掛ける。

「ええ、まあ」と可敦はむずかしそうに答えた。

テレビではずいぶん毅然《きぜん》としていてその分だけ美しくも見えたが、ここではもとの気弱な手堅い研究者に戻っていた。あの勇ましさはどこに行ったのだ？

「早速だけど、あの稗田さんの話、どう思いますか？」

「私は日本の歴史に詳しくないのでわからないのですが、あり得ないことではないんでしょうね」

「しかし、『延喜式《えんぎしき》』には彼の墓は大和国広瀬《ひろせ》郡の「三立岡墓《みたておか》」だと書いてある。本来ならば彼の遺物はそこにすべて収まったはずです。場所は今の北葛城《きたかつらぎ》郡、この間ご一緒した橿原市の少し北西のあたりですね」

「でも何かの事情で遺品の一部が大三島まで行ったのかもしれません」

「たしかに。その一方、高松塚古墳の被葬者が高市皇子だという説もある。さらにキトラ古墳に眠るのが彼だと唱える人もいる」

「ではあの剣も高市皇子の持ち物というわけですか？」

「もしそうならば」

「でもそれはなんとなく違うという気がするんです」と可敦は言った。「鏡は二面あった。一人で二枚持っていたとも考えられますが、私は親しい二人が分け合ったと思いたいんです。あるいはトルファンのも含めてとても親しい三人が」

「ああ、それはロマンティックでいい説だな。ただし実証はとてもむずかしい。文献の裏付けがないと、鏡の実物だけでは専門家を納得させることはできない。ぼくたち考古学の者はモノを前にああだこうだと議論できるけど、歴史学の人たちはともかく文献なんですよ」

「たしかに。稗田さんの説にしても『高市皇子遺品一括』と命名されたモノが伝わっていたから成り立つので、そこには文書の裏付けがあるのですものね」

「日月神社の鏡に関して何か文献を見つけなければならない。さて、どこにあるかな」

「日本では古代の文書はすべて誰かが目をとおして分類してあるのですか？」

「いや、そんなことはありません。大量に出ている木簡の類《たぐい》はまだ解読の最中だし、紙の文書もとりあえず保管というものはまだまだあります。もちろん正倉院文書《しょうそういんもんじょ》や東寺百合文書《とうじひゃくごうもんじょ》のように整理が行き届いたものもあるけれど」

「古代の公式文書は漢文ですね？」

「そうです。仮名はまだなかった。和歌は万葉仮名で書かれましたがね」

「漢文なら私にも読める」

ああ、この人はなかなか野心的なのだと三次郎は改めて思った。

「万葉集にある高市皇子の歌がいいんですよ」と彼は言った。

神山之《みわやまの》山辺《やまのべ》真蘇木綿《まそゆふ》短木綿《みじかゆふ》
如此耳《かくのみ》故爾《ゆえに》長等思伎《ながくとおもひし》

「十市皇女という人が亡くなった時の挽歌です。彼女はまずは彼にとっては異母姉でした。しかし壬申の乱で彼が滅ぼした大友皇子つまり弘文《こうぶん》天皇の正妃になっていた。乱に際して彼女が父や高市皇子の側に宮廷の情報を流したという話もありますが、まあ伝説でしょう」

「乱の後はどうしたんですか？」

「娘ですからね、父の天武天皇が身近に置いておいたと考えられています。それにしてもこの高市皇子の挽歌にはなかなか深い思いが籠《こ》もっています。彼らは恋仲であっただろうし、実は彼の妃になっていたのだと説く人もいます」

「歌の意味がよくわからないんですが」

「三輪山は神聖な山ですね。そこの祭事において、真っ白な布を榊《さかき》の枝などに飾りとして掛ける。木綿と書くけれど楮《こうぞ》などの繊維で織った布です。その布は長いと思っていたのに、実は短いものだった」

可敦はまだわからない風だった。

「布の長さを嘆くようにして、十市皇女の命の短さ、あるいは自分との仲の短さを嘆いている」

「感情を布というモノに投影するんですね」

「そう。それが日本の詩歌の技法でした。もう一首ありますよ」

山振之《やまぶきの》立儀足《たちよそひたる》山清水《やましみず》
酌爾雖行《くみにいかめども》道之《みちの》白鳴《しらなく》

「山の泉に山吹が咲いているという。水を汲《く》みに行きたいが道がわからない」

「これも感情の投影なのですか？」

「彼女に会いたいけれど、もうこの世にいないのだから会う方策はない。山吹は黄色い花で、それと泉を合わせると黄泉《よみ》となります。まあそういう解釈があるだけで、本当に挽歌なのか、あるいは求愛に対して返事がないことの嘆きだったかもしれない。この場合は皇女の生前のこととなりますがね」

「なんだか、高市皇子の実在感が強まります」と可敦は言った。「あの鏡に自分の顔を映したのかしら。そのまま写真みたいに面影が鏡に残ればいいのに」

13

やがて報道合戦も一段落して、静かな日々が戻った。たぶん大衆は何か別の話題を見つけてぞろぞろそっちへ行ってしまったのだろう。

目の前の仕事は以前と同じく民博が集めた西域関係の文書の解読と整理の続き。それとは別にあの日月神社の銅鏡と銅剣、ならびに大山祇神社の鏡の問題がある。鏡はもう一面、回紇《ウイグル》からも出土している。だから自分は藤波先生に呼ばれて研究に参加することになった。

剣には金の象嵌で星空が描いてあった。それは明らかにキトラ古墳の天井に描かれたものと同じだった。いわば天文図がそこに引用されていた。

だから日月神社とキトラ古墳の間には何か繋《つな》がりがある。それはつまり両方に関わる一人の人物を示唆しているということで、その人物があの古墳の被葬者と考えるのが自然だろう。

《じゃ、それは誰なの？

お母さん、教えて。》

そういう関心に導かれて古代日本史を勉強した。そしてずいぶん単純だと思った。島国だから政権交代も天皇一族とその周囲だけで行われて、それで完結している。大陸におけるようにいくつもの民族が入り乱れて争うことがない。何があってもコップの中の嵐。いちばん大きな事件は壬申の乱だが、それだって叔父《おじ》と甥の戦いでしかなかった。ほんの数日で終わってしまった。処刑された者もごく僅《わず》か。同族だから皆殺しということにもならなかったのかしら。

玄宗皇帝が都を追われ楊貴妃が殺された安史《あんし》の乱の主役は安禄山だが、彼はサマルカンド出身でソグド人と突厥《とっけつ》人の混血だった。彼のような異民族の覇王はこの国の歴史には登場しなかったらしい。渡来した人は多かったというけれど、どこまで権力の中枢に近づけたんだろう。来たのはみな技術者や僧だから、もともと権力志向がなかったのかもしれない。

大山祇神社の鏡はどうも高市皇子という人の所有物だったらしい。それならば日月神社の鏡も同じと考えてキトラ古墳の被葬者は高市皇子と断定することはできない？

どうも違うような気がする。鏡は三面あった。三人の男が関わった。一人は高市皇子としよう。一人は回紇に縁がある。もともと三面が揃っていたのは長安か洛陽？　そこから東西に分かれて旅をした。鏡の旅はただの運搬ではなく所有者の手によって親しく大事に運ばれた。

では三人のうちの残る一人は誰？　その人物こそがキトラ古墳に葬られたのではないの？

今の学説で候補者として挙げられているのは――

高市皇子
弓削《ゆげの》皇子
阿倍御主人

百済王昌成《くだらのこにきししょうせい》

など。

仮にここでは高市皇子という説を退けてしまおう。鏡の数からの推理にすぎないが、仮説を立てなければ話は先へ進まない。

弓削皇子は魅力的だ。

二十七歳の若さで亡くなったとされている不運な皇子で、政治的な実績などは伝わっていないが歌には巧みだったらしい。

（藤波さんに高市皇子の歌を教えられたおかげで、そういう方にも目が向くようになった。）

芳野《よしの》河《がは》逝瀬《ゆくせ》之《の》早見《はやみ》須臾毛《ましまくも》
不通事無《よどむことなく》有《あり》巨勢《こせ》濃《ぬ》香問《かも》

吾妹《わぎも》児《こ》爾《に》恋乍《こひつつ》不有者《あらずは》秋芽之《あきはぎの》
咲而《さきて》散去流《ちりぬる》花爾《はなに》有猿尾《あらましを》

大船之《おほぶねの》泊流《はつる》登《と》麻里《まり》能《の》絶多《たゆた》日《ひ》二《に》
物念痩奴《ものおもひやせぬ》人能《ひとの》児《こ》故爾《ゆゑに》

これらは異母妹の紀皇女《きのひめみこ》への恋歌とされている。日本には恋を扱う文学がとても多いと藤波さんは言う。古代の和歌の半分くらいは恋の歌だし、有名な『源氏物語』という長篇小説も初めから終わりまで恋の話らしい。

中国の文学で恋が扱われるのはずっと後になってからだ。李白《りはく》も杜甫《とほ》も儒教世界の人だったから恋の詩は書かなかった。『玉台新詠』は恋の歌を集めた詞華集だけど、建前は夫婦の間の情だけ、未婚の男女の交情は許されなかったし、まして人妻への恋など論外。

回紇にも恋の歌はあったはずだけど、多くは伝わっていない。たぶん『詩経《しきょう》』の風《ふう》のような民謡の類だったのだろう。だから、私はあの狭苦しい部屋に捕まっていた時に、「草原情歌」にちょっとはまった。あのバカな男二人はもっとはまった。歌って、たぶんああいう風にして始まるものなのだ。思いが言葉になり、そこにメロディーがついて朗々と歌われる。そして感情を揺さぶる。漢字は視覚的な印象が強すぎるから歌になりにくい。韻を踏んでいるから朗唱まではできるけど。

吉野川《よしのがわ》という川の水は速く流れて澱《よど》まない。同じように私とあなたの
恋の心も澱んで濁ることはない。

清流のような若い澄んだ恋の心。

ウイグルには清流はない。水ははるか遠い山から流れてきて、それも氷河が融《と》けた水だから岩石の微粒子を含んで濁っている。沙漠《さばく》を延々と流れてくる。伏流水になって地下に入り、またどこかで湧き出る。紅葉を映すせせらぎにはならない。こういうことを私はこの国に来て学んでいる。

私はあなたに恋などせず秋の萩《はぎ》の
ように散ってしまった方がよかったのか。
そうすればこの苦しみを
味わうこともなかったのに。

大きな船が泊まっている港で波が
揺れている。同じように私の心も
揺れている。恋する相手である
あなたが他人の妻だから。

こういう歌を詠んだ人が、この若い歌人が、キトラの墓に収められたのだろうか。

でも弓削皇子という人の印象は非力というに尽きる。この恋の歌にしたって、思うとおりにならない詠嘆ばかりで、なんだかかわいそう。

この人にあれほど大きな墓を造らせる政治力はなかっただろう。『万葉集』に残った歌が弓削皇子の墓碑であり、そのまま墓なのだ。後の世の人たちは彼をこういう風に遇した。

考古学専攻で、しかも今は国立民族学博物館に籍を置く私が、考古学でも文化人類学でもなく、日本史にこんなにのめりこんでいるのはなぜ？

でも、ここにあるのは鏡と剣という具体物だ。モノを相手にするのが考古学。だけど、その先では文献が要る。歴史の「史」は書かれたものという意味だ。書かれたものが具体物と出会って、そこで仮説に信憑性《しんぴょうせい》が出てくる。考古学と歴史学が手に手を取って踊るのよ。

私は阿倍御主人という人がいちばん可能性が高いと思う。

ただしこの説はたくさんの人が賛同しているから、それだけでは独創性はない。問題はどうやって立証するかということ。

壬申の乱でさしたることもしないままうまく勝つ側についた知恵者で、政治の才能はあったらしく最後は右大臣、つまり天皇の臣下として最高の位にまで昇っている。史書には何度も登場するけれど官位や行事のことばかりで私的なことはわからない。しかしこの人、何かと唐と縁があるらしいのだ。何か太い人脈があったとか、自分でも貿易などで利を得ていたのかもしれない。

藤波さんが『竹取物語』という古典を教えてくれた。

天女が何か罪を犯して地に降ろされ、試練を経てまた天に帰る話。ここで天は月の世界ということになっている。月から来たお姫さま。

私の勝手な読みによれば、姫の地上での試練はたぶん処女性を守ることだ。五人の男が彼女に求婚し、彼らが敗退した後では帝《みかど》が言い寄る。

五人の男の話はいわゆる婿取り譚《たん》で、彼らは何か宝物を取ってくるという形で試練の機会を与えられる。「仏の御石の鉢」、「蓬萊《ほうらい》の玉の枝」、「火鼠の裘《かわごろも》」、「龍の首の珠」、「燕の子安貝」。

五人の男のうちの三人は実在したし、残る二人にもモデルと比定される人物がいた。

藤波先生がこれを読めと言ったのは五人の一人が「右大臣あべのみうし」すなわち阿倍御主人だからだ。

私は彼に与えられた課題が「火鼠の裘」だったことに注目した。これは実は中国で言う火浣布《かかんぷ》だとされている。火の中に入れても燃えない布。古代だったらたしかに宝物と言われるだろう。

火に耐える布はつまり石綿（アスベスト）のことだというのが現代の解釈。そしてこれは古代中国では西域の産物として知られていた。実際、産地までわかっている。「右大臣あべのみうし」はこれをたぶん交易で首尾よく手に入れて、いそいそとかぐや姫のもとに持参する。

彼女は内心困ったなと思ったことだろう。これが本物ならばこの男と寝なければならない。そこで、その布を火にくべるよう指示する。

布は燃えてしまった。

科学実験の勝利。

かぐや姫は安心したはずだ。

実際の話、貞操の危機は何度となく訪れる。彼女の育ての親である竹取の翁《おきな》は求婚者を迎えてお先走りにも寝室の準備をしたりする。

私がおもしろいと思ったのは、天女であるはずのかぐや姫が地上の生活が長引くうちに否応《いやおう》なく人間らしくなってゆくところだ。初めは翁に富を授けるなど霊力を発揮しているのに、やがては車持皇子《くるまもちのみこ》が持ってきた「蓬萊の玉の枝」が贋作《がんさく》であることを見抜けなくなっている。月の世界に帰ることは喜びであるはずなのに、未練が残って悲しい思いをする。月から迎えに来た使者は「こんな汚いところにいつまでいるの？」とそっけないのに。

博物館というものは、劇場の舞台と同じで、来訪者に見える部分よりも裏の方がずっと広い。巨大な収蔵庫、研究室、最新の機材を備えた作業室、図書・資料室、会議室、小さな講堂や教室などなど。

その奥に賑《にぎ》やかで明るい職員食堂がある。

午後も二時近くになって可敦《カトウン》は遅い昼食を摂《と》りに食堂に行って、いくつかの皿をトレイに載せ、職員カードで精算して、席を探した。

先の方で誰かが手を振っている。

見ると桜井先生だった。二、三人の年下の人たちとテーブルを囲んでいる。

一人で食べる方が気楽なのだが、呼ばれた以上は行かないわけにはいかない。

先生の向かい側に坐《すわ》る。

「大騒ぎは終わったかね？」と先生が聞いたのはもちろん拉致《らち》と監禁と脱出の件だ。もうその話はしたくないのに。

「はい、おかげさまで」

幸いすぐに話題は変わった。

「あの艾特莱斯《アトラス》の件、あなたが紹介してくれた方から連絡があったよ」

「芳林《ファン・リン》さんですか」

「そう。とても丁寧な対応で、展覧会には高昌《こうしょう》区博物館にある古物を貸与してくれるし、織機の古いのが収蔵品にいくつもあるので、その一つを譲渡してもいいとあった。それが何よりもありがたい」

「ああ、よかったですね」

「ワールド織物ワールド展、一段と充実しますね」と右側にいた若い男が言った。

「本当は私はきみと一緒にトルファンに行きたかったんだがね。高昌区というのはトルファンの町なんだろ？」

「ええ、県庁所在地みたいなところです。しかし、すみません、私は今はとても一時帰国などできない立場で」

「ああ、それはもちろんわかっている」

「先生、収蔵品に古い織機がたくさんあるって、誰かが意図して集めたんでしょうか？」と左側の三十代の女性が聞いた。この人も話題を逸《そ》らそうとしてくれているのか。

「博物館という施設も政治に大きく左右されるからね。あるモノが大事か否か、貴重であるかないか、それを決める価値観はけっこう政治的なんだよ。アメリカ合衆国はある時期まで先住民の民具などに何の値打ちも見出《みいだ》さなかった。中国の政権は何度となく方針を変えたから、その途中で新疆ウイグル自治区の文化遺産をないがしろにした時期があったんじゃないかな。そういう時は土地の人々もその方針に迎合しかねない。今さらアトラスなんて織ってもしかたがないと思う。機械で織った方が速いし綺麗《きれい》だし。古い織機はがらくたでしかない。しかし、そこで博物館にいた慧眼《けいがん》の士が捨てられる前の織機を安く手に入れて収蔵庫に収めた。周囲からはバカにされながら、それでも愚直に家々を歩き回って、使ってない機《はた》はないかと聞いてまわった」

みんなその状況を思い浮かべながら聞いている。

「いや、これは私のあまりにロマンティックな想像だよ。でもあり得ないことではなかった。ともかく芳林さんは完動品を丁寧に梱包《こんぽう》して送ってくれると言ってきた」

「あの方は信頼できます」と可敦は言った。

「値段も充分に予算の範囲内だ」

「博物館どうしで直接のモノの売買って多いんですか？」

「いや、あまりないね。だいたいは業者が間に入る。いちばんいいのは研究者が現地に行って実物を見て持ち帰ることだ。そこで金銭の授受がある場合もあり、ない場合もある」

「予算内に収まったということはそのアトラスの織機は相場より安かったということですか？」と若い男性が聞いた。

「うーん、相場というものはないんだよ。もともとマーケットが形成されていないんだから。価値があるけれど数もあるというモノならば商品化されてマーケットが発生する。たとえば百万塔陀羅尼《ひやくまんとうだらに》みたいに。あれは骨董《こっとう》屋や古書店が扱う品だ」

「それは何ですか？」と可敦は聞いた。

「小さな木製の仏塔《ストゥーパ》だ。高さが二十センチとちょっとほどで、ろくろで挽《ひ》いて造った簡単なものだが、中に陀羅尼という お経を印刷した紙が入っている」

「百万というのは？」

「実際に百万基作られたから。奈良時代の後期、称徳《しょうとく》天皇が仏教振興のために実際にその数だけ作って配った。今でも数万基が残っていて、これは売買の対象になっている。一つが安いので百万円、保存のいいものならば千二百万円とか。ちなみに中に収められたお経は今のところ世界で最古の印刷物だよ」

「本当に百万も作ったのですか？」

「どうもそうらしい。主要な寺に十万基ずつ配って、おおかたは火災などで失われたが、法隆寺《ほうりゅうじ》には四万基以上が残っている」

その話を聞いてから三日くらい後、ふと何かがひらめいた。ろくろで挽いた小さな木の塔の中に紙に印刷したお経が入っている。それはとても収まりのいい図で、たしかに信仰の印として優雅にうまくできている。

何かモノの中に紙の文書を収めて封印する。

その封じ込めの作業と、この一か月くらいの間に自分が見た何かが、どこかで繋がっているような気がする。

何だかわからない。

ひょっとして、私、それの絵を描かなかった？

それは何？

スケッチ帳を出してぱらぱらと見る。

あの銅剣のところで手が止まった。

幅の広い刀身の、鍔《つば》からすぐのところに北斗の象嵌があった。鍔は刀身と一体に鋳られた棒状のものだから、ぜんたいは細長い十字架のような形をしている。柄《つか》の部分も一体成型だ。そこに何か樹皮のようなものを滑り止めに巻いたのではないかと藤波先生は言う。

しかしこの頃はもう鉄の時代だ。だから日月神社よりずっと古い鍛冶屋迹も製鉄所の遺蹟《いせき》だった。その時代に銅剣というのは実用のものではなかった。実際の戦闘ではなく儀式などで用いられた祭器だった。

だから刀身があんなに幅があって、星座を象嵌することもできた。

だから柄もあんなに太い。

でも、そこで何かがひっかかる。

美的なバランスが悪いのだ。

図を描いている時からそれが気になっていた。古代の人の美のセンスは鋭いから、意味もなく妙な形は作らない。それはああいうものを何百点もスケッチしてきたからわかる。

ひょっとして、あれは……

可敦から藤波三次郎へのメール――

お元気ですか？

私はほぼ日常に戻りました。

ちょっとお願いしたいことがあったのでお便りします。

日月神社のあの銅剣、ちょっと気になることがあるので。

柄の部分をX線で見ることはできませんか？


藤波三次郎から可敦へのメール——

ぼくからX線検査の依頼をしておきます。いらっしゃる時にはもちろんぼくも行きます。


というわけで二人は六週間ぶりに畝傍御陵前駅で待ち合わせて研究所に向かった。

「柄に何か特別なことでも……？」と聞かれる。

「まだわかりません。私の勘違いならば本当にごめんなさい。無駄足を踏ませてしまったことになります」

「いや、そんなことはかまわない。学者はすべての可能性を探るべきですから」

研究所では職員が待っていてくれた。

仲村《なかむら》さんという技師。

銅剣が収蔵庫から持ち出され、分析室のX線装置にセットされた。

「あの柄、必要以上に太いという気がしたんです」

「なるほど」と言いながらまだ藤波先生はよく理解できていないらしい。

十五分後、モニターに画像が映し出された。

「やはり中は空洞になっていますね。何か入っていませんか？」とX線を撮ってくれた仲村さんに聞いた。

「さあ、石や金属でないものが入っていてもこれでは見えませんね。金属を貫く強い波長を使っているから紙や木などは透過してしまうんですよ」

「何か入っているとして、次はどうします？」

「開けて中を見る？」

「待ってください」と仲村さんが言った。「この柄頭のところ、別の金属で封印してありますね。しっかりした細工だから、たぶん作られてから今まで中は完全密封状態だったと思われる」

「いよいよ開けたくなるな」

「でも、開けることで中にあるものを損傷してしまってはなんにもならない」

そうだ、高松塚の失敗の例もあるわけだし。

「どんな方法が可能ですか？」

「まず、穴を開けてごく細いファイバースコープを入れて中を見る。この作業はいきなりの酸化を防ぐため窒素を満たしたチェンバーの中でしましょう。それも剣をまっすぐ立てて、下からドリルを入れる。封印している金属の微粒子がなるべく中に入らないように」

「なるほど」

「それからファイバースコープで中を観察して、何かあるとわかれば、今度は慎重に封印を切って開く。中にあるものの素材に合わせて次の段階を考える」

「今日、できますか？」と藤波准教授は性急に聞いた。

「今日というのはちょっと無理です。準備に一週間ほどいただけますか？」

ここはひとまず撤退するしかない。

長い長い一週間の後、畝傍御陵前の駅で落ち合って、また二人で肩を並べて研究所に向かった。

「なんであの柄に着目したの？」と藤波先生が聞く。

「あんなに太い必要はないと思ったんです。図を描いている時から何かおかしいと思っていて」

「かなわないなあ。ぼくはそういうセンスがないんだ」

研究所の方は仲村さんがすっかり準備を整えて待っていてくれた。

「予備的に検査してみたら、封印の材料は鉛でした。外気の行き来はまずなかったように見えますがね」

「でも空っぽかもしれない」と縁起の悪いことをつい口に出して言う。がっかりした時のために予《あらかじ》め保険を掛けておくみたいに。

「では始めますよ」と仲村さんが言った。

実験室の真ん中、ガラスの箱の中に銅剣が縦に固定されている。この中は窒素で充《み》たされているのだろう。下の方に電動のドリルがあって刃が真上を向いている。それが回転を始め、ゆっくりと銅剣の柄に接近する。

その様子が脇に置いたモニターに映される。実験室との間にある窓は鉛ガラスで人体に悪い影響のあるX線を透《とお》さない。

ドリルの刃は封印の中をゆっくりと進み、中の空間のわずか手前で止まった。貫通はせず、そのまま退却する。

そこへ今度は鋭い鋼のプローブが侵入して、残された薄い鉛の層に穴をうがつ。穴の周囲に残った鉛箔《えんぱく》はそっと下側に折り曲げられた。

そうやって穴ができたところでファイバースコープの出番になった。

モニターに画像が浮かぶ。

ぼけた像が速やかにピントが合ってくっきり見えるようになった。

「紙ですね」と仲村さんが言った。「紙が丸めて銅剣の柄の中に収められている」

「取り出せますか？」

「わかりません。触れただけで粉になってしまうかもしれない。しかし、これで見たところでは楮の繊維の紙らしいから、あんがい丈夫かも」

「目的はその紙に書いてあるはずの文字を読むことなんです」

「ええ、わかっていますよ」と仲村さんは嬉しそうに言った。この人もちょっと興奮しているみたい。

「どうやるんです？」

「まず、この柄頭の封印は切るしかない。この文書の少し下のところで輪切りにして外します。その次にゆっくり加湿して紙を柔らかくする。それから、紙の筒ですからピンセットで少しだけ巻いて口径を小さくして、そっと引き出す。また加湿してしなやかになったところでそっとそっと拡げる。保存剤を浸潤させて固定する。ざっとこんなところですかな」

「お願いします」と勢い込んで言った。

四時間ずっと息を詰めて見ていた作業の果てに、二人の前に一通のけっこう長い文書が拡げられた。

漢文の書簡の体裁だった。

14

銅剣の柄から出てきた紙は縦が十五センチほどで、それが横方向に二つ折りにされ、くるくる巻かれていた。

仲村さんは先の円い細いピンセットを二本使って、傷めることなくそっとそれを柄の外に取りだした。丈夫な和紙だからこそできることだ。

端のところを少しだけ拡げてみると、文字が現れた。漢文らしい。

「これ、ずいぶん貴重なもののようですね」と仲村さんが言った。

「この先は古文書の専門家に任せよう」と藤波先生が言った。

「その方がいいです。まだ加湿が足りないし、ぜんぶ広げられたとしても正しく読むのは素人には無理ですから」

「こちらでお願いできますか？」と私は聞いた。

「もちろん。そういうこととなればここは日本でいちばん人材の揃っている場所ですよ」と仲村さんは得意そうに言う。「まず小笹《おざさ》さんに相談してみましょう。どうやらこれはけっこうな事件だから」

十五分後にその人がやってきた。

小柄な五十代の女性だった。

「ずいぶん急がせるのね。あ、小笹真由美《まゆみ》です」と名乗った。

応じて私たちも自己紹介をする。

「この文書、奈良時代、それもおそらく神亀から天平の頃のものだということで」と仲村さんが言った。

「待って。私に先入観を与えないで。どこから出てきたか、それだけを教えて」

「ぼくが話しましょう。先入観なしで」と藤波先生が言った。「この銅剣は天川村の山中にある日月神社というところのご神体でした。これと銅鏡がセットだった。この神社の創建は神亀四年、西暦の七二七年と伝えられています。建物はもちろん何度か建て替えられているけれど、ご神体はずっと受け継がれてきた。今回改修することになって、それを機にご神体の由来も明らかにしたいというので、考古学者のぼくが呼ばれました。モノが相手ですから」

藤波先生の言葉を聞きながら改めてこの日々のことを整理した。

「そこでぼくは、ご神体のもう一方である銅鏡について、こちらの可敦《カトウン》さんに全く同じように見える鏡に関する論文があることを見つけた。それで研究に参加してほしいと頼んだのです。それで、まあいろいろあったけれど、要はこの銅剣の柄の中からこの文書が出てきた、というわけです」

小笹さんはうなずいて、文書の方を見た。

「出所《でどころ》はよくわかりました。間違いのないものね」と小笹さんは言った。「加湿して紙の繊維を緩めて広げるのにまだ数日はかかります。縦が十五センチ、横幅の方は」と言ってくるくる巻かれた部分を見て、「けっこうありますね。字が小さいようだから文字数は多そう。広げて写真撮影をして、その後で一字ずつ読み取ることになります。文章としての解読はそれから。おもしろそうだから今日からこれに専念しますが、それでも結果が出るのは二週間くらい先かしら」

「待ちます」

丸められたままの文書を可敦がざっとスケッチした。一枚の紙にすぎないけれど、でも千三百年の歳月を渡ってきたものだ。その実物が目の前にある。触れば触れる。それなりの佇《たたず》まいのようなものがあって、そこにあるだけで美しいと言える。存在を自ら昂然と誇っている。

その場では発見者二人はキトラ古墳のことも阿倍御主人のことも一言も口にしなかった。小笹さん自身が言うとおり、先入観なしにこの文書を読んで貰《もら》わなくてはならない。

それからしばらく可敦は民博の西域関係の収蔵品の整理という日々の仕事をきちんときちんとこなした。

奈良に行った日から十日ほど過ぎたころ、ロプノールの高車が直《じか》に会って話がしたいという手紙を寄越《よこ》した。南京《ナンキン》の東亜《とうあ》文化財研究所という名が記された封筒に入った、中文の、いかにも公文書めいた偽装。

《会わないわけにはいかない。

この人と会うことを向こうに伝えないわけにはいかない。

私と高車さんが会う場所には見張りがつくだろう。
尾行の末、彼の身元が知れるだろう。
新疆ウイグル自治区の独立運動は大きな打撃を受ける。
でも私にはどうすることもできない。》

次の手紙で高車は場所と時間を指定してきた。三日後の午後二時、新しい大阪駅の上の方のラウンジ。まず管理官に連絡しなくては。

そう思っているところへ藤波先生からメールが入った――

小笹さんからあの文書がほぼ解読できたという連絡が入りました。明日の十時に橿原考古学研究所に来ていただけますか？

翌日、可敦は近鉄橿原線の畝傍御陵前駅に降り立った。ともかく今日は銅剣の文書のことだけを考えよう。

研究所で会うということだったので駅前で藤波先生を探しはしなかったのだが、後ろから声を掛けられた。

「一緒に行きましょう」

「待っていて下さったんですか？」

「まあそんなところだけど、実は一人で行くのが恐かった」

「えっ、どうして？」

「どんな結果が出ているか、恐いでしょ」

「大丈夫、私がついています」と冗談を言う。そんなことが言えて自分でも驚いた。

小さな会議室で小笹さんと仲村さんが待っていた。

「お二人さん、とんでもないものを見つけたわね」といきなり小笹さんが言った。

「そうなんですか？」

「まあ、読んでみて」

「えーと、ぼくは、漢文があまり得意でなくて……」と藤波先生は口ごもる。

「あなたは？」

「読めます。中文は私にとっては母語ではなくても母国語ですから。考古学の教程で古文書の読みかたも勉強しました」

「それならば、私は何も言いません。ともかく読んで、結果をみなで検討しましょう」

そこにはあまり損傷なく展開された文書のオリジナルとフォトコピーがあり、そこに書かれた文字を書き写したワープロのプリントがあり、いくつかの異体字は線を引いて欄外に手書きの文字で書いてあった。たぶんフォントがなかったのだろう。その他に解読不能で□のまま残された文字もある。

ゆっくりと一字ずつ読む。

美しい字だった。この時代の、それも相当に達筆な官吏にしか書けない見事な筆跡。

プリントの方を読みながらいくつかの固有名詞をメモ用紙に書き写す。

文体を吟味し、脈絡を辿《たど》り、これが書かれた背景を想像で構築する。

《たしかに、これは、すごい。》

最後まで読み終わって、またはじめに戻ってもう一度読み、それから顔を上げて小笹さんを見た。

「私は日本の歴史には詳しくありませんが、これがとても大事なものだということはわかります」とまず言った。

「私がざっと訳してみましょうか」と小笹さんが言った。「気がついたことがあったら補足して」

「はい」

藤波さんが身を乗り出した。

小笹さんはプリントの一行ずつを指で示しながら日本語に移していった。私がところどころ口を挟んだ。

ぜんぶが終わった時、藤波さんと仲村さんがほーっとため息をついた。

「すごい」

「解釈してみれば、まずこれは、書簡です」と小笹さんが言った。「飛鳥時代、壬申の乱のすぐ後くらいに書かれた書簡。相手は宮廷のずいぶん高い地位にあった貴族。書いた方は渡来人でしょうか」

「ええ。この漢文、唐の初期の文体です」と私は言った。「そこに少しだけ西域特有の文字づかいが混じっています。公式の文書ではなくもっと私的な、気持ちの籠もったものので、その分だけこの人の普段の言葉が滲《にじ》み出ています。私自身ウイグルの出身ですから、この訛《なま》りみたいな口調はよくわかります」

「それはきみの論文のウイグルから出土した三枚目の鏡と関係がある？」と藤波さんが聞いた。

「まだわかりません」

「この手紙を書いた人は最後に『竹田大徳こと薬羅葛』と署名しています。この漢字三文字の名が私はわかりませんでした」

「ヤグラカル、と読みます。もともとは回紇《ウイグル》の部族の名。それをこの人は自分の通り名に使ったのでしょう」

「ではこの人は西域の出身で、日本に来た渡来人ということになりますね。問題は竹田大徳という名の方です。この人は実在しました。壬申の乱の時に大海人皇子の側についた一人です。具体的には高市皇子に従って行動しています。『日本書紀』に記載があります。でも詳しいことはわかっていないし、もちろん渡来人であるとは書いてない。

次は大伴吹負という名です。この人も実在したし、実際に乱の最中に危機に直面して援軍に救われています。史実と重なっているのです。

更に、これが驚くべきこと。この竹田大徳こと薬羅葛は呪力《じゅりょく》で瀬田の橋の闘いを大海人皇子の側の勝利に導いたと書いている。大分稚臣が先陣を切って瀬田の橋を渡ったことは『日本書紀』にあります。有名な場面だし、勝敗を決した大武勲です。それを竹田大徳は背後から霊力で支えた。どう読んでもこの手紙の内容はそう読める。しかもこれは、私信であることも手伝っているのか、とても生々しいですよね。臨場感があるというか、あの乱の場に居た人の言葉のように読めます」

その場のみんなが沈黙してため息をついた。

「この文書は日本史の常識を引っ繰り返すようなとんでもない発見です。もしも偽書でないのなら」と小笹さんが言った。

また沈黙。

「そして最大の謎は、この手紙を送られた相手は誰かということ。この内容によれば、その人物は長安に行っています。ヤグラカルとはそこで知り合ったらしい。そして一緒にか別々にか、彼は日本に来た。ヤグラカルは自力でか、あるいはこの人物の手引きによってか、竹田大徳という名と身分を得た。壬申の乱では、もしもこの霊力の働きが本当ならば、日本の歴史の流れを決する大きな働きをした。

その人物、仮にXとしますが、彼はヤグラカルを引き立て、最も大事な場面で彼の力が活《い》かされるべく舞台を調えた。

しかしこのXはどうやら壬申の乱の闘いに直接には加わっていない。武張ったことは不得手な文官だったのでしょう。しかし乱の前も後も高市皇子のすぐ近くにいた。そしてヤグラカルから天文図というものを渡されたらしい。

では、このXは誰なのでしょう？」

私は藤波准教授と顔を見合わせた。

「この剣の柄の中から手紙を発見したのはきみだから、きみから言うのがいい」

「いえ、日月神社でこの剣を見つけたのは先生です」

「しかし天文図であそこと繋いだのはきみだ。この発見が本物だとしたら、功績の八割はきみのものだよ。きみの図像学的な直感のおかげだ」

「でも、やはりここは先生から話して下さい」

小笹さんは目をぱちぱちさせてこのやりとりを聞いていた。

「わかった」と言って藤波先生は小笹さんと仲村さんの方を向いた。

「ぼくたちはX氏は阿倍御主人ではないかと考えています。そして、これはキトラ古墳の被葬者が阿倍御主人であることを確定する証拠ではないかと……」

小笹さんがうなった。

「剣には星の図が象嵌《ぞうがん》されていました。そもそもそれが文献学ではなく考古学の分野のぼくが呼び出された理由だった。で、この星の図はキトラ古墳の天井にある天文図の引用なのです。可敦さんがそれに気づいた。阿倍御主人はヤグラカルからこの手紙と天文図を受け取って、言ってみればこの二つをお守りとして生涯に亘《わた》って手元に置いておいた。晩年になって死期が近づいた時、あるいはもっとずっと前かもしれないけれど、この剣を作らせ、その柄にこの手紙を納めた。そして自分の墳墓の天井には天文図を描くよう指示して亡くなった」

キトラ古墳という名が出たところで小笹さんと仲村さんは動かなくなった。とんでもない展開に啞然《あぜん》としている。

「なぜ阿倍御主人はそんなことをしたか？　竹田大徳ことヤグラカルの霊力による守護をずっと保持したかったからではないですか？　本人はいなくなってもこの手紙の文章には言霊が宿っている。それと天文図を身近に置くことで陰謀に満ちた政界での安全を保持する。実際にそれは功を奏して彼は右大臣の地位にまで昇ったし、彼の墓はあれほど立派なものになった」

「でも、私がざっと調べたかぎり、阿倍御主人は唐には行っていないですよね」と小笹さんが言った。

「そうなんです。だからこれは大胆な仮説ということになる。しかし彼と唐の間に強力なコネクションがあったことは広く知られていた」

「あの、『竹取物語』の火鼠の裘。あれは西域産のアスベストです。彼はそれを入手できる立場にいた。偽物だったのは不運でしたが」と私は言った。

「そこで繋がりますか」と小笹さんが言う。

「たぶん」と藤波先生が言った。「文献にはないけれど、阿倍御主人は若い時に唐に渡ったんですよ。長安か洛陽で西域から来たヤグラカルと出会い、終世の友になった。これがロマンティックすぎたら許してください。賀陽氷先生という人が仲立ちをしたのではないか。そして彼は御主人と一緒に日本に来た。故郷に帰れない事情があったのかもしれない」

「鏡のことがあります」と私は言った。「二人は同じ鋳型で作られた三面の鏡を持って日本に戻りました。阿倍御主人は一枚を親しい高市皇子に贈った。一枚は自分のものとした。そしてヤグラカルがずっと持っていた一枚は、この手紙にあるとおり、賀陽氷先生のもとに送り返され、そしてウイグルの彼の郷里に届いた。それについて私は論文を書きました。ここでも鏡は霊力の拠《よ》り所です。だから大事に扱った」


《可敦の独白》――


この話を研究所でした翌日、故郷から手紙が届いた。

なんでこの日だったんだろう？

なんで私が管理官の要求に追い詰められてぎりぎりの選択を迫られていたこの日に、

この便りが来たのだろう？

手紙の主は王花蓮《ワンファレン》さん、母の幼なじみ、いちばん親しかった人。さりげなく母を見ていてくれた人。管理官の部下の監視とはまるで逆の温かい目で見ていてくれた人。

開く前に何か予想はついた。

いい内容ではないと思った。

王さんと私の間には直接の行き来はなかった。母の友人だったし、話題と言えば母のことしかないはず。それなのに母がいつものように自分で手紙を書かないで王さんから来るというのはいいことではない。

私は館内の静かなところに行って、椅子に坐って、覚悟を決めて封を切った。


わたしは文を書くのが下手なので、うまく書けません。

とても悲しい気持ちをうまく書けません。

あなたのお母さまが亡くなりました。

病気で、ガンだとわかったのがしばらく前で、でもお母さまはあなたには伝えないと言っていた。

元気になってから話すと言っていた。

そしたら、いきなり悪くなって、それでもあなたには知らせないと言いました。

知らせたらあなたは飛んで帰ってくる。一度もどったらもう二度と国の外には出してもらえない。

だから知らせない。

そう言いました。

わたしたちが見ている前でしずかに亡くなりました。

最後まで、あなたはウイグルに帰ってはいけないと言っていました。中国では学問はできない。

お葬式は友だちみんなで済ませました。みんな泣きました。

いまはあなたが泣く番です。

お母さまはみんなに愛されていました。

わたしたちは寂しい。

もっともっと言いたいことがあるのにうまく書けません。

わたしは寂しい。

王花蓮

私はその日の仕事をそこで切り上げて、職員宿舎に戻った。

それからお風呂《ふろ》に湯を張って、お湯に身を沈めて、泣いた。

ここならいくらでも泣けると思って泣いた。誰にも聞こえないし、いくら顔がぐしゃぐしゃになってもかまわない。身を震わせ、拳《こぶし》で水を叩《たた》き、髪を摑《つか》んで引っ張って、湯船に身体をぶつけて泣いた。思いの持ってゆきどころがない。悲傷という言葉の意味がはじめてわかったと思った。悲しみは人を傷つける。

こちらでの生活や研究のことはずいぶん詳しく手紙に書いて、頻繁に送っていた。それでも管理官たちの検閲を考えて書けないことがたくさんあった。ここは察してという思いで筆を控えることも少なくなかった。

母の方からは元気で暮らしているという簡潔な便りがまばらに届いた。最後の手紙にも元気で暮らしているとあったけれど、それは嘘だった。

私は一人になってしまった。

母一人子一人で生きてきて、私を日本に送り出して、その代わりに母自身は国への私の忠誠を担保する人質になった。ウルムチの虜囚《りょしゅう》になった。

そして、亡くなった。

母は新疆ウイグル自治区という辺境に生まれ、文化大革命で自分を知的に伸ばす機会を奪われ、辛《つら》い肉体労働に明け暮れる日々でたまたま私の父になる人に出会った。チベットから下放という名目でウイグルに追放された人だったと聞かされた。

母ははにかむ人だったから父との恋の詳しいことは聞いたことがなかった。いろいろな邪魔が入って、会うこともむずかしくて、でも会ったらとてもうれしくて、少しの時間も大事にして、そうしているうちに私ができた。でも結婚など許されるはずがない。父はやがて無理矢理にチベットに送還された。人が自分で自分の運命を決めることができない時代、できない国。

母は一人で私を産み、私を育てた。

幸い、織り子として腕がよかった。艾特莱斯《アトラス》を織るのを仕事にして、それで得たお金で私を高校に進学させてくれた。一般科目の他に私は父の言葉であるチベット語を学んだ。

もっと幼いころの私の思い出はいつもぱたんぱたんと音をたてる母の織機の脇で何かおもちゃで遊んでいるか、品のない色の絵本を見ているかだった。絵本に比べると母が織る布はずっと美しかった。

それは手で触れられるモノだった。それに惹《ひ》かれて、私は大学で歴史学ではなくて考古学を選んだ。文献よりも具体物。

そして、母はもういない。

私の手元には国を出る時に母がくれた艾特莱斯の一片がある。

風呂を出て、私はそれを取りだしてしみじみと見た。死んだ母の顔を見るように。

私は「お目にかかるのはもう少し先にしたい」という手紙を高車さんに書いた。

高車さんからの連絡について管理官には報告はしない。

もうこの先、報告することは一切ない。

彼らは私の母の死をもちろん知っている。私に対する切り札が失われたのを知っている。私は彼らの手から逃れた、母の死によって。

彼らは王さんがそれを私に伝えるのを阻止できなかった。そうでなければ、彼らは母からの手紙を偽造してでも私を管理しようとしたことだろう。

それがわかっていたから、私と母は自分たちしか知らないことを少なくとも一つ、毎回の手紙の中に書くことに決めていた。私が子供のころに好きだったお菓子、母の晴着の模様、父と会った状況の一齣《こま》、春先に最初に庭に咲く花……。もうそういう手紙も来ない。

これを運命と呼んでいいものかどうか、私は迷う。母を失うことと引き替えに得た自由をどう受け止めていいか私にはわからない。

でも、母ははじめからそのつもりで私を日本に送り出したのだ。管理官が押しつけた条件を承知の上で、それを出し抜きましょうと言って、ためらう私の背中を押した。出し抜く方法が自分の死であることを母は知っていたのだろうか。

運命というのは私などよりもっと柄の大きな、英雄みたいな人にしか使えない言葉だと思う。たとえば、合戦の最中であの決断を下したヤグラカルさんのような。

あの人も何か理由があって長安から西域に戻ることはしないで阿倍御主人に連れられてこの島国に来た。どこまでが本人の自由意志で、どこからが運命が決めたことだったのだろうか。

それでも最後には、壬申の乱の最中にあの人は自分の決断で合戦に介入し、正に死力も充分に成果を挙げられる。

私では日本に来ると決めた時がそれ。もう帰るつもりはない。私の考古学はこの国でト人を夫に選んだ時がそうだった。

を尽くして歴史の流れを変えた。人は決断を強いられることがある。母の場合はチベッ

次に橿原考古学研究所に行ったのは四日ほど先の金曜日だった。

また四人が集まって、自分たちの発見をどう発表するかを相談した。

ことの流れを整理してみる――

藤波先生が日月神社のご神体を調査して、その鏡が私がウイグルで見つけて論文を書いておいた鏡と同じであることを学術誌の検索で知った。そしてたまたま日本で研究をしていた私を呼んでくれた。

剣にあった北斗の象嵌がキトラ古墳のものと同じであることに私は気づいた。これで日月神社とキトラ古墳が繋がった。

「考えてみれば、古代にあの神社を創建した人物があの剣を見て、それで天体に関わる名を神社に付けたのかもしれないな」と藤波先生は言われた。「あれは星だけれど、古墳の図には金の太陽と銀の月もあったのだから、だから日月神社」

「明という字にもなりますしね」

同じ鏡が大山祇神社にもあることに気づいたのは藤波先生。

そのあたりで私たち二人はこのご神体二点にはキトラ古墳の被葬者の謎が絡んでいると考えるようになった。

次の突破口は剣の柄。あれが不自然に太いと考えたのは私だった。

そこでこの研究所の仲村さんがX線で調べ、切って中の文書を毀損《きそん》することなく取りだした。

解読したのは小笹さん。

古代日本史の知識も豊かだから、古墳の被葬者は阿倍御主人ではないかという藤波先生と私の仮説を徹底して検証して下さった。そしてこれまでに知られた事実との間に決定的な矛盾はないと確認された。

「おそろしく大胆な、とんでもない、論争必至の推論だけれど、でも行けるわよ、これは」と小笹さんは言った。「大騒ぎになる」

「では、それぞれに関わった部分について執筆して、それをまとめて四人の連名で発表しよう」と藤波先生が言った。

《お母さん、
私は淋《さび》しい。悲しい。
お葬式にも行けなかった。
もう一人ぽっち。

託してくれたものを守って生きる。

考古学で生きる。

ずっと見ていて欲しかったのに。

このキトラ古墳の発見、伝えたかったのに。》

一か月ほど後に論文が出来上がった。

キトラ古墳の被葬者が特定できたと発表した。

予想されたとおり、三日後には大騒ぎになり、その二日後に記者会見が開かれた。可敦にとっては二度目の記者会見だったけれど、今度は大阪の警察署ではなく、自分の職場である民博の大きな会議室が舞台だった。場所としては最終結論が出た橿原考古学研究所がふさわしかったのだが、仲村技官はそんな大きな部屋はここにはないと言った。この件の波紋の大きさを予想していたのだろう。たくさんの新聞や雑誌の記者、テレビのクルーなどを収めるために民博を借りましょう。

そして、ことは仲村の言うとおりになった。時間が来て四人で入ってみると、ずいぶん広い部屋なのにそこは人や機材でいっぱいだった。

この前の記者会見とはぜんぜん違う。

まずは研究者たちからの説明。

日月神社のご神体の鏡と銅剣を経てキトラ古墳の被葬者は阿倍御主人であると突き止めるに至った経緯は、讃岐大学准教授の藤波三次郎が話した。

可敦は剣と古墳の天井の天文図の類似に気づいたことと、銅剣の柄が不自然に太いと思ったことだけを手短に述べた。

ヤグラカルの書簡を取り出す技術的な過程については仲村が話した。

その後で小笹専門官が書簡の解読のことを話し、そのドラマティックな内容を話し、『日本書紀』に登場して壬申の乱を勝利に導いた竹田大徳が実は薬羅葛という西域出身の渡来人であることを説明し、これが古代日本史を書き換える大発見であることを強調した。

「私が関わったのは最後のほんの少しの部分です。仲村さんも与えられた技術的な責務をまちがいなく果たされたのみ。この発見の主役は藤波先生と可敦さんです。みなさん、報道に際してはこの点をせいいっぱい強調してください」

ここまでの過程では何か所かでパワーポイントが使われた。そこに映った映像や文書はすべて終わってから報道用の資料として配付されると伝えられた。

質疑応答になると、ずいぶん専門的な質問が投げかけられた。新聞記者たちはもともとが物知りで、しかもこの会見のためにずいぶん予習してきたらしい。

藤波先生と小笹さんがすべての問いに対して縦横無尽の応対をした。

「可敦さんに伺います」と言って立ったのは大和タイムスの竹西だった。

「はい」

「これが世紀の大発見だということは藤波先生と小笹先生のお言葉でよくわかりました。それを伺っていて、発見の鍵《かぎ》になったのは、あなたが銅剣の象嵌がキトラ古墳の天文図の引用であると気づかれたこと、また銅剣の太い柄に何かが隠されていると推測なさったこと。この二点に尽きると思うのですが、ご自身としてはどうお考えですか？」

「私は外国から来て日本で研究をさせていただいている未熟な者です。たまたまふっとひらめいたことがこんな大きな発見に繋がって、実は自分でも戸惑っております」

「先ほどパワーポイントで見せていただいた中にあなたのスケッチが何点かありましたね。あの図像の描写力が発見を導いたとはお考えになりませんか？」

「さあ、自分ではよくわかりません。ただ、私は考古学というのはモノが相手の学問だと思っています。目の前に置かれたモノは千年、二千年、あるいは一万年前に誰かの手が作り、誰かの目が見たものです。私は視覚に頼ることは考古学の大事な原理だと信じていますし、自分でも目に見えるものを大事にしていきたいと思います」

「ありがとうございました」と言って竹西さんは坐った。

「もう一つ、可敦さんへの質問です」と別の記者が手を挙げた。

「あなたは七月三十日に岡山県の鍛冶屋迩遺蹟で何者かに拉致されて大阪で幽閉され、自力で脱出なさった。その件でも記者会見をなさいましたね？」

「はい。そういうことがありました」

「あの時にあなたはたしか拉致が北京の中国政府の仕組んだことだと言われた。あの事件と今回のこの大発見の間には何か繫がりがありますか？」

「まったくありません。中国政府が私の発見に手を貸してくれたわけではありません」

会場のみんなが笑った。

「あの時にあなたは新疆ウイグル自治区やチベット自治区の独立運動に対する共感を口にされた。今回の発見が中国政府のあなたへの働きかけを制限することになると思いますか？　つまりこれであなたはこの日本の社会において揺るぎない地位を獲得したのですから。北京はあなたに手を出しにくくなるわけですよね」

「そうであったらいいと思います。その一方で、私はしばらくは考古学の研究に静かに専念したいとも思います」

15

秋も深まった頃、竹西オサムが電話をしてきた——

「お元気ですか？」

「ええ、元気よ。そちらは？　ミチルさんと安芸ちゃんと備後くんは？」

「わいわい賑やかにやってます。時に美汐さん、お祝いの会を開くべきではありませんか？」

「キトラの？」

「キトラの。つまり可敦《カトウン》さんと三次郎さんの大発見を祝う会」

「たしかにね。世間の大騒ぎは一段落したみたいだから、今ごろがいいかもしれない」

「じゃ、美汐さんとぼくが幹事ということでまとめましょう」

「規模は？」

「まあごく小人数で内輪に」

「そうね。明日《あした》、学校で三ちゃんに聞いてみる」

　ごく小人数と思っていたのに三ちゃんこと藤波三次郎准教授に話を持ち掛けると、彼はプランをどんどん膨らませた。

「お祝いは嬉しいけど、ぼくの分は二割だよ。八割は可敦さん。そう考えると人はたくさん集まった方がいい。彼女の前途を祝福するという意味も込めてね」

「まあ熱心なこと。いいわよ、あなたがそう言うんなら」

　そこで参加者を選びはじめたが、三次郎の拡大主義に沿ってリストはみるみる膨らみ、二十名くらいにまでなった。

「場所はどうしよう？」と彼は言う。

「内輪ならば凪島にまた集まってもいいと私は思っていたけど、こんなに大人数ならば大阪しかないでしょう。ホテルとかで、会費制ね。学割あり」

「わかった。会場を探す」

「でも、まずは可敦さん自身の意向を聞かなくては」

「それはぼくがやる」

「ねえ、あなたも幹事になったら？　発起人の一人とか」

「そうだね。祝われるより祝う側の方がいいや」

「お祝いはお祝いとして、私は可敦さんに聞きたいことがいくつかあるの。そのためにもこれはいい機会だと思う。ここで聞かなかったらこの先はもうないかもしれないし」

「何、それ？」

「いろいろわからないことがあるのよ、あの人がしたことには」

「例えば？」

「いえ、今は言わない。でも私がそれを聞くのはあなたがそばにいる時にする。立ち会ってほしいから」

「わかった」

　可敦がお祝いの会という企画を受け入れるかどうか、初めは少し懸念があった。

　あの人には積極的なところと引っ込み思案な面が混在している。気弱な方が本当の彼女で、それなのに自分を鼓舞して大きくふるまうことがあるように見える。だからお祝いの会なんてと遠慮するかもしれない。

だけど、こういうことの後は関係したみんなが一度は集まってきちんと締めくくった方がいい。めでたいこととして関係者全員の記憶に残した方がいい。

事前の心配に反して、可敦は会の開催を承知した。

「とても嬉しいことです。私もみなさんにお礼を言いたい気持ちいっぱいあります。よろしくお願いします」

かくしてプランは進行した。

会場は大阪駅に近いホテルの小さめの宴会場。日時を決めて予約を入れ、案内状の文面を作ってリストに沿ってメールで送る。

当日は秋晴れの気持ちのいい空になった。

人々は西日本の各地から集まってきた。

学生たちが受付で名簿のチェックや会費の徴収をした。出席と言いながら来ない人は一人もいなかった。いや、声を掛けたのに欠席という人が一人もいなかった。みんな熱心だ。

司会は、大和タイムス広島支局社会部の記者竹西オサム。

そう自己紹介して会を始めた。

「可敦さんの大発見を祝う会を始めます。開会の言葉を藤波先生にお願いしましょう」

とあっさりマイクを渡す。

「みなさんが既にご存じのことをくどくど言うのはやめておきます」と三次郎は切り出した。「キトラ古墳の被葬者を特定した業績はすごい。ぼくは日月神社のご神体という謎に彼女を呼び込んでこの成果に至ったことをとてもとても嬉しく思っています。日本の考古学者みんなだけでなく、日本の歴史研究者が一人残らず可敦さんという新しい仲間を迎えて喜んでいる。今夜はそれをお祝いしたいと思います」

次に乾杯の音頭を取ったのは国立民族学博物館教授の桜井先生だった。

「こういう会の式次第では、乾杯の音頭などは短い方がいい。昔は女性のスカートとスピーチはと言いましたが、今や儀礼的性格が濃いはずのこの会場でさえスカートをはいた方は、見たところ（と言ってその場を見回して）あまりいませんね。織物の研究者としては大量に布を用いて幅広く襞《ひだ》をとる長いスカートはありがたい存在なのですが、それはともかくスピーチは短い方がいいわけで、可敦さん、おめでとう！　ついでに藤波さん、きみもおめでとう！」

乾杯が終わり、ざわざわがひとしきり続いて、アルコールも少し入って座が緩んだところで、司会の竹西オサムがマイクを取って「みなさん！」と言った。

「ここは祝辞を次々に戴きたいところですが、今日の参加者は主役の可敦さんも含めて二十一名、これは絶妙な人数だと思います。つまり、全員で自己紹介が可能な適正人数のほぼ上限。こんな言いかたはさっき美汐さんこと宮本准教授に教えてもらいました。世さすが社会学者です。実際、五十人もいる会で自己紹介を始めたら収拾がつかない。世の中には自己紹介で二十分も喋《しゃべ》る人もいますから。それはともかく、みなさん簡潔かつ雄弁に、自己紹介をお願いします。まずは発起人代表の宮本美汐さんから」

この晩の催しに参加したのは——

主役の可敦（考古学者）
藤波三次郎（考古学者）
宮本美汐（社会学者）
　その母の洋子
竹西オサム（新聞記者）
　その家族のミチル（主婦）と安芸と備後（中学生と小学生）
行田安治（郵便局員）
　その妻の祥子（主婦）
稗田正美（大山祇神社学芸員）
樺沢文一（考古学者、鍛冶屋浴遺蹟の発掘の指導者）
その助手　堀田（考古学者）
発掘に参加した樺沢ゼミの学生たち　上杉　山根　浜田　大峰《おおみね》美奈　神崎
仲村（橿原考古学研究所の技官）
小笹真由美（橿原考古学研究所の古文書専門官）

桜井雄一（国立民族学博物館教授）

自己紹介は賑やかに進行した。

みなこの間、可敦と藤波三次郎の活躍の周囲にいた人々だが、互いに顔を知っている仲は少ない。キトラ古墳の被葬者を阿倍御主人と特定するまでに至る二人の足跡は新聞などで知っていたから、聞く者はそのシナリオを頭に浮かべてそれぞれの役割を確認していった。

その間、主役の可敦はむしろ青ざめた硬い表情をしていた。晴れの場に顔を紅潮させてもいいだろうに、緊張と不安が見え隠れする。

さっき私が言ったことのせいだろうか、と美汐は思った。

会が始まる少し前、その夜の一泊のために取っておいた可敦の部屋のドアを美汐はノックした。

「あっ、宮本先生」

「ちょっと入っていい？」

「ええ。こんな部屋まで用意していただいて恐縮です」

「パーティーの大騒ぎの後、終電で千里まで帰るのは無理だわ。二次会もやりたいし」

「そうですね」

「それはそれとして、会が始まる前に言っておきたいことがあるの」

「はい」と言って可敦は姿勢を正した。

「私、あなたのことを疑っている。もちろんキトラ古墳の被葬者の発見は間違いのない学問上の成果で、それを疑うはずはない。そうではなくて拉致事件の方のこと」

相手は黙ってじっと美汐の顔を見た。そこには何の感情も浮かんでいない。

「あなたが自分で言うとおりの人だとは私には信じられない。本当のところ、あなたはいったい何者なの？」

無言。無表情。

「今ここで聞こうとは思ってないわ。時間もないし。でも今夜のパーティーが終わったら、明日の午前中でも、私たちがそれぞれに帰路に就く前に、本当のところを聞きたいの」

「わかりました」と可敦はこわばった顔で言った。

「それだけ事前に言っておきたかった。さあ、楽しいパーティーよ」

自己紹介の後は藤波三次郎准教授のスピーチで、彼は今回の発表に至った過程とそこにおいて可敦が果たした役割を強調した。自分は入口を作って彼女を呼び込んだにすぎない。自分はこの会の主役ではない、と彼は繰り返した。

その後に何人かの祝辞が続いた。

そして可敦その人がマイクを持って話す時が来た――

藤波先生と私は運よくキトラ古墳の被葬者を特定できました。そのお祝いということでこんなにたくさんの方々が集まって下さったことに、まずお礼を申し上げます。

でも、今ここに立って私が真っ先に言うべきはお礼ではなくてお詫《わ》びです。

私はここに集まったみなさん全員を、また私のことに関心を持ってくださったすべての日本の方たちを騙《だま》していました。この機会にすべてをお話ししたいと思います。

私は考古学の一研究者として日本に来ましたが、それとは別に中国政府の工作員としての任務を持っていました。

（会場は彼女のスピーチの思わぬ展開に静まりかえった。）

みなさんは今の中国国内の政治情勢についてある程度はご存じだと思います。中国は漢民族を主軸とする多民族国家で、さまざまな軋轢《あつれき》を抱えています。特に大きいのが新疆ウイグル自治区とチベットで、どちらも人口が多くて独立への意志が強い。北京は漢民族をどんどん移入させて数で現地民を圧倒しようとしています。

もちろん反発は強くて、中央政府に対する激しい抵抗運動がずっと続いています。その分だけ弾圧も厳しい。二〇〇九年のデモの時にはたくさんの人が殺されました。これが現状です。

中国の外からウイグルの独立運動を進めるために、ロプノールという国際組織が作られました。目的はウイグル人の主張を伝え、北京の横暴を世界に訴えるパブリシティー活動です。北京にすれば腹立たしい存在で、その活動を妨害するために各国ごとに大使館などが動いています。

ロプノールというのはかつて楼蘭《ろうらん》王国の近くにあった湖の名で、数百年単位で位置が変わるので幻の湖と呼ばれてきました。探検家のスウェン・ヘディンが見つけて広く知られるようになりました。独立運動の組織の名はこの幻の湖に由来します。

彼らは日本でも活動しています。マスコミに向けて発信するために表立った事務所はありますが、そこを動かすのは雇われた日本人スタッフで、背後にいる幹部がどういう人物なのかは秘密になっています。身元がわかると北京政府はウイグルに残った係累を辿って圧力を掛ける。だから秘密なのです。

考古学の研究者として日本に留学するための申請書を提出した時、私はウルムチの官庁に呼び出されて交換条件を提示されました。ロプノール日本支部の幹部の身元を突き止めるべく協力すること。拒めば出国は認めない。また日本に渡った後で裏切れば、その時は故郷に残ったおまえの母親に不幸なことが起こる。たった一人の母であり、私はたった一人の娘です。

私はためらいましたが母は行けと言いました。この国にいてもウイグルに未来はない。自分のことはなんとでもなるから、行って思うとおりに勉強しなさい、と言ってくれました。

私はどうしても日本に来たかった。ですから母に促されて条件を認めました。私には管理官が一人配属されました。日々の動きから研究内容まですべてをこの人に報告すること。手段は機密保持型のメール、緊急の場合のために日本国内の電話番号がありました。暗号化されて転送される仕掛けになっていると聞きました。ファックスでも届きます。

ロプノールに接近するために私の身元が利用されました。私の母はウイグル人で父はチベット人です。これほどロプノールにとって意義のある出自は少ない。というのも、彼らの目標の一つがこの二つの民族の共闘を図ることだったからです。私はウイグル民族の指導者である彰信《ギャンシン》という人の妹ということにされました。彼も父がチベット人で母がウイグル人という出自です。でも私は会ったこともありません。私のことを照会されたら妹などいないと言うでしょうが、それも計算済みです。こちらは、否定することになっていると言えばいいのですから。

日本に来て、民博に席を得て、しばらくは管理官もこちらの報告を受け取るばかりでした。私の日本語の能力向上や職場での地位の獲得を見守っていたのだと思います。

それが今年になって積極的な指示を出すようになりました。その大きな理由は彰信さんの活躍で、ウルムチとラサで同時に大きな反中国のデモをするというプランの実現が近づいたことだったようです。

その前にロプノール日本支部の幹部の正体を明かしたい。積極的に仕掛けよう。こちらから手兵を動かしておまえを拉致させる。事件として騒ぎになったところでおまえは脱出して大きなニュースにする。そこでウイグル独立への共鳴を大きな声で言う。週刊誌的に有名になったおまえには利用価値があると思ってロプノールの幹部が接近してくる。直に会う場所にこちらの者を配置すれば、尾行で正体が知れる。これが北京の筋書きでした。

私の拉致には目撃者が要ります。そうでないと勝手な失踪《しっそう》にしかなりません。目撃者は社会的に信用のある人がいい。

そう管理官から聞いているところへ藤波先生から日月神社のご神体の調査という話が来ました。天川村の神社に行く時は急なことで拉致のセッティングは間に合わなかった。しかし次の大三島の方は時間に余裕がありました。管理官は場所と時刻をどこかに伝え、その場に拉致要員を送ると言ってきました。

(藤波三次郎は呆然《ぼうぜん》として可敦の話を聞いていた。)

シナリオによれば私はそこで藤波先生という恰好《かっこう》の目撃者の前で悪漢二人に拉致される。数日を監禁状態で過ごした後、脱出して大々的に報道され、そこでこれは北京の陰謀だと言って、ウイグル独立運動への熱意を語る。ロプノールが接触してきたら、直に会いたいと言って、その日時と場所を管理官に伝える。

しかし、このシナリオは藤波先生の強肩によって拉致犯一名の肩胛骨《けんこうこつ》と共に砕かれました。ちなみに怪我をした男は大狗、つまり大きな犬というあだ名で呼ばれていました。

もう一人は後で聞いたところでは小猪、つまり子豚という名だったそうです。

あそこで私は簡体字のメモを拾ったと言いましたが、あれは私があらかじめ用意しておいた偽の手がかりでした。注意を中国に向けたかったのです。

その後で私は藤波先生と宮本先生の庇護《ひご》のもとに入りました。私はあるところまで真実を話して自分の立場を説明しました。私の身を守る方策を立てていただいている一方で、次の拉致の場を設定しなければならないとも考えていました。管理官との連絡をどう取るか。

自分の方から提案をすればどこかに論理的な矛盾ができるかもしれない。そう思ったのですべてを藤波先生たちに任せました。そこで鍛冶屋浴遺蹟の発掘現場に身を隠すという案が出てきたのです。

（そう言って可敦は会場の一角になんとなく集まっていた発掘のメンバーの方をちらりと見た。親しみと申し訳なさが混じったような視線だった。）

私は自分がいる場所を管理官に伝えました。拉致班がそこに派遣されると聞いて、休憩時間にみなのもとをわざと離れて拉致が実行しやすいところまで歩きました。

ここで大事なのは、私を拉致した二人がこの間の事情をまるで何も知らなかったということです。彼らは私が本当に無垢《むく》の被害者だと思っていた。当日の新聞を持った私の写真を撮ってメールで送ることだけが彼らの任務でした。

私は彼らのもとで二泊しました。拉致されてからの時間が長いほど関係者の不安が増し、事件としてニュース・バリューが高まるという計算からで、それは管理官の意向にも沿うものでした。

しかしそれは私の身を心配して下さるみなさんの誠意を裏切ることでもありました。あの狭いマンションで煉瓦《れんが》を詰めたトランクに手錠で繫《つな》がれながら、私がずっと思っていたのはこのことでした。本当に申し訳ないと思っていました。

脱出については何の心配もありませんでした。私はウイグルに昔から伝わる武術の有段者です。その気になったらチンピラ二人を片付けるのは簡単。もちろん管理官のシナリオはそのことも織り込み済みでした。

彼ら、呂俊傑と大狗と小猪がこういうことを知らされていなかったのはリアリティーの演出のためです。管理官は芝居がかったことが好きな人でした。

計算どおり私は易々と脱出し、警察に駆け込み、それがあの記者会見に繫がりました。私は独立運動への賛意を熱っぽく話し、それは大々的に報道されました。

そして、ロプノールは計算どおり接触してきたのです。「ウイグルの立場を宣伝してくれ、いずれは直に会って話をしたい」という内容の手紙が来ました。

私は北京のエージェントです。会うのは危険ですと言いたかったけれど、母のことを思うとそんなことはとても言えません。民族のための運動を自分が阻害することになる。私は裏切り者になる。もともと政治的な意識が高い方ではありませんでしたが、それでも私は辛い立場に立たされました。

それとは別に銅鏡と銅剣の方はなんだかどんどん先が開けて、やがてヤグラカルの手紙が出てきて内容も解明されました。それは嬉しいことでしたが、それと前後してロプノールの幹部の方からは直接に会おうという申し入れがありました。その場所と時間を私は管理官に伝えなければならない。追いつめられました。

そして、その前の日……(と言って可敦はしばらく口をつぐみ、天井の方をじっと見た)……母の死を告げる手紙が届いたのです。しばらく前から病気だったのに、それを知らせると私が帰郷するかもしれないと思って伏せていた、と母の友人が教えてくれました。病状は急変し、私は母を失いました。

日本で研究をしたいというのは私の強い願いでした。それを母は知っていた。今の状況ではどんな理由にせよ一度でも戻ったらもう出国は許されない。それもわかっていました。だから母は……。

これが本当のところです。

私は管理官から解放されました。まだしばらくは日本で研究を続けることができると思います。できることなら一生ずっとこちらに居たい。そのためにはどうしても今回こんなに私を心配して下さったみなさん、こんなに迷惑をかけたみなさんに真実を話してお詫びをしなければならない。お祝いの会を開いていただいて、そこでみなさんをずっと裏切っていたと告白するのは心苦しいことですが、これを済ませないとこの先ずっとみなさんに静かな気持でお目にかかることができません。

本当に、心から、ごめんなさいと申し上げます。

それから、もう一つだけ言わせて下さい。私は藤波先生と一緒にヤグラカルの手紙を見つけました。なぜ見つけられたのか？　ずっと考えていたのですが、あれはたぶん私がウイグルから日本に来たから、同郷だから、それで手紙の方が出てきてくれたのだと思います。その前、銅剣とキトラ古墳の天文図の関係も、だから私の頭にひらめいた。考古学は科学ですからこんな考えは間違っているかもしれませんし、同じことは二度と起きないでしょうが、それでも私はそう信じたいと思っています。私にその力がなくてもあれほど霊力の強いヤグラカルさんの手紙ですから千三百四十四年の歳月を隔てて姿を現すくらいはなんでもない。こういうの、お茶の子さいさいって言いましたか。

可敦の長い挨拶《あいさつ》ないし告白は終わった。これを聞く間、その場の人々の顔にはさまざまな表情が浮かんでは消えたが、最後には安堵《あんど》と微笑に戻った。お茶の子さいさいはちょっと古い言い回しだけれど、この事態に合っているのは間違いない。

「可敦さん、ありがとう」と司会の竹西オサムがマイクを引き取って言った。「よく話して下さいました。まずお母様のこと、お悔やみを申し上げます。そして日本にずっと長くいられるよう、ここのみなで手を貸すことを約束します」

賛同の拍手。

宮本美汐が手を挙げた。

マイクを持って話し出す――

「実を言うと、私は可敦さんのふるまいに疑問を持っていました。鍛冶屋浴遺蹟の拉致は可敦さん自身が犯人に位置を知らせなければ実行不能だと考えたのです。それやこれや疑えば疑えるところがいくつもあった。だから、この会が始まる前に後で話がしたいと言いました。問い詰めたかったのですが、もうその必要はなくなりました。

お母様のことはお気の毒に思います。それで、ここで思い出した言葉があります。E・M・フォースターというイギリスの作家が言ったことで、『国家を裏切るか友を裏切るかと迫られたときに、私は国家を裏切る勇気を持ちたいと思う』。可敦さんは追いつめられて民族を裏切りかけたけれどお母様を裏切りはしなかった。それで正しかったのだと私は信じます」

その夜、内輪の数名だけで二次会を開いた。

話が話だけにどこかのバーで大声で喋るわけにはいかないから、同じホテルに取った美汐の部屋にみなで集まることにした。行田が一走りして酒とつまみを大量に買ってきた。

ずっと嘘をついて自分たちを騙していた可敦という女性に対する怒りがぜんぜん湧いてこない。国家権力の犠牲という紋切り型の表現も使いたくない。これは同情ではない。ただ絶対に信頼できる終生の友人が一人増えたという愉快な気分。

——乞《こ》われて可敦はあの監禁の部屋で呂俊傑と小猪の前で歌った「草原情歌」を披露した

はるかはなれた
そのまたむこう
だれにでも好かれる
きれいな娘がいる……

在那遥遠的地方
有位好姑娘
人們走過了她的毡房
都要回頭留恋地張望

お金もたからも
なんにもいらぬ
毎日その笑顔
じっと見つめていたい

我願抛弃了財産
跟她去放羊
毎天看着那粉紅的笑臉
和那美麗金邊的衣裳
……

「その歌で思いついたわけではなくて、ずっと考えていたんだが」と三次郎が言った、「可敦さんがこの先もずっとかぎりなく日本に居られる方法が一つある」

みながえっという顔をした。

いちばん真剣な顔になったのはもちろん可敦自身だった。

「どうするんですか？」

「ぼくと偽装結婚して在留資格を取得する」

みなが呆《あき》れる。何を言っているのだ。

「偽装と疑われて認められないケースもあるらしいけど、ぼくたちの場合は共同研究で成果を挙げたという実績があるからまず大丈夫」

「これが信用詐欺など犯罪目的ならば公正証書原本不実記載等の罪になりますよ。刑法百五十七条」と行田が言った。「しかしこの場合は犯罪ではないでしょうね」

可敦自身はぽかんとしている。

「三ちゃん」と美汐が言った、「きみは可敦さんの弱みに付け込んで民法的な婚姻の事実を作ってしまおうとしている。ずるいよ」

「いや、そんなことはない。偽装としても一緒に暮らすつもりはないし、もちろん指一本触れない」

「指のことなんか誰もまだ言っていないわよ」

「少なくともこの場にいる我々は秘密を守ります」と竹西オサムが言った。

「何が秘密？　二人の間に愛がないこと？」と美汐が笑いながら聞き返す。「案外あるんじゃない？」

「いや、そんなことはない。あくまでも偽装なんだ。一緒に暮らすつもりなんか毛頭ないよ」

「可敦さん、よく考えなさい」と美汐は言った。「これから先、あなたの前にはいい男がぞろぞろ現れるから」

「はい。よく考えます。どっちにしても私はずっと研究だけの人生ですけれど」と言って可敦はにっこり笑った。

解説

渡《わた》部《なべ》潤《じゅん》一《いち》（天文学者）

池澤夏樹《いけざわなつき》氏の作品との出会いは偶然だった。私が勤める国立天文台（当時は東京大学東京天文台）の食堂での職場の仲間との雑談で、なんでも「チェレンコフ光」が出てくる小説がある、と聞かされたのだ。チェレンコフ光？　そんな一部の研究者しか知らないような専門的な現象の言葉を、いったいどんなふうに小説に仕立てるのだろう。こうして出会ったのが、後に芥川賞を獲ることになる池澤夏樹氏の代表作「スティル・ライフ」である。冒頭の一部分はこうだ。

――彼は手に持った水のグラスの中をじっと見ていた。水の中の何かを見ていたのではなく、グラスの向うを透かして見ていたのでもない。透明な水そのものを見ているようだった。「何を見ている？」とぼくは聞いた。「ひょっとしてチェレンコフ光が見えないかと思って」――

一万年に一度の確率でしか見えそうにない、と続く。それにしてもチェレンコフ光である。ニュートリノなどの極微粒子が、水の中に含まれる水素の陽子に衝突し、発光する現象なのだが、確率的にも、光量的にも、時間的にも（ほんの一瞬なので人間の目には捉えられない）どうやっても見えるはずはない。そして、プロローグとしてのバーを舞台にしたやりとりは、特にドラマチックな展開でもロマンチックな展開でもなかった。そのまま静かに会話が続き、それこそスティル（静か）なストーリーとなって流れていく。現代の社会を描いているのに、なんだか異世界のような静けさだ。もちろん小説だから、論理的なつながりと共に意外な展開もある。この場合もチェレンコフ光を見ていた人物は実は業務上横領を犯した過去があり、時効を迎える直前に、その埋め合わせにつきあわされる主人公という設定が明らかになってくる。しかし、その展開さえダイナミックではなく、とてもスティルなのだ。それよりもなによりも私が気になったのは、所々にチェレンコフ光と同様、通常の小説ではあり得ない単位や言葉が現れることだ。例えば、次のバーのシーンでの会話には「計画は山ほどある。寿命が千年くらいあったら、はじから実行に移す」、ハトを眺めるシーンでは「数千万年の延々たる時空を飛ぶ永遠のハトの代表」、「数千光年の彼方から、ハトを見ている自分を鳥瞰していた」。極めつけは、天体写真集の購入を頼まれた主人公が、それをスライドにしているのを眺めながら、望遠鏡を買って自分で撮影するのを勧めたシーンだ。

——「（前略）望遠鏡は大口径の方がいいだろうし、シーイングの良いところを探して田舎に家を作るとか、話がだんだん大きくなってしまう。遊びが仕事みたいになる」

――

シーイングという言葉は、天文学上で大気の揺らぎの状態を言う専門用語だ。天文ファン以外にいったいどれだけの読者が理解できるのか、疑問である。もちろん、小説の真髄はこうした言葉そのものにあるわけではないが、どうにも気になってしまう。この作家はサイエンスの素養を持つに違いない、と思った。実際、埼玉大学理工学部物理学科に入学しているので、大いに興味はあるのだろう。

その後、JTBの「旅」という雑誌に池澤夏樹氏の連載が掲載された。各地の面白そうなところに旅をするエッセイだった。その中の訪問先に岐阜・長野にまたがる乗鞍岳《のりくらだけ》が選ばれたことがあった。そこで彼が向かったのは山頂ではなく、山頂付近に設置された国立天文台乗鞍コロナ観測所と、東京大学宇宙線研究所の乗鞍観測所だった。太陽コロナの観測用の天体望遠鏡を中心にした天体ドーム内部の整然とした様子と、宇宙線を捉えるために電気回路がむき出しで、ケーブル類が這い回っている雑然とした様子との対照を、見事に際立たせていたことを覚えている。その後、南鳥島《みなみとりしま》からサハリンまで足を延ばし、そこにある自然、地理、気象などに歴史や文化を重ね合わせて12の場所を旅人として満喫している。この連載は後に「南鳥島特別航路」としてまとめられているのだが、そこに掲載されている写真も池澤夏樹氏本人の撮影によるものである。ちなみに、この連載で赴いた沖縄に魅せられたように、池澤夏樹氏は1994年には沖縄に移住している。

こうして私は旅好き、そして星を始めとする自然など理系的な感性を含めた文章を綴る池澤夏樹氏に親近感を抱くようになった。実は私も「旅」で日本旅行記賞をもらったことがある。私自身は足場を学問の世界に置きつつ、旅を楽しみ、おりおり筆を執って文章を綴るようになっていったこともあり、池澤氏の感性は私に非常にマッチしていた。その最たるものは「ハワイイ紀行」であった。通常の日本人がホノルルの雰囲気だけで終わってしまうハワイイ（ハワイではないところも筋が通っている）について、深く掘り下げた珠玉の一冊である。主にハワイイの歴史、文化、生活などを現地の人のライフスタイルを紹介しながら展開している。ちょうどわれわれ国立天文台が、ハワイ島のマウナケア山頂に口径8mの大型望遠鏡を建設しようとしている時期と重なり、文庫化されたときにはマウナケア山頂の章も追加されている。

そんな池澤氏がキトラ古墳をモチーフにした小説を書いた。冒頭から、これまでのような静かな調子とはまったく異なり、スピーディで躍動感あふれるストーリー展開を見せる。キトラ古墳の盗掘のシーンから、実際には見つかっていない銅剣と鏡とを登場させる。そして一挙に時間が現代へと飛び、考古学者・藤波三次郎による調査に、中国の新疆《しんきょう》ウイグル自治区からやってきた研究員の可敦《カトウン》が加わり、ダイナミックに物語が展開していく。この過程で、ご神体として祀られていた鏡（禽獣葡萄鏡）が、トルファンにも、瀬戸内《せとうち》の大三島《おおみしま》にもあること、おそらく同じ鋳型で造られたであろうことに行き着く。同時に同じくご神体であった銅剣に象嵌《ぞうがん》された北斗が、キトラ古墳の天井に描かれた天文図のものと同じであることも判明する。こうした考古学研究が進展し、ご神体がキトラ古墳と結びつけられていく様子そのものも、池澤氏の得意とするサイエンスミステリーとして十分に面白いのだが、それに並行して新疆ウイグル自治区分離独立運動に関わる兄を巡って、可敦が追跡されるという社会派ミステリーの要素を加えている。ここには三次郎の昔の恋人であり、前作の『アトミック・ボックス』での主役だった女性社会学者・宮本美汐や、同じく『アトミック・ボックス』で警視庁公安部の捜査官だった郵便局員・行田安治等を登場させることで、ストーリーが重層的となり、はらはらさせながら読者を捉えて離さない。

　その間、サイエンスの側面では、どうしてウイグルと瀬戸内、そして奈良と3ヶ所に同じ鏡があるのかが種明かしされる。中国に遣唐使として渡り、壬申の乱の最大の功労者でもある高市皇子が、ウイグルからやってきたヤグラカルと出会い、共に日本に向かうストーリーで、キトラ古墳の被葬者を設定している。その出だしは墓の中で、天井のを見上げているシーンではじまる。そしてその星空を「一緒に見た長安の夜空の」と語らせている。

ご存じのようにキトラ古墳の天文図は、東アジアでも最古の精緻なものである。太陽の通り道である黄道はもちろん、地平線ぎりぎりに見える星座を示す大きな円（外規）や、一年中地平線の下に沈まない、周極星と呼ばれる星座の範囲を示す小さな円（内規）も描かれている。また、星々も丸印で無数に描かれており、古代中国流にそれらの星が線で結ばれ、星座をなしている。これらの情報から、これまで何人もの天文学者が、オリジナルの天文図が描かれた場所や時代について研究を重ねてきた。当初は紀元前65年あたりに、かなり高い緯度、北緯38度付近で描かれたとされたが、最新の研究では時代が下って西暦３００年頃、北緯34度付近と推定されている。前者は高句麗の都・平壌あたり、後者だと長安や洛陽付近となり、池澤氏の設定は後者の説に立っているといえる。

いずれの説に立つにせよ、池澤氏はサイエンスミステリーの種明かしを小説の途中に挿入した。社会派ミステリーとしての軸でも中国のチベット・ウイグル独立運動を背景にしているため、このサイエンスミステリーの部分はどこかで先に種明かししておかないと読者が疲れてしまうだろう、という配慮なのかもしれない。ここでも時代は一挙に現代から奈良時代に飛び、そして再び現代へと帰ってくる。ミステリーの要素がサイエンスと社会と複層的なだけではなく、描かれる時代も飛鳥時代―現代、そして地理的にもトルファン―瀬戸内―奈良とストーリーが自由自在に飛び回っている。

一方、社会派ミステリーの側面では、最後まで種明かしをしていない。伏線としてあちこちに可敦の言葉（呟き）を散りばめておき、また女性社会学者に最後まで可敦への疑いを持たせておく。そして最終盤、キトラ古墳の画期的研究についての記者会見後、開催された祝賀パーティでの逆転劇こそ、ミステリーの醍醐味でもある。ハードなミステリー小説では、しばしば後味の悪さが残るが、池澤氏はハッピーエンドで終わらせている。初期の静謐な作品群とは、また異なる池澤氏のダイナミックな文章の魅力がサイエンスや歴史のロマンと相まって溢れ出た作品といえるだろう。私の知らない池澤文学の深さを思い知らされた。

みると、池澤氏の筆は、まるで多次元空間を飛び回る魔法のようだ。時間軸で
代、空間軸ではトルファン―瀬戸内―奈良、そして内容の軸では社会問
いうサイエンス。そして、もうひとつ、シリーズという軸である。『アト
クス』に続いて、登場人物の一部が再登場している。どちらにも共通して
政府権力とそれに対峙する構図である。その意味では第三作があるのかもし
度はなにをボックスに仕立てるのか、期待したい。

本書は、二〇一七年三月に小社より刊行された
単行本を文庫化したものです。

キトラ・ボックス

池《いけ》澤《ざわ》夏《なつ》樹《き》

令和2年 2月25日　初版発行
令和6年 1月15日　再版発行

発行者●山下直久

発行●株式会社KADOKAWA
〒102-8177　東京都千代田区富士見2-13-3
電話　0570-002-301(ナビダイヤル)

角川文庫 22029

印刷所●株式会社KADOKAWA
製本所●株式会社KADOKAWA

表紙画●和田三造

ISBN 978-4-04-108031-3　C0193

JASRAC 出 1914274-302

角川文庫発刊に際して

角川源義

第二次世界大戦の敗北は、軍事力の敗北であった以上に、私たちの若い文化力の敗退であった。私たちの文化が戦争に対して如何に無力であり、単なるあだ花に過ぎなかったかを、私たちは身を以て体験し痛感した。西洋近代文化の摂取にとって、明治以後八十年の歳月は決して短かすぎたとは言えない。にもかかわらず、近代文化の伝統を確立し、自由な批判と柔軟な良識に富む文化層として自らを形成することに私たちは失敗して来た。そしてこれは、各層への文化の普及滲透を任務とする出版人の責任でもあった。

一九四五年以来、私たちは再び振出しに戻り、第一歩から踏み出すことを余儀なくされた。これは大きな不幸ではあるが、反面、これまでの混沌・未熟・歪曲の中にあった我が国の文化に秩序と確たる基礎を齎らすためには絶好の機会でもある。角川書店は、このような祖国の文化的危機にあたり、微力をも顧みず再建の礎石たるべき抱負と決意とをもって出発したが、ここに創立以来の念願を果すべく角川文庫を発刊する。これまで刊行されたあらゆる全集叢書文庫類の長所と短所とを検討し、古今東西の不朽の典籍を、良心的編集のもとに、廉価に、そして書架にふさわしい美本として、多くのひとびとに提供しようとする。しかし私たちは徒らに百科全書的な知識のジレッタントを作ることを目的とせず、あくまで祖国の文化に秩序と再建への道を示し、この文庫を角川書店の栄ある事業として、今後永久に継続発展せしめ、学芸と教養との殿堂として大成せんことを期したい。多くの読書子の愛情ある忠言と支持とによって、この希望と抱負とを完遂せしめられんことを願う。

一九四九年五月三日

角川文庫ベストセラー

アトミック・ボックス　池澤夏樹

父の死と同時に現れた公安。父からあるものを託された美汐は、殺人容疑で指名手配される。張り巡らされた国家権力の監視網、命懸けのチェイス。美汐は父が参加した国家プロジェクトの核心に迫るが。

きみが住む星　池澤夏樹　写真／エルンスト・ハース

成層圏の空を見たとき、ぼくはこの星が好きだと思った。ここがきみが住む星だから。他の星にはきみがいない。鮮やかな異国の風景、出逢った愉快な人々、恋人に伝えたい想いを、絵はがきの形で。

キップをなくして　池澤夏樹

駅から出ようとしたイタルは、キップがないことに気が付いた。キップがない！「キップをなくしたら、駅から出られないんだよ」。女の子に連れられて、東京駅の地下で暮らすことになったイタルは。

星に降る雪　池澤夏樹

男は雪山に暮らし、地下の天文台から星を見ている。死んだ親友の恋人は訊ねる、何を待っているのか、と。岐阜、クレタ。「向こう側」に憑かれた2人の男。生と死のはざま、超越体験を巡る2つの物語。

言葉の流星群　池澤夏樹

残された膨大なテクストを丁寧に、透徹した目で読み進むうちに見えてくる賢治の生の姿。突然のヨーロッパ志向、仏教的な自己犠牲など、わかりにくいとされる賢治の詩を、詩人の目で読み解く。

角川文庫ベストセラー

落下する夕方　江國香織

別れた恋人の新しい恋人が、突然乗り込んできて、同居をはじめた。梨果にとって、いとおしいのは健悟なのに、彼は新しい恋人に会いにやってくる。新世代のスピリッツと空気感溢れる、リリカル・ストーリー。

泣かない子供　江國香織

子供から少女へ、少女から女へ……時を飛び越えて浮かんでは留まる遠近の記憶、あやふやに揺れる季節の中でも変わらぬ周囲へのまなざし。こだわりの時間を柔らかに、せつなく描いたエッセイ集。

冷静と情熱のあいだ Rosso　江國香織

2000年5月25日ミラノのドゥオモで再会を約したかつての恋人たち。江國香織、辻仁成が同じ物語をそれぞれ女の視点、男の視点で描く甘く切ない恋愛小説。

泣く大人　江國香織

夫、愛犬、男友達、旅、本にまつわる思い……刻一刻と姿を変える、さざなみのような日々の生活の積み重ねを、簡潔な洗練を重ねた文章で綴る。大人がほっとできるような、上質のエッセイ集。

はだかんぼうたち　江國香織

9歳年下の鯖崎と付き合う桃。母の和枝を急に亡くした、桃の親友の響子。桃がいながらも響子に接近する鯖崎……〝誰かを求める〟思いにあまりに素直な男女たち＝〝はだかんぼうたち〟のたどり着く地とは──。

角川文庫ベストセラー

メガロマニア　恩田　陸

いない。誰もいない。ここにはもう誰もいない。みんなどこかへ行ってしまった——。眼前の古代遺跡に失われた物語を見る作家。メキシコ、ペルー、遺跡を辿りながら、物語を夢想する、小説家の遺跡紀行。

夢違　恩田　陸

「何かが教室に侵入してきた」。小学校で頻発する、集団白昼夢。夢が記録されデータ化される時代、「夢判断」を手がける浩章のもとに、夢の解析依頼が入る。子供たちの悪夢は現実化するのか？

私の家では何も起こらない　恩田　陸

小さな丘の上に建つ二階建ての古い家。家に刻印された人々の記憶が奏でる不穏な物語の数々。キッチンで殺し合った姉妹、少女の傍らで自殺した殺人鬼の美少年……そして驚愕のラスト！

十字路に立つ女　逢坂　剛

岡坂の知人の娘に持ち込まれた不審な腎移植手術の話。古書街の強引な地上げ攻勢、過去に起きた婦女暴行殺人犯の脱走。そして美しいスペイン文学研究者との恋。錯綜する謎を追う、岡坂神策シリーズの傑作長編！

熱き血の誇り（上）（下）　逢坂　剛

製薬会社の秘書を勤める麻矢は、偶然会社の秘密を知ってしまう。白い人工血液、謎の新興宗教、追われるカディスの歌手とギタリスト。ばらばらの謎がやがて1つの線で繋がっていく。超エンタテインメント！

角川文庫ベストセラー

夏の災厄　篠田節子

郊外の町にある日ミクロの災いは舞い降りた。熱に浮かされ痙攣を起こしながら倒れていく人々。後手にまわる行政の対応。パンデミックが蔓延する現代社会に早くから警鐘を鳴らしていた戦慄のパニックミステリ。

インドクリスタル（上）　篠田節子

人工水晶開発の為、マザークリスタルの買付を行う山峡ドルジェ社長・藤岡。インドの宿泊所で使用人兼娼婦をしていた少女ロサを救い出すが、村人と交渉・試掘を重ねる中で思いがけない困難に次々直面し……。

インドクリスタル（下）　篠田節子

マザークリスタルの採掘に関わる人々に次々と災いが起こり始める。現地民の言う通り、森の神の祟りなのか？　インドの闇の奥へと足を踏み入れてゆく藤岡。そこには少女ロサのある事情が色濃く影響していた。

望み　雫井脩介

建築家の石川一登は、家族4人で平凡な暮らしを営んでいた。ある日、高校生の息子・規士の友人が殺された。事件後も行方不明の息子の潔白を信じたいが――。家族の「望み」とは何かを真摯に問う。

週末カミング　柴崎友香

週末に出逢った人たち。思いがけずたどりついた場所。いつもの日常が愛おしく輝く8つの物語。『春の庭』で第151回芥川賞を受賞。一瞬の輝きを見つめる珠玉の短編集。

角川文庫ベストセラー

ジョゼと虎と魚たち　田辺聖子

車椅子がないと動けない人形のようなジョゼと、管理人の恒夫。どこかあやうく、不思議にエロティックな関係を描く表題作のほか、さまざまな愛と別れを描いた短篇八篇を収録した、珠玉の作品集。

確信犯　大門剛明

かつて広島で起きた殺人事件の裁判で、被告人は真犯人であったにもかかわらず、無罪を勝ち取った。14年後、当時の裁判長が殺害され、事態は再び動き出す。事件の関係者たちが辿りつく衝撃の真相とは!?

獄《ひとや》の棘《とげ》　大門剛明

新米刑務官の良太は、刑務所内で横行する「赤落ち」と呼ばれるギャンブルの調査を依頼される。ギャンブル調査をきっかけに、いじめや偽装結婚など、刑務所内にはびこる闇に近づいていく良太だったが――。

優しき共犯者　大門剛明

製鎖工場の女社長を務める翔子は、押し付けられた連帯保証債務によって自己破産の危機に追い込まれていた。翔子の父に恩のあるどろ焼き屋の店主・鳴川が金策に走るなか、債権者が死体で発見され――。

黒い紙　堂場瞬一

大手総合商社に届いた、謎の脅迫状。犯人の要求は現金10億円。巨大企業の命運はたった1枚の紙に委ねられた。警察小説の旗手が放つ、企業謀略ミステリ！